Isolde Lachmann: Abend am Traunsee, aus: Meridiane, © Bibliothek der Provinz, Weitra

Erich Landgrebe: Mozartplatz im Winter, © Margret Landgrebe, Salzburg

Christine Lavant: Im Geruch, aus: Spindel im Mond, © Otto Müller Verlag, Salzburg 1959

Josef Leitgeb: Am Bodensee, © Tyrolia Verlag, Innsbruck 1997

Alexander Lernet-Holenia: Hochwasser im Salzkammergut, aus: Das lyrische Gesamtwerk, © Paul Zsolnay Verlag, Wien 1989

Karl Lubomirski: Kahlenberg, Innsbruck, © Edition Atelier, Wien

Paula Ludwig: Jahresneige, © Langewiesche-Brandt Verlag, Ebenhausen bei München 1986

Ernst Marboe: Wortpalette Steiermark, © Familie Marboe, Wien

Josef Marschall: Loretto, © Marschall-Kreis, St. Margarethen

Trude Marzik: Naschmarkt, aus: Aus der Kuchlkredenz, © Paul Zsolnay Verlag, Wien 1996

Friederike Mayröcker: An ein Mohnblume, aus: Winterglück. Gedichte, © Suhrkamp Verlag, Frankfurt 1986

Max Mell: Dachstein von Aussee, © Ulrike Mell, Wien

Romed Mungenast: Erinnerung eines Jenischen, © Romed Mungenast, Landeck

Mendel Nejgreschl: Winer Ownt, aus: In a Schtodt woss schtarbt, © Picus Verlag, Wien 1995

Herbert Pauli: Mostviertel, aus: Im Keller der Most, © Edition Doppelpunkt, Wien 1998

Georg Paulmichl: Berghöfe, aus: Ins Leben gestemmt, © Haymon Verlag, Innsbruck 1994

Josef Friedrich Perkonig: Längst schon liegt ..., © Gerhard Perkonig, Feistritz

Margit Pflagner: Eisenstädter Bergkirche, © Tyrolia Verlag, Innsbruck 1986

Fritz Popp: Abends auf der Salzachbrücke, © Edition Eizenbergerhof, Salzburg 1997

Paula von Preradović: Stadt der Kindheit, © Fritz Molden, Wien

Guyla Pulay: otthun, aus: Österreichische Lyrik und kein Wort deutsch (hrsg. von Gerald Nitsche), © Haymon Verlag, Innsbruck 1990

Alexander Roda Roda: Auf dem Friedhof zu Graz, aus: Das große Roda Roda Buch, © Paul Zsolnay Verlag, Wien 1988

Oscar Sandner: Im Gewächshaus für Selbstmitleid, In Bregenz leben, © Oscar Sandner, Bregenz

Helmut Schelsky: Späte Heimat Burgenland, © Wilhelm Schelsky, Hansen

Robert Schindel: Immernie, Spätsommer, aus: Immernie, © Suhrkamp Verlag, Frankfurt 2000

Katja Schmidt-Piller: Hallein, © Katja Schmidt-Piller, Purbach

Ernst Schönwiese: Salzburger Herbst, © Susanne Schönwiese, München

Kuno Seyr: Geschichtliche Wahrheit, © Kuno Seyr, Bozen

Ana Šoretić: genuis loci pannonicus, aus: Pannonisches Jahrbuch, © Literas Verlag, Wien; Gradišće, aus: Schatten und Licht (hrsg. Katja Schmidt-Piller), © Edition Rötzer, Eisenstadt

Kundeyt Surdum: Es ist immer zu früh, Diesen Winter, aus: Unter einem geliehenen Himmel, © Piper Verlag GmbH, München 1988

Wilhelm Szabo: Das Dorf Unter-Wegscheid, © Eva Wimmer, Wien

Friedrich Torberg: Sehnsucht nach Alt-Aussee, © Langen Müller in der F.A. Herbig Verlagsbuchhandlung GmbH, München

Jutta Treiber: Burgenland, © Jutta Treiber, Oberpullendorf

Franz Tumler: Wiedersehen mit Oberösterreich, aus: Das Zerteilen der Zeit, © Haymon Verlag, Innsbruck 1989

Liesl Ujvary: Die schöne Stadt, aus: Sicher & gut, © Rhombus Verlag, Wien 1977

Alois Vogel: Bei Staatz, Kellergasse, © Deuticke Verlag, Wien

Ernst Waldinger: Bergfriedhof in Osttirol, Salzkammergut, Semmering, Simmeringer Hauptstraße, Traunkirchen, Wienerisch, © Otto Müller Verlag, Salzburg

Josef Weinheber: Bei Siebenhirten, Grinzinger Weinsteig, © Otto Müller Verlag, Salzburg

Peter Paul Wiplinger: Wiener Blut, © Grasl Verlag, Baden; Mauthausen, Roma: © Peter Paul Wiplinger, Wien

Guido Zernatto: Die Sonnenuhr, © Otto Zernatto, Treffen

Carl Zuckmayer: Salzburger Nachtphantasie, Kosmische Störungen, aus: Gedichte, © S. Fischer Verlag GmbH, Frankfurt am Main 1977

Я

Fritz Lehner

Я

Roman

Seifert Verlag

Historischer Rahmen für die fiktive Handlung dieses Romans ist die so genannte Payer-Weyprecht-Expedition, die zur Entdeckung des Franz-Josephs-Landes führte. Als Quelle diente dem Autor neben zeitgenössischen Berichten, Tagebüchern und Aufzeichnungen vor allem Julius Payers Werk „Die österreichisch-ungarische Nordpol-Expedition in den Jahren 1872–1874" (Wien, 1876).

1. Auflage

Umschlaggestaltung: Rudi Aigelsreiter
Art: Padhi Frieberger
Druck und Bindung: Druckerei Theiss GmbH, A-9431 St. Stefan
Printed in Austria

ISBN 3 902406-03-8

1

Dieses Eismeer, das noch von keinem menschlichen Auge gesehen worden ist, scheint in seiner Weite unendlich zu sein. Das Blau des Wassers geht fast nahtlos in das des Himmels über. Die hellrote Sonne hängt knapp über dem Horizont und lässt die Eisschollen gelblich schimmern. Bis auf vereinzelte Schreie von Möwen oder das wilde Flattern von Raubvögeln, wenn sie Fische aus dem Meer holen, herrscht rundum Stille. Wenn zwei Schollen, deren Eis noch dünn ist, aufeinander treffen, schwimmen sie eine Zeit lang nebeneinander her, bis sie sich wieder trennen oder innerhalb von wenigen Augenblicken zusammenfrieren. Die höchsten Erhebungen sind die der Eisberge, nirgendwo ist auch nur die Andeutung von Festland.

Zuerst sind sie ahnbar, dann werden sie deutlicher und auch wieder leiser, weil sie vom leichten Wind weggetragen werden: Stimmen von Menschen. Einige Male ist ein Lachen darunter. Sie sind Ankünder eines Schiffes, das sich in diese Einöde des Nordpolarmeeres schiebt. Das Holz des dreimastigen Barkschoners hebt sich dunkel von der ihn umgebenden Helligkeit ab, die Segel stehen gut im Wind und die Eisschollen werden mühelos vom Rumpf beiseite gedrängt.

Die Menschen an Bord scheinen bester Stimmung zu sein. Aufgeregt reden sie durcheinander. Man hört slawische, ungarische, deutsche und italienische Worte. Einige stehen an der Reling, um sich nur ja nichts von dem ihnen fremden Meer entgehen zu lassen. Ein Schuss bricht und holt eine Möwe vom Himmel. Sie fällt unter Beifall auf das Deck des Schiffes. Die

„Admiral Tegetthoff" ist gut 100 Fuß lang, etwas über 23 Fuß breit, und es ist ein neues Schiff.

Die zwei Dutzend Männer an Bord sind fast alle etwa im Alter von dreißig Jahren, einige Matrosen erst Mitte zwanzig, einer unter ihnen, Carlson, ist mit sechzig der Älteste und Norweger. Ihr zweiunddreißigjähriger Kommandant, Schiffslieutenant Carl Weyprecht, hält am Bug der Tegetthoff Ausschau nach der günstigsten Route, auf der er sein Schiff nach Norden führen will. Die Männer um ihn und an den Segeln scheinen ein getreues Abbild der österreichisch-ungarischen Monarchie zu sein. Sie sind italienischer, mährischer, böhmischer, dalmatinischer, deutscher, ungarischer und österreichischer Abstammung, Matrosen, Abenteurer, Militärs, Familienväter, Draufgänger, Versager und Eroberer, die ausgezogen sind, um im Jahre 1872 für ihr Kaiserreich neue Länder zu entdecken, die Nordostpassage zu finden und vielleicht auch den Nordpol zu erreichen.

Ihr Kommandant für die Landreisen, Oberlieutenant Julius Payer, in wenigen Monaten dreißig, wird eben von einem seiner zwei Knechte aus Tirol in der Offizierskajüte rasiert, als gelte es auch hier, in der noch von keinem Menschen berührten Wildnis, die Monarchie mit Eleganz und Würde zu repräsentieren. An den Wänden hängen Bilder ihres stolzen Schiffes, solche der Mannschaft vor dem Aufbruch zur Expedition, eines von Payer in der Pose eines Nordpoleroberers, aufgenommen in einem Triester Atelier, und viele mit Ansichten aus ihrem Kaiserreich. Eine ganze Wand ist bedeckt mit Landkarten, die noch unvollständig sind und große weiße Flächen zeigen.

An Deck der Tegetthoff ist es hektischer geworden. Das Schiff hat immer mehr Mühe, mit der Kraft des Windes die dichter werdenden Eisschollen auseinander zu schieben. An vielen Stellen ist vom Wasser überhaupt nichts mehr zu sehen, obwohl die Eisdecke noch dünn ist. Der kräftige Bug reißt sie auf, aber das Schiff kommt zunehmend langsamer vorwärts.

Kommandant Weyprecht ist ruhig und es sieht aus, als warte er nur darauf, seinen großen Triumph ausspielen zu können. Als die Tegetthoff zum Stillstand kommt und alle Segelmanöver nichts mehr nützen, gibt er das Kommando „Volle Kraft voraus!". Krisch, der neunundzwanzigjährige Maschinist, ist glückselig, endlich seine Dampfmaschine mit 100 PS einsetzen zu können, und die Matrosen schaufeln im Bauch des Schiffes von riesigen Halden Kohle in die Glut der Brennkammern.

Das Schiff bricht unter dem Jubel der Mannschaft die Eisdecke auseinander und setzt schneller denn je seine Fahrt fort. Der Lärm der Dampfmaschine verscheucht die Möwen und über die Eislandschaft zieht ihre endlos lange Rauchfahne. Man ist stolz darauf, mit der Überlegenheit des menschlichen Geistes das Eis zertrümmern zu können und eine schmale Rinne Richtung Norden zu pflügen. So sieht auch keiner, wie schnell diese hinter ihnen wieder zufriert. Die Mannschaft hat das Gefühl, demnächst nicht nur den Nordpol für den Kaiser nach Hause zu bringen, sondern so die ganze Welt erobern zu können.

Als wollte die unberührte Natur diese Menschen in eine Falle locken, lässt sie das Schiff noch weiter die Eisdecke durchbrechen, zwingt manchmal zu einem kurzen Halt, zu einem neuerlichen, aber erfolgreichen Anlauf, um das Eis wieder ganz harmlos und wie eine Eischale zerbrechbar erscheinen zu lassen. Aber immer öfter muss die Tegetthoff zurücksetzen und mit voller Kraft gegen das Eis anrennen. Vom Krähennest aus wird dem Schiffskommandanten die günstigste Fahrtroute zugerufen und auch auf die Windkraft wird nicht mehr verzichtet. Noch gelingt es mit mehrmaligen Anläufen, dickeres Eis aufzusprengen, aber das Schiff gehorcht immer weniger dem Willen seines Kommandanten. Wer von den Männern nicht mit dem Manövrieren beschäftigt ist, versucht mit langen Stangen von Deck aus gegen die herausgebrochenen Eisschollen vorzugehen, die aber schneller aneinander frieren, als sie vom Bug des Schiffes getrennt werden können.

Die Mannschaft wird unruhig und auch Payer, der Kommandant über die Landreisen. Die Vorstellung, auf ihrer Eroberungsfahrt jetzt schon auf ein Hindernis zu stoßen, lässt ihn auf Weyprecht schauen, den Kommandanten über das Schiff. Dieser aber ist davon überzeugt, dass seine Tegetthoff durch die Schärfe des mit Eisen gepanzerten Buges die Schollen sprengen und überallhin entrinnen könne, sagt es auch seiner Mannschaft. Man vertraut ihm, stellt aber fest, dass es in den letzten Stunden ungleich kälter geworden ist. Die Männer hüllen sich in Pelze, ihre Atemluft bildet rauschende Kristallnebel vor den angespannten Gesichtern.

Das Schiff wird vom Packeis immer mehr umschlossen, es wehrt sich, läuft gegen das ständig dicker werdende Hindernis, muss andauernd in Bewegung bleiben, um nicht noch mehr an Fahrt zu verlieren. Die Dampfmaschine läuft auf höchsten Touren und die Kommandos werden lauter und lauter. Man versucht auszubrechen, dieser drohenden Umklammerung zu entkommen, eine Rinne zurück zum offenen Meer zu finden. Aber dort, wo eben noch fast schwarzes Wasser war, friert wie eine laufende Welle weißes Eis heran und drückt sich gegen die Schiffswände. Weyprecht beruhigt seine Männer, meint, es werde ihnen nichts geschehen, sein Schiff wäre von hervorragenden Konstrukteuren entworfen und für derartige Fälle unter seiner persönlichen Aufsicht gebaut worden, der ganze Rumpf sei so verstärkt, dass ihm das Eis nichts anhaben könne. Der Kommandant blickt wieder in vertrauensvolle Gesichter.

Die Tegetthoff lässt sich nicht mehr in der Richtung halten, in die man sie steuern will. Das Eis lenkt nun das Schiff, dreht es im Kreis, als sollte es nach Hause geschickt werden, zurück nach Europa. Die Tegetthoff wehrt sich, bäumt sich auf. Die Männer wehren sich, schlagen mit ihren Stangen nach dem Eis, laufen aufgeregt auf dem Deck herum, fallen, müssen sich festhalten, wenn ihr stolzes Schiff wieder einmal von einer Scholle erschüttert wird. Die in Todesangst heulenden Schlittenhunde werden vom Lärm der Dampfmaschine übertönt und aus der Rauchfahne ist eine Wolkendecke geworden, die den Himmel verfinstert und den Männern zu zeigen scheint, wie lange sie schon auf derselben Stelle treiben.

Carlson nennt die Tegetthoff ein tödliches Gefängnis, hunderte Schiffe seien bei ihren Versuchen, der Natur den Nordpol zu entreißen, festgefroren und erdrückt worden, unzählige Menschen ums Leben gekommen. Weyprecht herrscht den alten Seefahrer an, endlich den Mund zu halten, und beschwört die Männer nochmals und mit Nachdruck, ihm zu glauben, dass sein Schiff halte, allein schon durch die Festigkeit seines Rumpfes, sei es außerdem doch das modernste, mit dem je eine Expedition unternommen worden ist.

Im Gebrüll der wild stampfenden Dampfmaschine, das längst alle Vögel verscheucht hat, ist zunehmend lauter das Knarren des hölzernen Schiffsbauches zu hören. Auch der Wind ist stärker geworden, aber anstatt die Tegetthoff durchs Eis zu treiben, zerreißt er eines der oberen Segel. Rundum ist auch vom lebensgefährlichen Krähennest aus nicht mehr das kleinste Stück dunklen Meerwassers zu entdecken. Die Tegetthoff wird nicht mehr durch die wundersame Maschine bewegt, die stark wie hundert Pferde sein soll, sondern nur noch durch das herandrängende Eis.

Die Offiziere und Männer kämpfen erbitterter denn je gegen die Natur, als könnten sie das Schiff doch noch von der Stelle bringen, aber vielleicht hetzen sie auch nur auf dem Deck herum, um nicht begreifen zu müssen, wie hilflos sie sind. Nur einer, der dreiundzwanzigjährige Matrose Antonio Lazaro, macht den Eindruck, mit dem, was da über sie hereingebrochen ist, zufrieden zu sein.

So schnell, wie das Eis an das Schiff herangekommen ist, so plötzlich wird es ruhig. Als wollte die Natur diese Menschen nicht weiter einschüchtern, lässt sie von ihnen ab. Der Maschinist Krisch stoppt auf Befehl seines Kommandanten Weyprecht die Dampfmaschine und geht an Deck, um zu sehen, gegen welche Kraft er seinen Kampf fürs Erste verloren hat. Die Tegetthoff ist vom Packeis fest umschlossen, steuerlos wie ein Geisterschiff sitzt sie in den Eismassen. Die Möwen kehren in die Stille zurück und nähern sich vorsichtig den Wesen, die in ihr Reich eingedrungen sind. Ab und zu bläht der Wind ein Segel auf, während die Männer verstört auf die endlose Eislandschaft starren.

Kommandant Weyprecht klettert über das Fallreep von Bord und sucht die Wände seines Schiffes nach Schäden ab. Einer meint, dass die Expedition der österreichisch-ungarischen Monarchie ein besseres Schicksal verdient hätte, als schon 40 Tage nach dem Auslaufen vom Eis aufgehalten zu werden. Weyprecht befiehlt seiner Mannschaft, sich auszuruhen, denn morgen werde man hart arbeiten müssen, um die Tegetthoff aus dem Eis zu befreien. Und er habe Recht gehabt: Seinem Schiff sei nichts geschehen, das Eis habe ihm nichts anhaben können.

Während ein Teil der Männer versucht, mit Hacken, Äxten und Stangen die Tegetthoff aus der Umklammerung des Eises zu schlagen, ist Payer damit beschäftigt, die Wirkung neu entwickelter Explosionsgeschosse, die man bei der Jagd auf Eisbären einsetzen will, auszuprobieren. Aufgehängte Rinderlenden und armdicke Knochen werden zertrümmert. Oberlieutenant Payer erscheint der Mannschaft als hervorragender Schütze, sein Knecht Haller hat Mühe, mit dem Laden der Gewehre nachzukommen.

An der Reling der Tegetthoff will der Maschinist Krisch von dem jungen Matrosen Lazaro wissen, warum er sich als Einziger offenbar keine Sorgen mache, hier im Eis festzusitzen. Lazaro erzählt ihm, dass niemand wisse, wo er sei. Weder seiner Mutter noch seiner Geliebten habe er ein Wort gesagt und heimlich sein Dorf verlassen, um mit diesem Schiff ins ewige

Eis zu fahren. Als Matrosen für dieses Unternehmen gesucht worden seien, habe er sich sofort gemeldet. Und deswegen sei er jetzt hier.

Payer hat seine Schießübungen beendet und kommt an Bord. Er kann mitanhören, wie der junge Matrose Lazaro dem Maschinisten Krisch erzählt, dass er nicht vorhabe, jemals wieder nach Hause zurückzukehren. Als er gehört habe, wie gefährlich diese Reise zum Nordpol sei, habe er sich sofort entschlossen mitzukommen und alles unternommen, um angeheuert zu werden. Und sein einziges Ziel sei es, in dieser Wüste des Eises für alle Zeiten zu verschwinden. Irgendeinmal würden seine Geliebte und sein Dorf erfahren, in welches Dunkel er gehen musste, um an sein Ende zu kommen. Und wie es jetzt aussehe, brauche er darauf vielleicht gar nicht mehr so lange zu warten. Vielleicht seien sie schon morgen alle erfroren.

Krisch will Lazaro warnen, als der Kommandant Payer schon an die beiden herantritt und den jungen Matrosen anherrscht, auf diesem Schiff nie wieder Derartiges zu sagen. Eine solche Einstellung sei für die Mannschaft äußerst gefährlich, ja für das ganze Unternehmen. Er bedauere es, ihn nicht zurückschicken zu können, denn so einer wie er sei gleich einem Krebsgeschwür in gesundem Fleisch. Der Matrose Lazaro und der Oberlieutenant Payer sehen einander an und beide wissen, dass sie Feinde sein werden. Payer fragt den jungen Matrosen, wie er heiße, und scheint bei dem Namen Lazaro an jemanden erinnert zu werden. Er will wissen, ob denn sein Bruder oder Vater in der Seeschlacht von Lissa gewesen wäre. Lazaro verneint.

Krisch jagt seine Dampfmaschine mit höchstem Druck zur äußersten Kraft, aber die Tegetthoff rührt sich nicht mehr von der Stelle. Den Männern ist es nur gelungen, eine kleine Rinne in das Eis vor dem Bug zu schlagen. Aber als sie endlich zum Meerwasser vorzudringen glauben, friert ihr Fluchtweg auch schon wieder zu. Die Umgebung ist erfüllt von den Schlägen gegen das Eis und dem aufgeregten und heiseren Bellen der unerfahrenen Hunde, die in ihrem Zwinger wild hin und her laufen. Payer hat in der Offizierskajüte vor sich eine Karte liegen, in die er die gegenwärtige Position der festliegenden Tegetthoff einzeichnet. Die aufbrüllende Dampfmaschine lässt das Schiff erzittern.

Am ersten Sonntag ihrer Gefangenschaft wird nicht an der Befreiung des Schiffes gearbeitet. Die Mannschaft steht in zwei Reihen auf dem Deck und sieht salutierend zur Flagge, die feierlich gehisst wird. Schiffskommandant Weyprecht beginnt aus der Bibel vorzulesen, als plötzlich Unruhe in die Männer kommt. Man hat einen Eisbären entdeckt, der neugierig an das Schiff herankommt. Payer bedeutet den Männern, sich nicht von der Stelle zu rühren. Ruhig nimmt er sein Gewehr von der Schulter, das er, wie alle Offiziere, ständig bei sich trägt, und lässt sich über das Fallreep lautlos auf die Eisscholle gleiten. Der Eisbär wird trotzdem auf ihn aufmerksam, bleibt kurz stehen, wendet seinen wuchtigen Körper und kommt langsam auf ihn zu. Payer geht ihm entgegen, als wollte er der Mannschaft seinen Mut zur Schau stellen. Der Bär beschleunigt seinen Gang, Payer hält an. Das riesige Tier wird schneller und rast wie ein Keil auf Payer zu. An Bord, zwischen den reglosen und angespannten Männern, legt Haller das Gewehr an, um seinen Herrn retten zu können, falls dieser es nicht schafft, den Bären mit dem ersten Schuss zu töten. Payer hebt seine Waffe. Haller hält den Lauf seines Gewehres auf den immer noch schneller werdenden Eisbären. Payer drückt ab. Das Explosionsgeschoss reißt ein Stück aus dem Körper des Tieres. Der Bär läuft weiter. Payer schießt den zweiten Lauf leer und trifft wieder. Der Bär wird langsamer. Payer zieht seinen Revolver und geht ihm entgegen. Da der Bär noch immer keine Anstalten macht, stehen zu bleiben, will Haller schon abdrücken, als Payer in seine Schusslinie gerät. Haller versucht, auf dem Deck schnell eine andere Position zu bekommen. Der Bär ist von Payer nur noch wenige Schritte entfernt. Payer richtet den Revolver auf ihn und drückt einige Male ab. Die Schüsse treffen und der Bär gerät ins Taumeln. Er läuft an Payer knapp vorbei und sinkt in den Schnee. Obwohl das Tier noch lebt und um sich schlägt, geht Payer zum Schiff zurück. Die Mannschaft hat sich noch immer nicht gerührt, bejubelt ihren Oberlieutenant aber, als er hochkletternd auf dem Deck erscheint. Payer entgeht nicht, dass als Einziger der junge Matrose Lazaro nichts für seine Heldentat übrig zu haben scheint. Haller stolpert das Schiff hinunter und auf den sich immer wieder aufrichtenden Bären zu, um ihm den Gnadentod zu geben. Er muss einige Male schießen.

Payer lässt sich und seine heldenhafte Tat, einen riesigen Eisbären erlegt zu haben, ausgiebig feiern, ist das doch der erste Erfolg der bisher mit wenig Glück gesegneten österreichisch-ungarischen Nordpolexpedition. Die Fahne wird ein zweites Mal gehisst, während das Blut des Bären in der Kälte noch immer dampft und seine Umgebung rot gefärbt hat. Payer verkündet die zukünftige Aufteilung von Eisbären: Das Hirn würden die Offiziere bekommen, der Koch das Herz, Dr. Kepes die Zunge, das Blut die Skorbutkranken, sollte es solche jemals an Bord geben, das Fleisch die Mannschaft, und die Innereien stünden den Hunden zu. Payer beruhigt die Männer abermals; in wenigen Tagen würden sie ihre Fahrt in Richtung Nordpol fortsetzen und er wäre auch ganz sicher, dass es ihrer Expedition beschieden sei, die viel gesuchte Nordostpassage und somit die kürzeste Zufahrt nach China zu finden. Für Russland habe man einen Pass des Zaren mit und von ihrem Kaiser Franz Joseph Empfehlungsschreiben. Nach den vergeblichen Versuchen der Engländer und Norweger werde nun die Monarchie beweisen, dass sie als Weltmacht sehr wohl in der Lage sei, neue Länder, Seewege oder sogar Kontinente nach Hause zu bringen und den Nordpol zu erobern. Aber als erfahrener Expeditionskommandant wisse er auch, dass viele nur mit ihm ausgezogen seien, um den Familien zu entfliehen oder einem bürgerlichen

Leben zu entkommen. Er warne aber davor, sich leichtfertig dem Gedanken hinzugeben, als Teilnehmer an einer Nordpolexpedition sich so ohne weiteres den Frauen entziehen zu können. Denn wenn sie zurückkehrten, würden sie als Sieger in den Herzen aller sein, insbesondere in denen der weiblichen. Denn Frauen wollten Helden und keine Feiglinge. Ihr Glück sei für alle Zeiten gemacht, sie und ihre Namen würden unsterblich werden.

Payer bemerkt im Gesicht des jungen Matrosen Lazaro dessen ablehnende und ungläubige Haltung, geht auf ihn zu, tritt ganz nahe an ihn heran. Natürlich, meint Payer, müsse dafür jeder auf dem Schiff seine Pflicht erfüllen. Und absoluter Gehorsam sei schon immer die Grundfeste für das Blühen der Monarchie gewesen. So sei es auch keine Schande, wenn dieser junge Matrose jetzt dazu abkommandiert werde, die Ratten auf dem Schiff zu vernichten, während die übrige Mannschaft alles versuchen werde, in den nächsten Tagen das Schiff aus dem Eis zu befreien. Der junge Matrose Lazaro versteht die Demütigung, die ihm dieser Auftrag des Oberlieutenants zufügen soll, lässt sich aber nichts anmerken. Doch die Mannschaft spürt, dass ihr Kommandant einen an Bord hat, den er weniger mag als sie. Payer meint noch, dass die wenigen Ratten an Bord vernichtet werden müssten, solange dafür noch Zeit wäre und sie in der Minderheit seien, noch bevor sie das Leben der Mannschaft gefährden könnten. Er sieht dabei Lazaro an, um jedem der Männer klarzumachen, wen er damit gemeint hat.

Während die Mannschaft alle Anstrengungen unternimmt, um das Schiff aus dem Packeis herauszuschlagen, versucht Payer die Hunde an die Leinen der Schlitten zu gewöhnen. Die meisten von ihnen zerren wild am Geschirr, um sich von diesen Fesseln zu befreien, und strangulieren einander beinahe. Payer gibt nicht nach und trennt die wild um sich beißenden Hunde immer wieder voneinander. Aber es will ihm nicht gelingen,

deren Kräfte statt zum Zerreißen der Leinen zum Ziehen der Schlitten einzusetzen.

Lazaro lauert im Bauch der Tegetthoff in einem Laderaum, in dem die Vorräte für die Mannschaft gestapelt sind, auf Ratten, die sich aber nicht zeigen wollen. Von draußen ist das wilde Gebell der Hunde zu hören und das Sägen der Mannschaft an der Eisscholle unter den Befehlen von Schiffskommandant Weyprecht. Lazaro öffnet die Tür zu einer Kammer, die über und über mit Fahnen gefüllt ist, als das Schiff plötzlich erschüttert und Lazaro auf den Gang hinausgeschleudert wird.

Um das Schiff herum laufen schwarze Linien übers Eis, das an einigen Stellen schon aufgebrochen ist. Die Männer sind auf einen noch unversehrten Teil des Eises geflohen, müssen aber weiterhetzen, als auch dieses unter ihren Füßen auseinander bricht. Die zerborstenen Schollen werden vom Packeis aus dem Wasser gedrückt und aufeinander geschoben. Die Mannschaft kann die gebrüllten Kommandos von Payer und Weyprecht im Getöse der Eispressungen kaum noch hören, ihre Tegetthoff wird immer wieder erschüttert und Lazaro versucht, einen Fluchtweg durch die engen Gänge zu finden.

Vor dem Bug des Schiffes rasen zwei Eisschollen wie wild gewordene Stiere aufeinander zu. Sie heben sich gegenseitig in die Höhe, halten plötzlich inne, bis die eine von den beiden endlich zerbricht. Lazaro gelingt es, über das heftig schwingende Fallreep von der Tegetthoff auf das bebende Eis zu springen und zu seiner Mannschaft zu laufen. Im gleichen Augenblick stürzt einer der Schlittenhunde, der vergeblich versucht hat, sich aus den Leinen zu befreien, in eine Kluft, aus der das schwarze Meerwasser spritzt, und wird verschlungen. Payer zieht noch an der Leine, um den kostbaren Hund zu retten. Die Schollen aber pressen sich aneinander und schließen den Spalt. Das Eis scheint tausend Gestalten angenommen zu haben und die Luft rundum ist von einem ständigen Donnern erfüllt. Die scharfkantigen Schollen drängen sich an das Schiff heran und reiben an den Bordwänden. Weyprecht kann den Blick von seiner Tegetthoff nicht abwenden, obwohl auch um ihn herum immer wieder das Eis auseinander bricht und ihn zu verschlucken droht. Doch noch halten die Holzwände des Schiffes, das durch die Eispressungen ruckweise gehoben wird. Die aus Schnee und Eis gebaute Latrine sackt als Ganzes ins Meerwasser.

Mit derselben Schnelligkeit, mit der das Toben des Eises begonnen hatte, verschwindet es auch wieder. Wie mit einem Schlage ist es still geworden, nur die Vögel schreien aufgeregt. Weyprecht befiehlt, sofort nachzusehen, ob von ihrer Mannschaft auch keiner fehle. Die Männer sind verstört, einige haben gar nicht begriffen, was geschehen ist. Payer versucht, die Leute zu beruhigen, sagt ihnen, dass das Ärgste vorbei sei, so etwas nur selten vorkomme. Außerdem sei doch niemandem etwas passiert und einmal mehr der Beweis erbracht worden, dass Weyprechts Schiff das beste und widerstandsfähigste der Welt sei. Dem jungen Matrosen Lazaro entgeht nicht, dass der alte Nordlandfahrer Carlson am ganzen Körper zittert.

Das Eis hat die Tegetthoff fester im Griff denn je. Ihre Männer hacken auf die weißen Schollen ein, obwohl sie sehen, dass ihre Mühe vergeblich ist. Ihre Körper werden von dampfenden Hüllen umgeben, die sie wie von einem fremden Stern aussehen lassen. Zwei Matrosen beschäftigen sich mit dem Wiederaufbau der Latrine aus Eis und Schnee. Die Segel sind für den Fall eines plötzlichen Vorwärtskommandos noch immer gesetzt. Müde flattern sie im Wind. Der Tiroler Klotz, neben Haller einer der Knechte Payers, starrt den Vögeln nach, die das Schiff verlassen und auf die Sonne zufliegen, die nun schon tiefer am Horizont steht. Der Himmel spiegelt das Eis und die offenen Meeresstellen und wirkt wie eine verkehrt aufgehängte Landkarte. Ein Turm aus Holz wird gebaut und mit Öl übergossen. In Notfällen soll er ein Leuchtfeuer abgeben, um Verirrte zum Schiff zurückzulotsen.

Der einsetzende Schneefall verhüllt das Schiff immer mehr und im schwächer werdenden Licht hebt es sich weniger und weniger gegen die Umgebung ab; es scheint sich aufzulösen. Auch die Halteleinen hinunter zur Latrine und zu den Bauten aus Eis, in denen man Vorräte lagert, verlieren sich im Schneetreiben. Stündlich wird das Glas geschlagen, um so den Männern wenigstens ein Gefühl für Zeit zu geben.

In der Mannschaftskajüte, die nicht viel größer ist als die der Offiziere, verkriechen sich die Matrosen in ihre engen Kojen. Die dämmrige Stimmung zeigt, dass die Polarnacht näher und näher rückt. Ein Öllicht hat man bereits entzündet und an die Decke gehängt. Es schwingt hin und her und bringt Weyprecht auf den Gedanken, dass ihre riesige Scholle auf dem Eismeer treiben muss. Schiffsfähnrich Orel vergleicht die Positionsmessungen der letzten Tage und stellt fest, dass sie nordöstlich driften, ohne ihr Zutun, aber auch ohne etwas dagegen tun zu können. Im Maschinenraum konserviert Krisch seine geliebte Auxiliardampfmaschine und an Deck werden mit ernsten Gesichtern die Segel gerafft.

2

In den letzten Wochen ist es kälter und kälter geworden, die Thermometer zeigen jeden Tag neue Tiefstmarken. Die Takelage ist von Eiskristallen überzogen, die wie Federn aussehen und im Wind ein eigenartiges Singen von sich geben. Die letzten Vögel können mit den hart gefrorenen Abfällen nichts mehr anfangen und verlassen das Schiff. Am Horizont zeigt die Sonne zum letzten Mal ein kleines Stück von ihr, um dann ganz zu verschwinden. Der Maschinist Krisch hat sich Kufen an seine Stiefel gebunden und versucht damit, so wie er es von zu Hause kennt, über eine der glatten Eisflächen zu laufen. Nachdem er einige Male gestürzt ist, gelingt es ihm zunehmend besser, fast schon mit Eleganz. In der Mannschaftskajüte hat man Fotografien der Geliebten und die anderer Frauen an die Holzwände genagelt. Einige der Männer, die des Lesens kundig sind, blättern voller Erwartung und in der Freude auf gemütliche Stunden in den Büchern der Bordbibliothek, nehmen sich Werke der Klassik vor, aber auch solche mit einfachen Geschichten über Liebe und Erfüllung. Der Matrose Lorenzo Marola spielt auf Anordnung des Schiffskommandanten Weyprecht auf seiner Harmonika, um die Stimmung aufzuheitern. Antonio Scarpa begleitet ihn auf einem den Männern vollkommen unbekannten Instrument, das wilde und dann wieder einschmeichelnde Töne von sich gibt. Scarpa erzählt, dass man dieses Instrument bei den französischen Soldaten verwende und Saxophon nenne.

Krisch läuft immer noch Schlittschuh und versucht zu den Klängen, die aus dem Bauch der Tegetthoff kommen, einige Figuren zu tanzen, als sich mit einem donnernden Knall das Eis vor ihm wie bei einem Erdbeben öffnet und er nur mit Mühe davonstolpern kann. Die Männer an Bord schreien aufgeschreckt durcheinander, wissen nicht, wohin. Weyprecht befiehlt, sofort das Schiff zu verlassen, und treibt jene hinaus, die noch schnell ihre Decken und Felle mitnehmen wollen. Krisch versucht, die Eiskufen von seinen Stiefeln zu reißen und den wild herumrasenden Eissprüngen zu entkommen. Die Hunde beißen sich mit fletschenden Zähnen in die Stäbe ihres Zwingers, um auszubrechen. Die Männer springen von der Tegetthoff, oft einer auf den anderen, denn in der Angst und in der Dunkelheit hat zum Schauen keiner Zeit. Hastig entzündete Fackeln fallen zischend ins aufschäumende Meerwasser und verschwinden. Ein junger Matrose hat sich in seiner Koje verkrochen. Payer zerrt den Schreienden an Deck und wirft ihn über Bord auf die Scholle. Und wieder hört dieser Angriff des Eises so unvermittelt auf, wie er gekommen ist.

Um die Mannschaft aufzuheitern, haben die Kommandanten ein Fest angeordnet. Außerdem ist man heute den hundertsten Tag auf der Tegetthoff. Es wird üppig gegessen und künstlicher Wein getrunken. Die Stimmung erreicht ihren Höhepunkt, als Post verteilt wird: Briefe und Pakete, die die Angehörigen dem Schiff vor mehr als einem Vierteljahr anvertraut haben. Vieles von dem, was die Männer an Vorräten in den Paketen finden, ist unbrauchbar, zu Klumpen gefroren, mit zersprungenen Gläsern vermischt oder von üblem Geruch. Man packt Mädchenfiguren aus Porzellan aus, Bücher mit leeren Seiten und dazugelegten Bleistiften. Krisch beobachtet Lazaro, der zu denjenigen gehört, die keinen Brief und kein Paket bekommen haben. Lazaro zieht sich in seinen Holzverschlag zurück und beteiligt sich auch nicht an dem weithin hörbaren Gesang. Die Männer schreien das Seemannslied so laut, als wollten sie damit die Geister der kalten Hölle verjagen. Der Mond ist von einem riesigen Hof umgeben und das Schiff zur Gänze mit einer Eisschicht überzogen. In der Dunkelheit sieht es aus wie aus weißem Glas, ihre Taue ragen als Silberstrahlen in den schwarzen Himmel.

Einer der Männer in der Mannschaftskajüte, in der es in Kopfhöhe so heiß ist, dass die Gesichter der Männer vom Schweiß glänzen, ihre Füße aber in einem Fußbad aus eiskalter Luft stehen, ist dabei, ein Kartenspiel zu mischen, als es ihm von einem gewaltigen Schlag aus den Händen geschleudert wird. Die Welt, die sie für einen Abend vergessen haben, berauscht vom künstlichen Wein und von den Briefen der geliebten Frauen, hat sie nun wieder fest im Griff. Sie stolpern auf das Deck und lassen sich ins Eis fallen, das die Haut ihrer ungeschützten Körper aufplatzen lässt. Aber die Kälte lässt sie den Schmerz nicht spüren und das heraustretende Blut sofort erstarren. Die Eisschollen greifen das Schiff von allen Seiten an, als sollte es diesmal endgültig vernichtet werden. In der Mannschaftskajüte wirbeln Esstöpfe, Weingläser und Pakete durcheinander, im Heizhaus flüchten die Ratten, bis sie von einer Woge aus Steinkohle begraben und zerquetscht werden. Auf der bebenden Scholle muss Schiffskommandant Weyprecht mitansehen, wie seine Tegetthoff aus dem Eis herausgedrückt und hochgehoben wird, während neben ihm ein Matrose, der eben noch die Geschenke aus einem Paket umklammert hatte, in einen aufbrechenden Spalt stürzt und von der Mannschaft mit Stangen gerade noch im letzten Augenblick aus dem eisigen Wasser gezogen werden kann. Als man ihm im fahlen Fackellicht die nasse Felljacke vom Körper zieht, gefriert sie sofort zu einer glänzenden Rüstung.

Oberlieutenant Payer scheint als Einziger in diesem Getümmel Ruhe und Übersicht zu behalten. Er macht sogar den Eindruck, als fühle er sich wohl, als habe er jetzt endlich Gelegenheit zu zeigen, was für ein Held er ist. Wenn neben ihm das Eis klafterbreite Spalten öffnet, aus denen das Meerwasser herausspritzt, um in der Luft zu erstarren, weicht er nicht auch nur einen Schritt beiseite, während seine Männer wie aufgescheuchte Hühner über die taumelnden Schollen laufen und so ihr Leben zu retten versuchen. Payer ist kräftig genug, um den einen oder anderen der Matrosen mit einem Arm von einer heranrasenden Scholle wegzureißen. Er steht aufrecht da, wie ein Offizier der Monarchie dazustehen hat, ohne Deckung, auch wenn der Kugelhagel gegen ihn gerichtet ist. Aber Payer merkt nicht, dass keiner seiner Männer die Ruhe hat, sein Heldentum zu bewundern oder auch nur zu sehen.

Als man nach diesem bisher stärksten Eisangriff feststellt, dass noch alle Männer am Leben sind, wenn auch zerschunden und mit Krusten von Blut und festgefrorenen Kleidungsstücken bedeckt, fühlt sich Payer wie ein Offizier, der seine Getreuen erfolgreich und mit nicht nennenswerten Verlusten durch eine Schlacht geführt hat. Schiffskommandant Weyprecht hingegen scheint zum ersten Mal doch beunruhigt zu sein. Seine Tegetthoff hat Verletzungen davongetragen. Einige durch das Eis starre Taue sind wie Stangen geknickt worden und auch ein paar Türen wollen sich nicht mehr schließen lassen. In einem Laderaum haben sich Holzplanken verschoben, meistens aber nicht mehr als um Fingerbreite. Weyprecht meint, es bestehe keine Gefahr, dass Wasser eindringe, weil es ohnehin gleich gefriere.

Die Tegetthoff ist so weit vom Eis in die Höhe gehoben worden, dass sie jetzt eher wie eine weiße Festung aussieht als ein Schiff. Oberlieutenant Payer nützt die Gelegenheit und sagt den Männern, denen man bereits die längste Nacht ihres Lebens anmerkt, dass sie als Teilnehmer der österreichisch-ungarischen Nordpolexpedition schon jetzt Helden seien. Als man ihn anschweigt, will er von den Verzweifelten wissen, ob sie jetzt lieber zu Hause beim Ofen sitzen würden, versteckt unter den Röcken der sorgsamen Mütter, und sie denn nicht alle freiwillig mitgekommen wären.

Wie die Navigatoren der Expedition feststellen, treibt die Eisscholle, die ihr Schiff umklammert, weiterhin nach Nordosten, ohne dass sie dagegen etwas unternehmen können. In den letzten Wochen ist es finsterer geworden, immer kälter, und mit jedem Tag, von dem sie sich von den Offizieren erzählen lassen müssen, dass es ein Tag sei, denn sehen können sie ihn ja nicht, entfernen sie sich von der Heimat mehr und mehr. Die Männer gehen mit kindlichen Vorstellungen der tiefsten Polarnacht entgegen, krümmen sich ängstlich in die engen Kojen der Mannschaftskajüte, in denen die schweren Decken an den Wänden festfrieren, sie aber kaum vor der überallhin kriechenden Kälte schützen. Vom tief liegenden Holzplafond hängen tropfsteinartige Eisgebilde, der Rauch der Öllichter füllt in dichten Schwaden auch noch den letzten Winkel und treibt den Männern Tränen in die Augen. Ihr notwendigstes Hab und Gut liegt stets in Griffweite, damit sie beim nächsten Angriff des Eises das Schiff wenigstens mit dem Gefühl verlassen können, draußen in der unerbittlichen Kälte eine kleine Hoffnung für ein Überleben zu haben, und wenn es auch nur ein paar Wochen oder Tage dauern sollte, bis sie vor Hunger oder Kälte letztendlich doch umgekommen sein würden. Wenn sie reden, reden sie von den Almwiesen, Kapellen und Tänzen in ihren Dörfern, von Kutschenfahrten in der Stadt, vom Krieg und von ihren Frauen. Der alte Carlson ist froh, dass er wenigstens dieses Problem nicht mehr hat, sich nämlich in dieser Einöde nach dem anderen Geschlecht verzehren zu müssen, seine lebenslange Geliebte sei das zu Eis gefrorene Wasser gewesen, und er nennt sich mit dem ihm eigenen Pathos einen Mönch des kalten Gottes und der Sonnenlosen.

Der Matrose Lazaro will dem nicht nachstehen und meint, dass ihm hier nichts so wenig fehle wie die Frauen. Seine Geliebte habe er sogar verlassen und niemand hätte sein Verschwinden bemerkt. Wahrscheinlich würde die junge Frau ihn noch immer in seinem Dorf suchen, weil sie sich nicht vorstellen könne, dass er es ohne sie verlassen habe. Wenn sie wüsste, dass er einige tausend Meilen von ihr entfernt im Eis liege und nicht einmal den geringsten Gedanken an sie verschwende!

Die Männer der Tegetthoff amüsiert die Erzählung des jungen Matrosen über die Flucht vor seiner Geliebten, nur der Maschinist Krisch wird nachdenklich. Er kramt in seinen Sachen und verlässt die Mannschaftskajüte. Lazaro wird darauf aufmerksam und folgt ihm aufs Deck. Zwei Matrosen halten hier Wache und Ausschau, jederzeit bereit, mit lauten Rufen die Männer zu warnen, wenn wieder einmal das Packeis nach ihnen zu greifen versucht. Lazaro fragt Krisch, ob er ihm denn nicht glaube, dass er seine Geliebte bei Nacht und Nebel verlassen habe. Krisch gibt Lazaro einen Brief, sagt ihm, dass er von seiner Geliebten sei. Sie habe sehr wohl von seiner Absicht, aus ihrem Leben zu verschwinden, erfahren und ihn gebeten, dem Flüchtenden diesen Brief zu übergeben, aber erst, wenn sie auf See wären. Lazaro kann nicht glauben, dass er nun einen Brief von seiner Geliebten in den Händen halten soll. Krisch meint, er habe schon vorgehabt, ihm den Brief nicht mehr zu geben, als er gemerkt habe, dass Lazaro von seiner Geliebten nichts mehr wissen wolle. Aber nachdem er bei jeder Gelegenheit von ihr rede, bedeute sie ihm vielleicht doch noch mehr, als er vor den anderen und auch vor ihm zugebe.

Lazaro öffnet den Brief, findet ein beschriebenes Blatt und eine Fotografie, die das ungewöhnlich ausdrucksvolle Gesicht seiner jungen Geliebten zeigt. Lazaro ist von dem Anblick zutiefst ergriffen. Der Maschinist will wissen, ob er nicht endlich den Brief lesen möchte. Lazaro gesteht ihm, dass das nicht möglich sei, weil er weder schreiben noch lesen könne. Und seine Geliebte wisse das. Vielleicht wolle sie sich für sein Verschwinden auch nur auf diese Weise rächen. Krisch bietet Lazaro an, ihm den Brief vorzulesen. Lazaro hält immer noch das Bild in den zitternden Händen, als er zögernd zustimmt. Krisch überfliegt den kurzen Brief und sieht zu Lazaro auf. Die Geliebte, so schreibe sie, werde auf ihn warten und hoffe, dass er bald zurückkäme. Gesund. Und dass sie ihn liebe. Lazaro will wissen, was noch in dem Brief stehe. Krisch meint, dass das alles sei. Lazaro reißt den Brief an sich, erinnert sich im gleichen Augenblick, dass diese Zeichen auf dem Papier für ihn doch sinnlos sind.

Die Männer der österreichisch-ungarischen Nordpolexpedition ereifern sich in hitzigen Gesprächen über den Nordpol und über ihre ehrenvolle Aufgabe, um der Folter des fast täglichen Fliehens vor den Eispressungen wenigstens einen Sinn zu geben. Die einen meinen, vom Nordpol aus könne man nach Europa sehen, durch ein Loch in der Erde, andere, dass man dort jede Menge an Gold finde. Ein Matrose will erfahren haben, es wollten alle zum Nordpol, weil man da nicht mehr älter würde, er mit seinen zwanzig Jahren also ewig jung bliebe. Als Zeuge wird der Oberlieutenant angeführt, der doch immer von ihrer Unsterblichkeit spreche, wenn er ihnen den Nordpol in Aussicht stelle. In der Offizierskajüte kommt es daraufhin zwischen Payer und Weyprecht zu einer heftigen Auseinandersetzung. Weyprecht meint, dass man die Mannschaft nicht länger über den Nordpol im Unklaren lassen könne und sie aufklären müsse. Payer spricht sich dagegen aus, weil dann nach seiner Meinung kein Matrose mehr die Qualen einer solchen Expedition auf sich nehme.

Im Baderaum auf der Tegetthoff, nicht viel größer als eine Latrine, übergießen Lazaro und Krisch einander mit kochendem Wasser, das im Augenblick des Schüttens schon wieder erkaltet. Noch merkt man ihren Körpern die Entbehrungen der letzten Monate nicht an und Krisch ist ungleich kräftiger als Lazaro. Er will schon in seine seit Monaten feuchte und schwere Kleidung schlüpfen, als Lazaro ihn bittet, für ihn, der das Alphabet ja nie gelernt habe, einen Brief an seine Geliebte zu schreiben. Krisch meint, dass es hier, tausend Meilen entfernt von der nächsten Menschensiedlung, wohl wenig Sinn habe,

Briefe zu schreiben. Aber Lazaro beharrt auf seiner Bitte, denn er müsse seiner Geliebten unbedingt antworten.

Schiffskommandant Weyprecht klärt die Mannschaft über den Nordpol auf; dass er nichts anderes sei als der Schnittpunkt von gedachten Linien, ein Ort wie jeder andere auch und in Wirklichkeit nicht einmal sichtbar. Die Männer sind zutiefst getroffen und enttäuscht. Die einen hassen Payer, weil er ihnen etwas vorgemacht, die anderen Weyprecht, weil er ihnen eine Hoffnung geraubt hat.

Lazaro diktiert dem Maschinisten Krisch einen Brief an seine Geliebte in dem fernen Dorf, erklärt ihr, warum er sie verlassen musste, dass er nicht sein wollte, was sie von ihm erwartet habe, sie ihm verzeihen möge und er hier zu Ende kommen wolle. Das sei eine seiner wenigen Taten, vielleicht aber die wichtigste in seinem Leben. Und zu der wäre er noch immer entschlossen, auch wenn er noch in ihr Dorf zurückkönnte, aber davon sei er ja jetzt endgültig zu weit entfernt. Aber wenn man irgendwo, irgendwann seine Leiche finde, gehöre ihr der Ring, den er noch gekauft hatte, bevor er sich entschloss, sie für immer zu verlassen. Lazaro zeigt Krisch einen einfachen Silberring, den er auf einen Lederriemen fädelt und sich um den Hals hängt. Weder der junge Matrose noch Krisch bemerkt, dass Payer alles mitangehört hat.

Die Mannschaft ist immer noch erregt angesichts der Tatsache, dass ihr Nordpol nichts anderes sein sollte als ein Punkt irgendwo im Eis, den man nicht einmal sehen könne, einen, den sich Gelehrte nur ausgedacht hätten. Man will es nicht glauben und fragt den Schiffskommandanten, warum er sich seiner Sache so sicher sei. Oder sei schon einer von den Offizieren am Nordpol gewesen? Vielleicht wollten sich diese Herren ohne Mannschaft an das Gold heranmachen, das man dort wie Steine in den österreichischen Alpen finden könne. Weyprecht merkt, dass die Situation gefährlich wird, und gesteht den Männern gelogen zu haben. Natürlich könne es am Nordpol

Gold geben, vielleicht sei man dort auch unsterblich, und dass man nach Europa, nach Hause, sehen könne, will er auch nicht mehr ausschließen. Er habe lügen müssen, damit sie nicht gleich zum Nordpol losgelaufen wären, sondern das Frühjahr abwarteten, jene Tage, an denen man mit ihrem stolzen Schiff die österreichisch-ungarische Nordpolexpedition fortsetzen würde. Weyprecht spürt, wie sein Geständnis die Männer erleichtert und ihnen wieder Mut macht, doch noch als Helden nach Hause zu kommen, wahrscheinlich mit einer Schiffsladung voll Gold.

Payer muss in der Offizierskajüte feststellen, dass sein Tagebuch, eine schmale Papierrolle, lang wie das Schiff, von Ratten angefressen worden ist. Er lässt Lazaro, den Rattenjäger, wie er von einigen auf dem Schiff genannt wird, zu sich kommen. Payer macht ihm Vorwürfe, dass es ihm nicht gelungen sei, diese Schädlinge zu vernichten, deren Ausrottung jetzt nicht mehr aufgeschoben werden könne. Lazaro spürt, dass Payer nur einen Vorwand gesucht hat, um ihn ohne Mannschaft vor sich zu haben. Und Payer redet nicht mehr von Ratten, aber von seinem Anliegen. Nachdem alle wüssten, wie sehr sie beide einander hassten, könne es für Lazaro doch keine Schwierigkeit sein herauszufinden, welche Meinungen die Männer über die Offiziere hätten, was man von ihm, dem Kommandanten für die Landreisen, halte und warum Weyprecht, der Schiffskommandant, bei vielen so beliebt sei. Lazaro antwortet, dass er nicht daran denke, bei seinen Leuten für den Herrn Oberlieutenant oder sonst einen Offizier zu spionieren. Payer schaut Lazaro schweigend an. Lazaro hat das Gefühl, dass der Boden unter seinen Füßen zu zittern beginnt, aber als er sieht, dass die Bilder an den Kajütenwänden schwingen, weiß er, dass dies keine Einbildung sein kann. Er hört die Schreie vom Deck, die Befehle, sofort das Schiff zu verlassen, und will schon zur Tür laufen, als Payer ihm befiehlt, stehen zu bleiben. Lazaro gehorcht, wie er es gewohnt ist. Payer herrscht ihn an, dass er, ganz gleich, was jetzt geschehe, auf keinen Fall und unter keinen Umständen diesen Raum verlassen dürfe. Rundum erfüllt ein Lärm wie von zahllosen, dahinrasenden Eisenbahnzügen die Luft und kommt zugleich wie eine brüllende Brandung immer näher.

Die Mannschaft stolpert die engen Gänge entlang an Deck und hinunter auf das bebende Eis. Weyprecht reißt die Tür zur Offizierskajüte auf und schreit Payer und Lazaro an, sofort das Schiff zu verlassen. Payer lacht Weyprecht ins Gesicht und fragt ihn, ob er vielleicht der Sicherheit seines eigenen Schiffes nicht mehr traue. Weyprecht verschwindet aus der Tür, als die ersten Eisschollen gegen die Tegetthoff prallen. Lazaro will hinauslaufen, aber Payer versetzt ihm einen Stoß, sodass er rückwärts stolpert. Das rasend gewordene Eis scharrt an den Schiffswänden, als wollte es sich jetzt endgültig seine Beute holen. Payer lacht über Lazaros Todesangst. Er habe, schreit er den jungen Matrosen an, nie Angst gehabt, in keinem Krieg. Wenn es wolle, dann solle das Eis ihn doch erdrücken, aber dazu käme es nicht, weil er dafür bestimmt sei, den Nordpol zu erobern, und nicht dazu, um in einem lächerlichen Schiff vor seiner Zeit an sein Ende zu kommen. Und wenn, dann sei es immer noch besser hier zu sterben, als in irgendeinem langweiligen, warmen Bett. Die Tegetthoff neigt sich unter dem gewaltigen Druck der Eismassen mehr und mehr zur Seite. Payer tanzt wie eine Vogelscheuche mit ausgestreckten Armen über den zitternden Kajütenboden, Bücher fallen hinter ihm aus den Regalen, die Landkarten mit den vielen weißen Flächen für noch zu entdeckende Länder hängen schief und der große Tisch rutscht auf Lazaro zu. Oberlieutenant Payer genießt das Schauspiel, als hätte es die Natur ihm zuliebe veranstaltet, und sieht mit Genugtuung den widerspenstigen Matrosen Lazaro um sein junges Leben zittern. Eine weitere Erschütterung des Schiffes lässt die Tür der Kajüte auffliegen. Lazaro ist von ihr nur ein paar

Schritte entfernt, will schon darauf losrennen, um dieser Hölle zu entkommen. Aber es sieht aus, als hielte ihn angesichts des Schiffskommandanten sein Stolz davon ab, die Gelegenheit zur Flucht zu nützen. Das Schiff schreit wie im Todeskampf und die beiden rechnen damit, dass seine Wände dem gewaltigen Druck und den unausgesetzten Schlägen des Packeises nicht mehr lange standhalten werden. Jeder wartet auf seine Art auf das Endgültige, auf das Zerdrücktwerden.

Außerhalb des Schiffes hüpfen zweiundzwanzig Männer um ihr Leben, springen von schwankenden, mannsdicken Eisschollen auf andere, die für einen Augenblick ruhig sind und Sicherheit versprechen, um dann umso heftiger zu beben und zu schaukeln. Schiffskommandant Weyprecht muss mitansehen, wie die Schneemassen einen Teil der Reling niederwalzen und Eistürme sich auf das Deck seiner Tegetthoff schieben.

Lazaro und Payer hätten nun gar keine Möglichkeit mehr zur Flucht. Eine Scholle bricht wie eine nach ihnen greifende Hand zur Tür herein, sodass sich jetzt auch Payer, will er nicht im nächsten Augenblick begraben werden, an die gegenüberliegende Wand drücken muss, an der schon Lazaro kauert und sein Ende kommen sieht. Ein paar Handbreit vor ihren Gesichtern hält das Ungetüm an, über ihren Köpfen schwingt das an der niedrigen Kajütendecke hängende Tranlicht und lässt das Eis im gelben Schimmer flackern. Die beiden können sich nicht von der Stelle rühren, aber der nachlassende Lärm und das Auspendeln der Lampe zeigt ihnen, dass sie wieder einmal entkommen sind. Während die ersten Rufe der Mannschaft von draußen hereindringen, versuchen die beiden einander auszuweichen, liegen sie doch wie in einem gemeinsamen Sarg Körper an Körper.

Schiffskommandant Weyprecht befiehlt seinen Leuten, so schnell wie möglich alles an Fackellicht zu entzünden und nach den beiden Männern zu graben, die sich noch an Bord befinden müssen und von denen er hofft, dass sie noch leben.

Payer lächelt, Lazaro ist in Angstschweiß gebadet. Der Oberlieutenant sieht es, obwohl der junge Matrose sein Gesicht abwendet. Die aufgeregten Schreie der Männer kommen näher und die beiden hören auch schon das erste Hacken ins Eis. Payer sagt Lazaro, dass er nichts so sehr hasse wie Feigheit. Seine Stimme klingt in ihrem schmalen Gefängnis dumpf und es ist Lazaro unmöglich, ihr zu entrinnen. Er sei doch kein Mädchen, meint Payer zu dem jungen Matrosen. Die ganze Reise habe er doch nichts anderes gewollt, als im Eis zu Ende zu kommen. Wenn die Mannschaft nicht schnell genug sei, um den Berg über ihnen wegzuräumen, könne ihm dieses widerliche Verlangen noch erfüllt werden. Die Männer draußen scheinen um die Gefahr für ihren Kommandanten zu wissen, denn sie hacken voller Hast und aufs Heftigste ins Eis. Payer meint, Lazaro brauche keine Angst zu haben, der Schiffslieutenant werde alles tun, um ihr beider Leben zu retten. Er sei doch ein guter Kommandant. Das wäre es auch, warum ihn die Mannschaft so sehr möge, mehr als ihn, den Kommandanten für die Landreisen, der noch immer keinen Flecken Erde erobert habe. Um Payer nicht ansehen zu müssen, starrt Lazaro in das über ihm hängende Tranlicht. Payer lässt nicht locker, nennt ihn einen dummen Analphabeten, so er überhaupt wisse, was dieses Wort bedeute, der in den Wahn verfallen sei, einer tausende von Meilen entfernten Geliebten zu schreiben. Dabei habe er nicht einmal eine Ahnung, was diese Geliebte nun fühle. Sie könne sich bestimmt nicht vorstellen, in welcher Lage ihr Auserwählter sei. Lazaro glaubt schon im Schimmer des Tranlichts das Gesicht seiner Geliebten zu erkennen, während es der Mannschaft draußen nach und nach gelingt, immer mehr von den Schneehügeln und Eismassen abzutragen. Schon sind die ersten Schemen ihres Fackellichtes durch das dünner werdende Weiß zu sehen. Payer fragt Lazaro, ob er sich darüber im Klaren sei, dass seine dem Maschinisten Krisch diktierten Briefe an die ferne Geliebte frühestens in ein paar Jahren ankämen? Gleichzeitig mit ihm, oder vielleicht sei er dann schon tot. Oder sie würden überhaupt erst in Jahrzehnten, vielleicht sogar Jahrhunderten durch Zufall von einer anderen Expedition aufgefunden, wenn sein Plan, hier im Eis zu Ende zu kommen, aufginge. Lazaro kann seinem Kommandanten nicht antworten. Er schaut zur Eisscholle über ihm und auf ein Beil, das sich immer näher zu ihnen gräbt und endlich ein Loch schlägt. Durch diesen neuen Himmel rieselt Schnee und die Stimmen der Retter klingen nah und hell.

3

Als die Kommandanten den 200. Tag auf der Tegetthoff feiern wollen, finden sie wenig Begeisterung bei der Mannschaft und ihnen wird auch nicht mehr geglaubt, dass die Sonne nach dieser ewigen Nacht jemals wiederkehren würde. Wenn Weyprecht von der Standhaftigkeit seines Schiffes redet und meint, ein Beweis dafür wäre, dass selbst in den größten Bedrängnissen nichts passiert sei, hört man ihm überhaupt nicht mehr zu. Längst bringen die Männer die Angriffe des Eises mit Kräften von Geistern in Verbindung, da die Natur niemals so unmenschlich sein könne. Keiner wisse, wohin man treibe, es werde immer nur finsterer, kälter und schrecklicher. Der Tiroler Klotz schaut in eine Kerzenflamme und glaubt, die Sonne zu sehen, und Weyprecht, der sonst alles zu wissen scheint, kann auf die Frage der verstörten Mannschaft, wohin sie treiben, keine Antwort geben. Er versucht, sie aufzuheitern, und befiehlt Musik. Doch die Klänge der Harmonika von Marola und die des Saxophons von Scarpa ersticken schon nach wenigen Takten in der feuchten Luft der Mannschaftskajüte.

Die beiden Befehlshaber weichen einander aus. Wenn Payer am Tisch der Offiziere sitzt, friert Weyprecht in seinem Ruderhaus, bestimmt die beunruhigenden Positionen ihres Driftens oder schielt auf die zitternde Kompassnadel, deren Bewegungen er sich nicht erklären kann. An Deck wird regelmäßig das Glas geschlagen und einige der wachhabenden Männer wollen eine Antwort aus dem schwarzen Firmament gehört haben und nicht glauben, dass es, wie ihnen Weyprecht immer wieder sagt, nur das Echo sei. Payers Knecht Haller meint, er kenne zwar das Echo der Berge, nicht aber das der Hölle.

Wer nicht mit der Gnade gesegnet ist, diese Ewigkeit im Schlaf zu verbringen, kriecht an Deck, um in die vollkommene Dunkelheit zu starren. Das Gerücht taucht auf, von wilden Eingeborenen und Tieren umgeben zu sein und dauernd beobachtet zu werden. Man steigert sich in die Vorstellung, dass diese Wesen sie trotz der Finsternis sehen könnten und nur darauf warteten, das Schiff zu überrennen und die Mannschaft umzubringen. Als die Tranlichter an Bord zu flackern beginnen und einige sogar verlöschen, recken die Männer ihre Köpfe in die schwarze Kälte und lauschen mit angehaltenem Atem in das Nichts, das in ihrer Vorstellung und nach dem Durchleiden monatelanger Dunkelheit voll von Feinden ist. Einige Matrosen verlangen, sich bewaffnen zu dürfen, und die Kommandanten, die ja ihre Gewehre und Revolver auch immer mit sich tragen, erlauben es.

Weyprecht, Payer und Orel beugen sich über den Schiffskompass, starren auf die Magnetnadel, die so heftig zittert wie nie zuvor. Als dann draußen in der endlosen Nacht helle Schleier auftauchen, feuern die an Deck lauernden Männer mit ihren Gewehren auf sie. Das unheimliche Licht aber wird stärker und entfaltet alle Farben. Die Hunde im Zwinger heben die Köpfe und beginnen, mit zurückgelegten Ohren zu heulen. Das, was für die Mannschaft einmal das Firmament war, ist jetzt überzogen mit einem feurigen Schauspiel, ist abwechselnd tosendes Flammenmeer und dann wieder ein hauchzarter Schleier goldfarbener Fäden. Die Luft scheint von einem außerirdischen Singen erfüllt zu sein, vielleicht aber ist es auch nur das rauschende Blut in den Köpfen der Verstörten. Die Kommandanten betrachten nicht weniger gebannt das die Sinne betörende Bild, zeigen sich aber beruhigt, versuchen den Männern klarzumachen, dies sei nichts anderes als das wundersame Nordlicht, eine ganz natürliche Erscheinung in arktischen Gebieten. Aber jetzt glauben ihnen die Männer nicht mehr. Man spricht von einer Schlacht, die da tobe, von der Verbrennung tausender Hexen oder von der Hölle, auf die man unweigerlich zutreibe. Nur einige fallen auf die Knie und meinen, so sehe der Himmel aus, wie er in der Bibel stehe, aus der ihr Schiffskommandant jeden Sonntag vorlese.

Das geheimnisvolle Lichtertreiben verschwindet wieder, die Hunde hören zu heulen auf, aber die Männer sind verwirrt bis in die halb erfrorenen Gebeine. Sie erklären den Offizieren, dass sie gemeinsam beschlossen hätten, ihr Schiff nicht mehr zu verlassen. Man werde weder zur Latrine gehen noch von Deck springen, wenn die Macht des Eises wieder über einen hereinbreche. Lieber würde man im Bauch der Tegetthoff erdrückt werden, als auf dem Eis herumzuirren und ohne jede Hoffnung auf Rettung erst recht dem Tod durch Hunger und Kälte ausgeliefert zu sein.

Lazaro formt Worte und Sätze, sein Freund Krisch schreibt sie auf. Er spricht dabei so laut, dass ihn nicht nur die Mannschaft hören kann, sondern auch der Herr Oberlieutenant Payer. Es sieht aus, als richte Lazaro diesen Brief mehr gegen ihn als an seine Geliebte. Lazaro erzählt, dass sein Plan geglückt sei. Sie würden in der Nacht und Einsamkeit verschwinden und kein Mensch werde sie jemals wieder finden. Mit jeder Stunde entfernten sie sich mehr und mehr von der Menschheit, um wie auf einem reißenden Strom sich dem Ende zu nähern, ohne auch nur die geringste Möglichkeit zu haben, ihr rasendes Verhängnis anzuhalten. Und das sei ihm nur recht. Nie habe er einer wie sein Vater werden wollen, den er verabscheue und der seine Familie auf die grauenhafteste Weise im Stich gelassen habe. Er hoffe, dass der nächste Angriff des Eises schnell komme und sie in diesem Sarg zerdrücke. Ansonsten müsste er hinausgehen, wohin sich keiner mehr wagte, nicht einmal, um seine Notdurft zu verrichten, sich die Kleider vom Leib reißen und in der Kälte erstarren.

Noch bevor Krisch den letzten Satz aufschreiben kann, springt ein Matrose auf und schlägt ihm die Feder aus der

Hand. Erst jetzt merkt Lazaro, wie ihn die Männer mit Angst erfüllten, fahlen Gesichtern aus den dunklen Kojen heraus anstarren. Das Antlitz von Krisch ist mit Tinte bespritzt, der Maschinist sieht aus, als trage er eine Maske. Totenstill ist es an Bord und keiner wagt sich zu rühren. Selbst Payer hat sich von Lazaros düsterer Beschreibung ihrer heillosen Zukunft überwältigen lassen. So merkt auch er nicht, wie es, in diesem Augenblick der gemeinsamen Verzweiflung noch kaum erkennbar, langsam heller wird, sich ein ahnbarer Schimmer zeigt. Noch versteht niemand, was vor sich geht. Erst als ein dünner Strahl, wie der einer Laterna magica, in die Mannschaftskajüte dringt und die in der Luft schwebenden Staubteilchen zum Glühen bringt, begreifen einige. Als würde dieses vergessene Licht die Toten wieder lebendig machen, beginnen die Männer sich langsam zu erheben. Payer springt auf und hetzt auf das Deck, fast alle folgen ihm. Krisch vergisst auf die Tinte in seinem Gesicht, nimmt Lazaro an der Hand und zerrt ihn hinaus.

Am Horizont erscheint ein dünner, glühend roter Strich, der den Himmel zu einem gelben Leuchten bringt. Inzwischen sind auch die letzten der zwei Dutzend Männer ans Deck gekrochen, aber keiner wagt es, auch nur ein Wort zu sagen. Atemlos schaut man in die heraufsteigende Sonne, die das fast vollständig mit Schnee bedeckte Schiff mit einer goldenen Aura umhüllt. Scarpa lässt sich auf das bis an die zerstörte Reling gewachsene Eis gleiten und er läuft so schnell er kann einen der Schneehügel empor, um möglichst viel von der unvollständigen Scheibe zu sehen. Die Matrosen klettern auf die Masten, um nur ja nichts von diesem wundersamen Augenblick zu verschenken. Die durch die fast ewige Polarnacht vollkommen veränderte Eislandschaft scheint Feuer zu fangen. Weyprecht befestigt mit klammen Fingern die Schiffsflagge und ein paar Matrosen helfen ihm schweigend, sie hochzuziehen. Das Sonnenlicht fällt auf die Fahne und es ist das Schönste, das die Männer der österreichisch-ungarischen Nordpolexpedition jemals gesehen haben. Noch nie erschienen ihnen die Farben dieses bestickten Stofftuchs so prachtvoll, während sie ihr Erschrecken verbergen müssen, wenn sie einander anblicken und in die grauesten Gesichter ihres Lebens schauen. Ihr Schiff, hoch auf einem Eiswall und entsetzlich weit vom darunter liegenden Wasser entfernt, ähnelt einer Festung, einer Geisterburg, von einer Landschaft umgeben, die auf dem Mond sein könnte. Die Bauten aus Eis sind unter Schollen begraben oder in der Tiefe verschwunden, der Schnee ist vom Kohlenruß schwarz und die unzähligen Eisbrüche erwecken den Eindruck, Gassen des aus dem Meer aufgetauchten Atlantis zu sein.

Es ist erst ein kleiner Teil der Sonne über dem Horizont, als sie schon wieder beginnt, dahinter zu verschwinden. Der Aufgang der Sonne und ihr Untergehen folgen aufeinander innerhalb von wenigen Augenblicken, verschmelzen zu einer Einheit. Und dennoch hat die Sonne die Angst der Männer, die vor der Nacht und die vor dem Tod, endlich gesprengt und vergessen gemacht. Sie haben ihre Sprache wieder gefunden, laufen herum, stolpern und sind von dem Gedanken erlöst, von Dämonen umgeben zu sein. Sie klettern auf ihr Schiff zurück, diesem nördlichsten Fort der Menschheit. Die Sonne ist verschwunden, aber die Männer wissen jetzt, dass sie abermals kommen wird. Ihre Kommandanten haben Recht gehabt, man hat sie nicht belogen. Dann werden wir auch den Nordpol erobern, meint einer der Matrosen.

Krisch und Lazaro lehnen an der Reling der Tegetthoff, die nun wieder ihre ist. Beide sind immer noch überwältigt vom Lichterspiel, der wundersamsten Erlösung in ihrem Leben. Um sie herum ist es lebendig und geschäftig laut geworden. Die Männer reden in ihren verschiedenen Sprachen aufgeregt durcheinander wie beim Turmbau zu Babylon. Lazaro sagt etwas zu Krisch, und dieser versteht vorerst nicht. Lazaro wiederholt, er, Krisch, solle ihm Lesen und Schreiben beibringen; dann könne er die Briefe an seine Geliebte selbst schreiben. Krisch sieht seinen Freund an, wie es scheint, mit Freude und Beunruhigung zugleich. Er erklärt sich einverstanden, aber nur unter einer Bedingung: Als Lohn dafür verlange er den Brief seiner Geliebten, den er ihm vor ein paar Monaten überbracht habe. Lazaro versteht nicht, will wissen, warum. Krisch antwortet nach einigem Zögern, dass mit diesem Brief ihre gemeinsame Geschichte begonnen habe und er ihn als Andenken behalten möchte. Lazaro öffnet seine Pelzjacke, zieht den Brief hervor, dem man ansieht, dass er ihn ständig an seinem Körper getragen haben muss, und gibt ihn Krisch.

Oberlieutenant Payer befiehlt noch in der Dämmerung des kommenden Polartages seinem Knecht Haller, die widerspenstigen Hunde vor den Schlitten zu spannen, damit sie endlich an das Geschirr gewöhnt würden und für die zukünftigen Expeditionen bereit wären. Das Vieh, wie Haller es nennt, wehrt sich, will einfach davonlaufen und nicht den mehrere Zentner schweren Schlitten, mit Payer obenauf sitzend und peitschenschwingend, durch das zerklüftete Labyrinth ziehen. Der stoßende Atem der Hunde hüllt sie in Wolken. Einige der Tiere gehen auf die anderen los oder ziehen in die entgegengesetzte Richtung, sodass sich ihre Leinen verheddern und der Schlitten immer wieder umstürzt. Aber Payer ist ja nicht nur der Kommandant der Menschen, sondern auch der Hunde, und er lässt keinen Zweifel aufkommen, dass er ihnen seinen Willen noch aufzwingen wird.

Schiffskommandant Weyprecht hat Lazaro zu sich in die Vorratskammer unter Deck befohlen und ihm aufgetragen, die Tür zum angrenzenden Laderaum mit einem schweren Vorhängeschloss zu versperren. Lazaro hat nicht den Mut, ihn zu fragen, was an so Wertvollem in diesem Raum sei, damit man ihn abschließen müsse. Weyprecht nimmt den Schlüssel an sich und meint, mit Freude von Krisch gehört zu haben, dass Lazaro

Lesen und Schreiben lernen wolle. Und ihm, dem Kommandanten, müsse man vertrauen. Man werde das Schiff aus dem Packeis befreien, die Expedition fortsetzen und alle würden gesund nach Europa zurückkehren. Aber es sei nicht so tragisch, wenn man ohne Nordpol zurückkomme. Allein um ihr Schiff herum gäbe es genug zu erforschen, was für die Wissenschaft von höchster Bedeutung sei. Dazu müsse man nicht mit allen Anstrengungen und ohne Rücksicht auf Leib und Leben hunderte Meilen in ein bedeutungsloses, aber tödliches Nichts vordringen. Der Nordpol sei für die Wissenschaft vollkommen gleichgültig, seine Eroberung diene bestenfalls der Befriedigung von Eitelkeiten. Leider gäbe es den einen oder anderen mit der unseligen und lächerlichen Hoffnung, dass die Namen solcher Landjäger nie vergessen und sie selbst dadurch unsterblich würden. Solche Narreteien seien ihm zutiefst zuwider, Menschenleben ungleich wichtiger, als irgendwelchen Breitengraden nachzulaufen. Lazaro hat seinen Schiffskommandanten noch nie so erregt gesehen. Als die beiden über die Holzleiter auf das Deck zurückklettern, begegnen ihnen Payer und einige der Matrosen, die offenbar Zeugen ihres Gesprächs geworden sind. Lazaro, auf Geheiß des Oberlieutenants der Rattenfänger der Tegetthoff, sieht ein paar der Nagetiere zwischen den gestapelten Vorräten umherhuschen.

Von den Tauen der Tegetthoff lösen sich durch das Ansteigen der Temperatur Eiszapfen und zersplittern auf dem Deck. Dieses Geräusch, wie von unentwegt zerbrechenden Spiegeln, erinnert die Männer daran, dass sie es kaum noch wagen, ihres erschreckenden Aussehens wegen in solche zu blicken, zugleich aber gibt es ihnen Hoffnung, dass ihre Gefangenschaft bald ein Ende haben und sie ihre Fahrt fortsetzen könnten. Weyprecht befiehlt angesichts des Tauwetters und der zu erwartenden Befreiung, die Tegetthoff auf Hochglanz zu bringen. Der Schiffsboden muss dabei mit heißem Sand gereinigt werden, weil das

Wasser immer noch sofort gefriert. Krisch wartet darauf, endlich wieder seine Dampfmaschine befeuern zu dürfen, und versucht, dem jungen Matrosen Lazaro Lesen und Schreiben beizubringen. Die Buchstaben des halben Alphabets kann sich Lazaro schon merken, und täglich kommen neue hinzu.

Je heller es wird, umso mehr ist von der durch die Eispressungen vollkommen veränderten Scholle zu sehen. Eine zerklüftete Eiswüste umgibt das Schiff, die im Licht der tief stehenden Sonne wie die Silhouette einer fremdländischen Kapitale aussieht, ein Meer von Häusern, Gassen, Winkeln, Dächern, Rauchfängen, Türmen, Giebeln und Fassaden, alle weiß glänzend mit einem schwarzen Himmel dahinter. Man hat das Fallreep weggeräumt und eine Treppe in das Eis geschlagen, über die man die Tegetthoff bequem wie ein Stadtpalais betreten kann. Am Firmament stehen jetzt täglich Nebensonnen, manchmal neun an der Zahl, die den Männern das Gefühl geben, in einer außergewöhnlichen Welt zu leben, auch wenn Weyprecht erklärt, dass sie nicht wirklich vorhanden seien, nichts anderes wären als Luftspiegelungen der einzigen und wahren Sonne. Die Mannschaft ist gierig darauf, die in der Polarnacht zerstörten Vorratshäuser aus Eis wieder aufzubauen. Sie errichten auch solche, die sie nicht unbedingt brauchen, die ihnen aber Freude machen, wenn sie nach tagelanger Arbeit endlich fertig sind: Bauten mit kristallenen Mauern und glatt geschliffenen Kuppeln, Türmen in allen Höhen und Formen, Schöpfungen aus dem Element des Wassers und jede kühner als die vorige.

Payer hat den Bau einer Straße angeordnet: drei Meilen, mitten durch das Eis und um ihr Schiff herum, über Pässe und Aufschüttungen, ausgestattet mit Serpentinen. Spiegelglatt soll sie werden, hat er befohlen. Die Männer verstehen den Sinn einer solchen Straße nicht und auch nicht, wozu sie jetzt noch in die widerspenstigen Riffe und Barrieren geschlagen werden soll, wenn man ohnehin demnächst auslaufen werde. Obwohl die Sonne schon täglich kräftiger scheint, sieht es nicht so aus, als könnte sie das Schiff aus der riesigen Eisscholle herausschmelzen. Krisch konstruiert deshalb einen tonnenschweren Meißel, der mit Flaschenzügen in ein turmhohes Holzgerüst gehängt wird. Wenn der mächtige Stahl auf das Eis herunterrast, scheucht sein Aufprall noch weit vom Schiff entfernt die Eisbären auf.

Einige Matrosen fragen Lazaro, was in dem Laderaum sei, den er im Auftrag des Schiffskommandanten abgeschlossen habe. Er antwortet ihnen, es selbst nicht zu wissen, keine Gelegenheit gehabt zu haben, etwas zu sehen. Ein Matrose glaubt, dass Weyprecht dort vielleicht Gold gelagert habe, das er dem Zaren schenken wolle, wenn sie Russland über die so begehrte Nordostpassage erreicht hätten. Die anderen vermuten hinter der versperrten Tür Gewehre, die man doch noch brauche, wenn sie gegen Wilde und Eingeborene kämpfen müssten. Oder vielleicht seien es Delikatessen? Nein, Branntwein. Oder eine Frau? Die Geliebte ihres Schiffskommandanten? Die Männer sind sich einig, dass Weyprecht etwas Besonderes vor ihnen verbirgt.

Oberlieutenant Payer jagt sein Hundegespann die inzwischen fertige Eisstraße entlang, wobei einige der Tiere sich noch immer unwillig aufbäumen oder sogar ihren Herrn mit bleckenden Zähnen anfallen. Payer knallt ihnen dann seine Peitsche über die weit aufgerissenen Mäuler und wird rasend, wenn der unwilligste und bisswütigste der Hunde, den er deswegen Fletscher genannt hat, sich vor den Augen der Mannschaft seinem Willen nicht beugt. Schiffskommandant Weyprecht hingegen sitzt in der Nähe seiner wunden Tegetthoff oft stundenlang in einem Zelt und notiert seine Messungen der Wassertiefe, des Magnetismus und der Windrichtungen mit der Akribie des Wissenschaftlers.

Die Kommandanten merken, dass die Männer von Tag zu Tag unruhiger werden. Einige sprechen sogar offen aus, dass sie in der ganzen Expedition überhaupt keinen Sinn mehr sähen, wenn ihr Schiff nicht bald im Wasser wäre. Oberlieutenant Payer und Schiffslieutenant Weyprecht beginnen früher als geplant ihre Schlacht gegen das Eis. Ohne Unterbrechung wird der schwere Stahlmeißel vor dem Bug des Schiffes eingesetzt. Sein sich ständig wiederholender Aufprall dröhnt der Mannschaft in den Ohren, tagelang, aber dem zähen Eis kann er kaum etwas anhaben. Payer befiehlt den Männern, die darauf schon ungeduldig gewartet haben, eine Sprengladung unter die wie Spielkarten aufgefächerten Eisschollen zu schieben. Nachdem ein Matrose die Schwarzpulverschnur in Brand gesteckt hat, wartet man in Deckung und mit erhitzten Gesichtern auf die Zündung. Vom Deck der Tegetthoff splittert unter dem Druck der gewaltigen Explosion ein Stück der Reling und die Planen von Weyprechts Zelt flattern, als wollte es davonfliegen. Das Eis hätte zerbersten sollen, aber es ist kaum verletzt worden. Payer jedoch will sich von der Natur nicht bezwingen lassen, wird immer rasender, bringt die Sprengladungen selbst an, jagt eine nach der anderen hoch, in immer kürzeren Abständen, verdoppelt die Pulvermenge, verdreifacht, verzehnfacht sie.

Die Männer können sich nicht erinnern, in einer der von ihnen mitgemachten Schlachten solch wochenlange Feuerwerke erlebt und ein so unausgesetztes Donnern gehört zu haben. An wolkenverhangenen oder nebligen Tagen wird die Tegetthoff vom Lichtschein der Detonationen beleuchtet, als sei sie inmitten einer tobenden Seeschlacht, in der dieses Schiff von ganzen Flotten beschossen wird und im nächsten Augenblick durch einen Volltreffer versenkt werden könnte. Payer führt mit den Männern den heftigsten Krieg seines Lebens, wird immer kühner und leichtsinniger im Umgang mit dem Pulver, weil es ihm so wirkungslos und harmlos erscheint, und muss mitansehen, wie ein ins Eis gerissenes Loch im nächsten Augenblick zufriert und das Schiff festsitzt, wie es vor einem dreiviertel Jahr auch schon festgesessen ist.

Man gräbt Zisternen ins Eis und muss erkennen, ohne überhaupt das Meerwasser erreicht zu haben, dass es mindestens so dick ist wie ihr stolzes Schiff breit. Das rasselnde Geräusch beim Hochziehen des Eismeißels wechselt mit dem seines Aufpralls und dem nachfolgenden Beben ab. Einmal reißt das Seil und das tonnenschwere Stahlstück zermalmt beinahe einen Matrosen. Dieser Matrose ist an dem Tag der einzige glückliche Mensch an Bord, weil er, wie er es allen erzählt, sein Leben ein zweites Mal geschenkt bekommen hat.

4

Die erschöpfte Mannschaft ist auf dem Deck angetreten. Das Trompetensignal und ein Trommelwirbel sollen sie daran erinnern, dass sie immer noch Angehörige der österreichisch-ungarischen Marine sind. Die Flagge wird gehisst und man salutiert. Weyprecht ruft die Männer nacheinander beim Namen auf und ihr „Hier!“ kommt manchmal sehr leise aus den Mündern, die fast alle eine Krankheit zeigen, vor der sie die größte Angst gehabt haben. Aber keiner wagt es, den Namen Skorbut auszusprechen, weil das Unglück bringen soll. In den letzten Wochen ist es immer heller geworden, das gleißende Licht frisst sich in die Konturen der Männer. Bereitwillig tragen sie alle Schutzbrillen, um nicht innerhalb von schon wenigen Stunden das Augenlicht zu verlieren. Die Eis- und Schneemassen um sie herum sind vom brennendsten Weiß, das je ein Mensch gesehen hat, und es lässt das weit entfernte, offene Wasser und den Himmel schwarz erscheinen.

Payer treibt seine Hunde unerbittlicher denn je über die Eiswüste, dann die Straße entlang, einmal im und das nächste Mal gegen den Uhrzeigersinn, in einem zum Ritual gewordenen Gewaltakt. Fletscher wehrt sich noch immer gegen seinen Herrn, der ihn dann ohne Unterlass mit Schlägen überzieht, um das Vieh auf den richtigen Weg und ins Eis zu bringen. Wenn dann der Herr Oberlieutenant den Lederriemen der Peitsche durch seine nackte Faust gleiten lässt, ist sie rot vom Blut des ungehorsamen Tieres.

Payer hat in der haushohen Eisdecke unter der Tegetthoff eine Luftblase entdeckt. Er lässt die Männer einen Stollen hineinschlagen und betritt mit ihnen eine weiße Höhle, größer als ihre Kajüten und Laderäume. Vom Plafond des Raumes, der durch seine entrückende Wirkung sogar den Oberlieutenant einige Minuten lang verharren lässt, schimmert durch die Eisdecke der dunkle Bauch der Tegetthoff. Die Männer graben auf seinen Befehl weiter und gelangen auf der anderen Seite des Schiffes wieder ins Freie. Payer verlängert den Parcours seiner Hundehetzjagden und verschwindet ab diesem Tag mit seinem Gespann immer wieder unter der Tegetthoff, um backbords wieder in rasender Fahrt aufzutauchen.

Der Oberlieutenant hat aber noch genug andere Einfälle, um Tier und Mensch wach zu halten. Er setzt für denjenigen eine Geldprämie aus, der es wagt, bis zum hörbaren Ausklinken unter dem Eismeißel stehen zu bleiben und erst dann wegzulaufen. Niemand möchte um das Geld, mit dem er hier ohnehin nichts anfangen kann, sein Leben riskieren, bis sich dann doch ein Matrose meldet. Der tonnenschwere Stahl wird unter dem rasselnden Geräusch hochgezogen und eingeklinkt. Keiner der Männer will das Schauspiel versäumen, aufgeregt umringen sie das Holzgerüst. Der Matrose stellt sich unter den Stahlmeißel. Weyprecht sieht vom Deck der Tegetthoff aus zu, während Payer seinem Knecht Haller befiehlt, an das Seil mit dem Sperrhaken zu gehen. Haller weigert sich, möchte nicht zum Scharfrichter an einem seiner Freunde werden, aber Payer duldet keinen Widerspruch. Auf den Tauen des Schiffes hat sich eine Schar von Möwen niedergelassen, als wüssten sie, dass ihnen ein aufregendes Schauspiel bevorsteht. Der Matrose schwitzt mehr, als er es je beim Kampf gegen das Eis getan hat, und Payer hebt die Hand, um Haller das Zeichen zum Ausklinken zu geben. Dabei sieht er Lazaro ins Gesicht, das dem Oberlieutenant allen Hass der Welt zeigt. Payer lässt die Hand fallen, Haller zieht gehorsam am Seil. Das Klicken der Halterung knallt laut wie ein Schuss und der Stahlkoloss setzt sich in Bewegung. Der Matrose springt im letzten Augenblick beiseite und die Eisscholle bebt unter dem Aufprall des Meißels. Die Männer brechen in Jubel aus.

Lazaro wendet sich ab, als ihm Payer zuruft, dass nun er es versuchen müsse. Lazaro weiß, dass er jetzt die Wahl hat, zum Gespött der Männer zu werden oder endlich ans Ziel seiner Reise zu kommen. Die Männer ziehen eifrig das Stahlstück hoch, das vertraute Rasseln tönt über die Eislandschaft. Payer deutet Lazaro mit einer Kopfbewegung, unter das Holzgerüst zu treten. Lazaro macht einen Schritt darauf zu, als Weyprecht vom Deck der Tegetthoff ruft, unverzüglich mit diesem Schauspiel aufzuhören. Payer wendet sich nur kurz dem neuen Gegner zu. Die Mannschaft gibt ihrem Unmut über diese Unterbrechung Ausdruck, einige murmeln von der Feigheit ihres Schiffskommandanten. Payer deutet Lazaro nochmals, sich doch endlich unter das Schafott zu stellen. Weyprecht kommt über die Eisstiege die Tegetthoff herunter und tritt an Payer heran. Der Schiffskommandant gibt dem Kommandanten für die Landreisen den Befehl, dieses Spiel zu unterlassen, weil es verwerflich sei wie Russisches Roulette. Die Mannschaft stellt sich auf die Seite Payers, sie will ihr Vergnügen haben, von denen es in ihrer kalten Welt so wenig gibt. Weyprecht wiederholt seinen Befehl. Payer antwortet ihm ruhig, er könne auf dem Schiff befehlen, nicht aber hier. Weyprecht erinnert Payer, dass er als Schiffskommandant auf dem Wasser und Eis befehlen könne, und sie stünden auf Eis. Payer könne auf einem Land befehlen, aber davon sehe er weit und breit keines. Payer salutiert betont gehorsam, lacht Weyprecht ins Gesicht, winkt Lazaro mit einer Geste der Verachtung beiseite und gibt Haller das Zeichen, das Seil auszuklinken. Der Stahlmeißel fällt ins Leere, prallt auf das Eis. Die Männer sind enttäuscht und Lazaro weiß, dass der Herr Oberlieutenant Payer ihm noch nie so Feind gewesen ist wie jetzt und dass er es auch in Zukunft sein wird.

Der Maschinist Krisch freut sich über die Fortschritte, die Lazaro beim Erlernen von Lesen und Schreiben macht. Er verzichtet darauf, ihm alle Buchstaben beizubringen, weil er meint, dass man manche ohnehin nie brauche. Der Tiroler Klotz ist neben ihnen nicht mehr als Knecht, selten als Mensch und meistens nur noch als Körper anwesend, den man in seiner Koje manchmal aufrichtet und dann wieder hinlegt. Klotz hustet, singt und keucht aus dem Dunkel seines Verschlags, ohne jemanden wahrzunehmen. Die Männer haben sich an seinen Anblick gewöhnt und seine traurigen Lieder lassen sie vor Heimweh täglich sterben.

Oberlieutenant Payer scheint der Drill seiner Hunde nicht mehr zu genügen. Er befiehlt den Männern, vom Schiff auf das Eis zu kommen und in Reihe anzutreten. Ihre Straße, so sagt er, würden sie jetzt entlanglaufen, heute, morgen, jeden Tag, vormittags, nachmittags. Noch nie habe er eine Mannschaft gesehen, die so verkommen und verweichlicht gewesen sei wie diese. Drei Meilen im Laufschritt oder noch schneller würden ihre verrotteten Leiber wieder kräftigen. Denn wenn sie Land entdeckten und ausgedehnte Expeditionen machten, ginge das nur mit gestählten Körpern, mit Männern und nicht mit Weibern. Payer läuft voran, befiehlt den Männern, ihm zu folgen. Diese wissen nicht, wie ihnen geschieht. Payer schreit sie an, dass sie zu laufen hätten. Einige stolpern los, fallen hin, andere versuchen, ihren Kommandanten einzuholen, es ihm gleichzutun. Payer zieht einen Gestürzten hoch und treibt ihn vor sich her. Die durch ihre Pelze und kranken Glieder unförmigen Gestalten bemühen sich, eingeschüchtert durch Payers scharfen Ton und in Erinnerung seines harschen Umgangs mit den Hunden, zu laufen, wenigstens den Punkt, den sie auf der kalten, von den Schlittenjagden aufgerissenen Straße fixieren, zu erreichen, um sich dann keuchend fallen zu lassen. Payer bellt die Männer an, macht ihnen klar, dass sie keine Chance hätten zu überleben, wenn ihre Körper marod seien, auch keine, von ihm auf die Schlittenreise mitgenommen zu werden, die sie in die neuen Länder machen würden.

Dort, wo Tage, Wochen und Monate zuvor Payers Hunde ihre Spuren gezogen haben, schlängelt sich jetzt eine Kette aus Menschen, vorbei am Beobachtungszelt, in dem voller Hingebung Weyprecht sitzt, in sein Mikroskop starrt und die Formen der winzigen Flechten nachzeichnet, das Einzige an Flora, was er hier finden konnte. Payer hat genügend Kraft, um von den vordersten, den eifrigsten oder gehorsamsten der Männer zu den Nachzüglern zu laufen und sie anzutreiben und dann wieder alle zu überholen. Einer spuckt Blut. Payer sagt ihm, das komme vom untätigen Herumsitzen. Eine Seemeile sind sie schon gelaufen, gestolpert, gestürzt. Die Tegetthoff thront in ihrer Mitte, wie ein Bienenschwarm auf Hochzeitsflug umkreisen die Männer das Schiff. Einige fluchen, laufen aber weiter, keiner will jetzt versagen, möglicherweise zum Gespött der Tüchtigen werden oder gar wie ein niedergeschossener Bär auf der Straße liegen bleiben. Manche helfen einander, schieben sich gegenseitig vorwärts, versuchen Payer zu glauben, wenn er ihnen ins Ohr schreit, dass sie als Soldaten der Monarchie ihre Pflicht zu erfüllen hätten und nur so in dieser Wildnis überleben könnten.

Lazaro nimmt alle Kraft zusammen, um seinem Feind nur ja keine Schwäche zu zeigen. Er schafft es, nach drei endlosen Meilen als einer der Ersten an ihren Anfang zurückzukommen. Payer ist von diesem Ausritt begeistert. Krisch kommt vor lauter Husten fast nicht zum Atmen, würgt aber dann dennoch die Frage hervor, ob denn der Herr Oberlieutenant das Eis zum Kasernenhof machen möchte. Payer sieht aus, als könnte er selbst nicht verstehen, warum er sich so lange mit Hunden begnügt hat, und stellt sich den Männern entgegen, die zum Schiff zurückwollen. Mit dem warmen Bett sei es noch nichts, schreit er, eine Runde werde noch gelaufen, damit sie morgen drei oder vier durchhielten.

Weyprecht ist aus seinem Zelt getreten. Er erlaubt den Männern, sich nun auszuruhen, man sei nicht im Krieg und auch nicht auf einem Übungsplatz der Infanterie. Payer steigen das Blut und die Hitze in den Kopf. Er tritt an Weyprecht heran und einen Augenblick lang sieht es aus, als wollte er ihn schlagen. Unter den keuchenden Männern, von denen sich die meisten in den Schnee fallen gelassen haben, ist keiner, der sich auch nur zu rühren wagt. Payer und Weyprecht stehen einander feindselig und aufs Äußerste angespannt gegenüber. Payer nennt Weyprecht einen Verräter an der gemeinsamen Sache, einen, der durch die Verweichlichung der Mannschaft deren Leben gefährde, einen, der alles tue, um die Männer auf seine Seite zu ziehen. Weyprecht schweigt, wodurch Payer in nur noch größeren Zorn gerät. Er nennt die Tegetthoff ein lächerliches Schiff, eine Fehlkonstruktion, gebaut unter der wichtigtuerischen Aufsicht des Dilettanten Weyprecht. Das, was der Schiffskommandant für ein Schiff halte, sei doch nur ein paar Tage eines gewesen und habe bei den ersten Eisschollen kümmerlich versagt. Wenn die österreichisch-ungarische Nordpolexpedition mit Recht zum Gespött der Monarchie und der ganzen Welt werde, sei das einzig und allein auf das Versagen Weyprechts zurückzuführen. Ohne diesen Holzsarg hätten sie schon längst alle Breitenrekorde gebrochen und sogar Kontinente entdeckt haben können. Jeder Tag, den man hier verbringe, sei ein verlorener und der Name Tegetthoff werde durch diese Schande, die Weyprecht immer noch Schiff nenne, entehrt und beschmutzt. Und es würde ihn nicht überraschen, wenn die Engländer oder Norweger an ihnen vorbeisegelten und dann doch noch die Ersten am Nordpol wären. Ohne zu antworten deutet Weyprecht den Männern, sich an Bord zu begeben. Ebenfalls schweigend gehorchen sie ihm. Bevor Payer sein Gebell fortsetzen kann, wendet sich Weyprecht von ihm ab, um zu seinem Beobachtungszelt zurückzugehen.

Die Mannschaft stapft, Payer ausweichend, zur geschmähten Tegetthoff zurück, klettert erschöpft auf das Schiff, aber auch aufgewühlt vom Aufeinanderprallen ihrer beiden Führer. Noch bevor Weyprecht in das Zelt schlüpfen kann, wird er auf einen offenbar im Tumult unbemerkt gebliebenen Eisbären aufmerksam, der noch ein paar schleichende Schritte macht, im nächsten Augenblick aber schon den Kopf senkt und in geduckter Stellung auf ihn losläuft. Weyprecht kann gerade noch nach seinem Gewehr ins Zelt greifen, auf das ihm entgegenrasende Ungetüm anlegen und feuern. Der zu hastig gesetzte Schuss verfehlt sein Ziel und Weyprecht drückt nochmals ab. Diesmal aber bricht kein Schuss. Weyprecht stolpert rücklings in das Zelt.

Die Männer der Tegetthoff haben diesem schnellen und unerwarteten Schauspiel verwirrt zugesehen, doch nur Payer scheint den Ernst der Situation zu begreifen. Er nimmt sein Gewehr von der Schulter, ohne das man den Oberlieutenant noch nie gesehen hat, und läuft zum Zelt. Der Bär hat bereits den Vorbau niedergerissen und schlägt mit seinen wuchtigen, langkralligen Tatzen nach den Bewegungen Weyprechts, der sich in den Stoffbahnen verfangen hat. Das schnaubende Tier erwischt ihn einige Male, die weißen Planen färben sich rot. Payer versucht, eine brauchbare Stellung für den Schuss zu finden, aber der Bär wütet so nah am Zelt, dass er nicht abdrücken kann, ohne auch Weyprecht zu treffen. Trotzdem legt er an, da jedes weitere Zuwarten nur noch den sicheren Tod des Schiffskommandanten bedeuten würde. Für einen Augenblick hat Payer das wallende Tuch des Zeltes im Visier, sein Finger drückt schon den Abzug und Payer zieht ihn durch, als er für einen Augenblick den Kopf des Bären vor dem Lauf hat. Der Schädel des mächtigen Tieres wird durch das Explosionsgeschoss zersprengt, Payer feuert den zweiten Lauf ab. Das Tier sackt zusammen, Payer schießt noch mit seinem Revolver auf den zuckenden Körper. Aus dem Zelt kriecht Weyprecht, verstört, aber anscheinend durch den Schutz der dicken Kleidung nicht schwer verletzt.

Payer dreht sich um, ohne Weyprecht anzusehen, und schlägt die Richtung zum Schiff ein. Noch im Gehen lädt er das Gewehr nach und den Revolver. Als die Männer, die das Geschehen in seiner atemberaubenden Geschwindigkeit noch nicht ganz begriffen haben, wie um Abbitte zu leisten ihm beim Hinaufsteigen der Eistreppe helfen wollen, schüttelt er sie ab. Weyprecht sieht zu seinen Füßen blutgetränkten Schnee und das zuckende Fell des Tieres.

Vom Holz der Tegetthoff ist alles Eis weggeschmolzen, schwarz und schräg liegt das Schiff auf der Scholle wie ein gestrandeter Wal. Obwohl man längst nicht mehr die Hoffnungen der ersten Tage hat, kämpft man noch immer mit Hacken, Sägen und Sprengpulver gegen die Umklammerung des ewigen Eises. Aber die dazu befohlenen Männer verrichten die in ihren Augen sinnlose Arbeit nur noch höchst unwillig. Sie beschäftigen sich viel lieber mit dem Errichten von Bauten aus Eis und Schnee. Wochenlang schneiden sie Blöcke aus dem Eis, türmen sie aufeinander, verschmelzen sie mit Wasser und Schnee. Neue Häuser entstehen, ein babylonischer Turm, Bogen entlang der „Kalten Straße zum fliegenden Schiff", wie sie sie jetzt nennen, mehrere Pyramiden, ein Haus aus Kohle, Frauengestalten und als mächtigstes Gebäude ein Eispalast, der zwar kein Dach hat, aber aussieht wie eine römische Arena und allen die größte Freude ist. Der Matrose Fallesich, von dem man weiß, dass er beim Bau des Suezkanals dabei war, als einer von tausenden Arbeitern, zeichnet Pläne, läuft hin und her, gibt Anweisungen, erweist sich als äußerst geschickt im Umgang mit den Männern und seine Entwürfe werden von Tag zu Tag schwungvoller und kühner. Fallesich, der Architekt des Eises, hat das Herz der Mannschaft, während Weyprecht sich mehr denn je in seinem wieder aufgebauten Beobachtungszelt verkriecht und Payer wilder als zuvor seine Hunde die „Kalte Straße zum fliegenden Schiff" entlangjagt. Seine Spur ist ein in sich geschlossener und tausendfach verwickelter Strang, den die Krallen der Schlittenhunde ins Eis gekratzt haben, durchmengt mit Speichel und Pfotenblut. Über all dem liegt das Hecheln und Keuchen der

Hunde, Payers Schreie und das Knallen seiner Lederpeitsche, auch scheinbar dann noch, wenn die Tiere längst bis zur Bewusstlosigkeit erschöpft irgendwo im Schnee eingeschlafen sind und ihr Herr mit ihnen noch immer unzufrieden ist.

Die beiden Kommandanten gehen einander mehr aus dem Weg als jemals zuvor, verwenden viele ihrer Gedanken darauf, wie sie es vermeiden können, einander zu begegnen oder zugleich in der Offizierskajüte zu sein. Payer spürt die Ablehnung der Mannschaft und flüchtet sich in seiner Einsamkeit zu seinen Hunden oder er läuft allein die „Kalte Straße zum fliegenden Schiff" entlang. Ab und zu nimmt er seinen Knecht Haller auf einen Spaziergang mit und erkauft sich dessen Zuneigung mit kleinen Geschenken. Einmal sind es 20 Gulden, dann wieder eine Taschenuhr. Haller hat Angst hier sterben zu müssen und eine unstillbare Sehnsucht nach dem Grün und den Bergen seiner Tiroler Heimat. Payer zeichnet ihm Bäume und Alpenwiesen auf Papier. Sein zweiter Knecht, Klotz, ist ein Eingekehrter geworden, im Bauch der Tegetthoff döst er nur noch vor sich hin. Die Männer haben ihm, da sie nun seinen Anblick doch nicht mehr ertragen konnten, Bretter vor die Koje genagelt, hinter denen er möglicherweise von seiner Kindheit träumt. Ab und zu setzen sie ihn an einen windgeschützten Platz in die Sonne. Das sind die Stunden, in denen Klotz wieder leise die wehmütigsten Lieder singt.

Die Mannschaft wird von Tag zu Tag unruhiger, keiner glaubt mehr an das Loskommen des Schiffes und das rasselnde Geräusch beim Hochziehen des Eismeißels ist oft das einzige, das der Wind über die bizarre Landschaft aus Schneeverwehungen und Eispalästen trägt. Weyprecht starrt fast nur noch in sein Mikroskop. Alle Flechten aus seinem Umkreis hat er schon gezeichnet. Jetzt untersucht er Schneekristalle und er scheint es sich in den Kopf gesetzt zu haben, unter den unzähligen, die ihn umgeben, einen zu finden, der nicht die üblichen sechs Strahlen hat, sondern vielleicht fünf oder sieben.

Haller versucht, seinen Herrn zu trösten, weil er noch immer kein Land für die Monarchie erobert hat. Payer ist von dem grauenvollen Gedanken besessen, mit leeren Händen vor seinen Kaiser im fernen Wien treten zu müssen. Da sei es ihm schon lieber, meint er zu seinem Knecht, in eine Gletscherspalte zu fallen, so tief, dass ihn keiner mehr retten könne, oder mitten auf einer Eisscholle an gebrochenem Herzen zu sterben. Haller fasst ergriffen nach der Hand seines Herrn und zieht sie erschrocken zurück, stammelt Verzeihungsbitten über den ausgebliebenen Respekt. Payer fragt Haller, ob auch er den Schiffskommandanten lieber habe als ihn, so wie es anscheinend auf die ganze Mannschaft zuträfe. Als der Knecht zögert, nicht und nicht antwortet, befiehlt ihm Payer, einen der zwei nicht zähmbaren Schlittenhunde zu erschießen. Den silberfarbenen, sagt Payer, nicht Fletscher, noch nicht. Vielleicht merke Fletscher dann, dass er es mit dem Schlittenziehen ernst nehmen müsse, und sie daher früher oder später doch noch in einem Gespann voller Kraft, Ausdauer und Harmonie über ein neues Land rasen würden. Haller jagt, an Tränen würgend, aber einmal mehr seinem Herrn gehorchend, dem zappelnden Hund eine Kugel in den Kopf.

Hallers Schuss ist seit Tagen die einzige Detonation auf der riesigen Eisscholle, die immer noch nordöstlich treibt. Die Sprengungen hat man einstellen müssen, weil fast alles an Pulver verbraucht ist. Das Übermaß dieser Stille macht die Männer zunehmend unruhig. Jetzt sind sie Krieger ohne Feind, ohne Kanonendonner, ohne Blut. Payer und Weyprecht kommen ausnahmsweise überein, dass sie schnell Abhilfe schaffen müssen. Seehundspeck und Tran werden verbrannt. Tagelang liegt der Selchgeruch über der endlosen Weite. Der Gewehrstand der Tegetthoff wird für alle Männer geöffnet, Waffen und Munition werden verteilt.

Endlich zeigen sich die ersten Eisbären. Sie nähern sich ahnungslos dem Schiff und sehen darauf Wesen, deren Fleisch sie haben wollen. Man lässt die riesigen Tiere ganz nah an sich herankommen, wie man es vom Anrücken feindlicher Soldaten aus vergangenen Tagen und Schlachten einer fernen Welt noch in Erinnerung hat. Fast zwei Dutzend Gewehrläufe sind auf die ahnungslosen Bärenfamilien gerichtet. Obwohl Payer befohlen hat, erst auf sein Kommando zu schießen, feuert ein aufgeregter Matrose los und die anderen tun es ihm gleich. Die Bären bleiben irritiert stehen, nur einer ist getroffen, das Explosionsgeschoss hat ihm die Lenden weggerissen. Unter den Männern sind schlechte Schützen und auch einige, die in dieser Einöde ihr Handwerk verlernt haben. Hastig wird nachgeladen und ein Lauf auch bedenkenlos gegen die eigenen Leute gehalten, sodass diese dem Tod oft sehr nah sind, ohne es zu merken. Payer drückt ab und trifft, sein Knecht Haller hat ihm den Vortritt gelassen wie immer. Nie würde er es wagen, seinem Herrn einen Bären wegzuschießen. Wie im Feld fallen die Bären nacheinander, wenige ergreifen die Flucht, die Explosionsgeschosse zerfetzen dann meistens deren Hinterbeine. Pulverdampf steigt von der Tegetthoff auf, die Männer fiebern vor Begeisterung, ihre Langeweile ist verflogen, jeder fühlt sich als Herr über Leben und Tod. Ein besonders kräftiger Bär richtet sich immer wieder auf, er wird zum alleinigen Ziel der Tegetthoff-Mannschaft. Sooft es möglich ist, versucht Payer den weniger erfolgreichen Schützen zu helfen, indem er im gleichen Augenblick wie sie abdrückt und ihnen das erhebende Gefühl gibt, selbst getroffen zu haben. Schließlich laufen die Männer die Eisstiege hinunter und die ungeschickteren unter ihnen dürfen die ohnehin schon reglosen Bären aus nächster Nähe erschießen. Payer ist es als Offizier vorbehalten, rundum zu gehen und mit seinem Revolver den zuckenden Tieren die Gnadenschüsse zu geben. Beinahe wäre es der aufgeregten Mannschaft entgangen, dass ein weiterer Bär die „Kalte Straße zum fliegenden Schiff" entlangkommt. Aber schon einen Augenblick später bricht er tot zusammen, getroffen von Dutzenden von Explosionsgeschossen. Sein Blut bildet am Straßenrand ein Rinnsal und gefriert. Als Einziger hat der alte Carlson nicht an dieser Jagd teilgenommen. Er wolle, meint er, einen Bären nur mit seiner Lanze erlegen, nie mit einem Gewehr, und deshalb würde er auch nicht ein Stück von dem Fleisch anrühren.

Haller, der Koch und vier Matrosen zerteilen die Tiere auf einem riesigen Eisblock mit denselben Hacken und Sägen, mit denen sie im Kampf gegen das Packeis so erfolglos waren. Nach ihrer Arbeit sieht der Eisblock wie ein von Blut überströmter Opferaltar aus.

Wie an jedem Sonntag wird auch an diesem die Flagge gehisst. Heute liest auf Anordnung Weyprechts Schiffsfähnrich Orel mit weithin hörbarer Stimme aus der Bibel vor. Es ist die Geschichte der schönen Rebecca, die zwei Söhne auf die Welt brachte, von denen der Erste rötlich und über und über mit Haaren bedeckt war, der Zweite aber die Ferse des Ersten festhielt. Der Erste sei ein Mann der Jagd und des Feldes geworden, der Zweite aber bei den Zelten geblieben. Ihr Vater Isaak habe den Jäger gemocht, die schöne Rebecca aber den schwächeren Sohn viel lieber gehabt. Die Bibelstelle hat Orel ausgesucht und einige der Männer begreifen auch, dass mit diesen beiden Söhnen ihre Kommandanten gemeint sind.

Lazaro hat als Schüler des Maschinisten Krisch beeindruckende Fortschritte gemacht und kann schon schreiben. Langsam, und nicht alle Worte. Er malt Buchstabe für Buchstabe. Und er schreibt ohne Krischs Hilfe seinen ersten Brief an seine Geliebte. Lazaro schreibt auch zum ersten Mal ihren Namen: Magdalena. Er liebe sie, schreibt er ihr. Nie hat er es bisher gewagt, diesen einen Satz dem Maschinisten Krisch zu diktieren. Jetzt schreibt Lazaro, dass er sie liebe, und, sollte er zurückkehren, auch heiraten werde. Ein Kind wolle er von ihr, aber keinen Sohn, weil der könnte so werden wie der Herr Oberlieutenant hier oder wie sein eigener Vater. Eine Tochter müsste es sein. Er werde sie Rebecca nennen. Lazaro hat alles genau aufgeschrieben und kaum Fehler gemacht. Nur den Anfangsbuchstaben des Namens seiner zukünftigen Tochter Rebecca hat er, wie alle anderen „R“, seitenverkehrt gezeichnet. Aber Lazaro hält diesen Buchstaben so für richtig und liest den Brief wieder und wieder. Er bemerkt jedoch nicht, dass er den Männern, die wie er als Analphabeten auf das Schiff gekommen sind, verdächtig geworden ist. In Zukunft werden sie ihm ausweichen, ihn als einen betrachten, der zu den besseren Menschen gehören will, sie im Stich gelassen hat, ihnen das Gefühl gibt, minderwertiger zu sein als er, der vielleicht sogar Unteroffizier werden will. Lazaro ist vor und in ihren Augen ein anderer geworden.

5

Der Geburtstag des Kaisers von Österreich-Ungarn wird auf der Eisscholle mit allem verfügbaren Pomp gefeiert. Man hat den Eispalast geschmückt, mit den für die Landeroberungen gedachten Flaggen alle Bauten dekoriert, die Uniformen und Orden aus den Kisten geholt. Ausnahmsweise dürfen heute der Knecht Haller, Schiffsfähnrich Orel, der alte Carlson, Krisch und Lazaro am Tisch der beiden Kommandanten sitzen. Draußen im Eispalast betrinkt sich die übrige Mannschaft, Marola und Scarpa spielen Wiener Walzer und südamerikanische Musik. Die Klänge der Harmonika und die des Saxophons verwandeln das Schlachtfeld in einen Festplatz, lassen das traurige Schiff nun wirklich fliegen.

Die beiden Kommandanten sitzen einander, wie schon lange nicht, in der engen Offizierskajüte gegenüber. Es ist auch hier, nachdem man sich mit Bärenfleisch voll gestopft hat, die Stimmung ausgelassen und wird erst unterbrochen, als Krisch seinen Schüler Lazaro auffordert, zum Beweis seines Könnens aus einer der mitgebrachten Zeitungen vorzulesen. Lazaro schlägt wie zufällig eine Seite auf und man kann in großen Buchstaben über das kühne Unternehmen der österreichisch-ungarischen Nordpolexpedition lesen. Die Zeitung ist über ein Jahr alt und Lazaro entziffert Wort für Wort, während der Maschinist Krisch voll des Stolzes und der Zufriedenheit ist, einen Analphabeten an Bord zu einem Wissenden gemacht zu haben. Lazaro liest, wenn auch nicht sehr flüssig, so doch klar und verständlich, von der großen Begeisterung des Kaiser Franz Joseph, die er für diese Expedition habe, und den Hoffnungen selbst des kleinsten Mannes auf der Straße, schon in kurzer Zeit

Bürger eines Weltreiches zu sein, das sogar den Nordpol einschließe. Payer weiß nicht, ob ihn Lazaro provozieren will oder alles nur aus Unbedachtheit geschieht. Eine Zeit lang gelingt es ihm, sich nicht anmerken zu lassen, wie sehr ihn diese verfrühten Jubelberichte der Wiener Presse schmerzen. Dann aber versucht er die Zeitung an sich zu ziehen. Lazaro jedoch hält sie fest und für einen Augenblick sieht es aus, als würde sie von den beiden in zwei Teile zerrissen werden. Krisch gibt Lazaro einen Wink, dem Kommandanten das veraltete Papier doch zu überlassen. Payer nimmt die Zeitung und hält sie seinem Knecht Haller vor die Augen, fragt ihn, ob es stimme, was der Rattenfänger da eben vorgelesen habe. Haller wirft einen kurzen Blick darauf und nickt. Payer schlägt ihm die Zeitung ins Gesicht und befiehlt ihm unverzüglich aufzustehen, diese von Gott verdammten Hunde einzuspannen und vorzufahren, damit er, Payer, für den Kaiser endlich das erobern könne, was er ihm versprochen habe, den Nordpol, oder zumindest einen Kontinent. Haller steht auf, sagt ein „Jawohl, Herr Oberlieutenant!“ und verlässt die Offizierskajüte wie einer, der sich gegen den Allmächtigen versündigt hat.

Nacheinander verabschieden sich auch alle anderen, bis nur noch die beiden Kommandanten am Tisch sitzen. Sie vermeiden es, einander anzublicken, geben vor, mit Hingabe dem italienischen Matrosen zuzuhören, der im Eispalast Arien aus einer Oper Giuseppe Verdis singt. Payer und Weyprecht trinken zufällig fast gleichzeitig ihre Gläser leer. Payer schenkt sich aus der Rumflasche nach, Weyprecht füllt sein Glas randvoll. Beide hören das Gebell der Hunde, mit denen der gedemütigte Knecht Haller vor dem Schiff wartet, damit sein Herr mit ihnen zum tausendsten Male die Tegetthoff umkreisen und sie mit seiner Lederpeitsche blutig schlagen könne. Payer versucht, nicht darauf zu achten, um nicht noch deutlicher daran erinnert zu werden, wegen einer lächerlichen Provokation die Nerven verloren zu haben. Sie leeren ihre Gläser und die Männer im Eispalast applaudieren dem Ariensänger. Bei Payer und Weyprecht scheint der Alkohol allmählich zu wirken. Hastig schenken sie sich nach, vermeiden es aber, einander in die Augen zu sehen oder nach der Rumflasche zu greifen, solange sie der andere noch in der Hand hält. Scarpa spielt ein Solostück auf seinem verbeulten Saxophon und Krisch tanzt mit seinen Schlittschuhen zu dieser wundersamen Musik auf der spiegelglatten Fläche inmitten des Eispalastes.

Zwischen Payer und Weyprecht ist ein Wettkampf entbrannt und sie trinken immer schneller. Der Ablauf ihrer Bewegungen, das Füllen der Gläser, das Hinstellen oder Aufnehmen der Rumflasche, das Trinken und das abermalige Nachfüllen, wirkt wie eine Mischung aus militärischem Exerzieren und einem eleganten Reigen. Nachdem so die beiden die erste Rumflasche geleert haben, holt Weyprecht eine neue aus dem Schrank und entkorkt sie. Er will sich schon einschenken, füllt dann aber zuerst seinem Gegenüber das Glas randvoll und darauf sein eigenes. Krisch ist von seinem wilden Eislauf außer Atem, er keucht bellend und spuckt seinen roten Lebenssaft in den Schnee. Haller überlegt, ob er sich nicht doch in die Offizierskajüte wagen solle, um dem Herrn Oberlieutenant zu melden, dass eingespannt sei. Der Knecht flüstert die Worte vor sich hin, mit denen er ihn um Verzeihung bitten könnte, damit vielleicht alles wieder gut werde. Weyprecht trinkt inzwischen in großen Zügen aus der Flasche. Payer nimmt sie ihm ab, setzt sie an den Mund und leert alles in sich hinein. Weyprecht hat schon Mühe beim Stehen und Gehen. Er sucht im Schrank nach einer weiteren Rumflasche, findet aber keine mehr. Payer schwankt zur Vitrine und kommt mit einem mit Wachs vergossenen Glasbehälter zurück, in dem ein Tierpräparat schwimmt. Payer löst den Deckel und leert vom Spiritus in ihre Gläser. Die beiden sehen einander an, trinken die gelbe Brühe. Der Schiffskommandant füllt nach, bis das Tierpräparat nur noch zur Hälfte im Spiritus schwimmt.

Weyprecht sieht Payer an. Er will dem Oberlieutenant in einem großen Gefühl, das ihn überkommen hat, etwas Gutes tun und sagt ihm, er solle sich doch nicht sorgen, der Kaiser sei so weit weg. Payer ist von Weyprechts Trost gerührt und gesteht, dass das Entdecken neuer Länder so schön wäre, nichts auf der Welt sei spannender. Die Melancholie habe ihn überkommen, weil es in dieser Wüste beim besten Willen nichts zu entdecken gäbe. Darauf trinken die beiden Männer. Da der Spiritus zur Neige geht, schielt Payer schon nach dem nächsten Präparat in der Vitrine und meint, eine seiner interessanten Erfahrungen hier heroben im Norden sei, dass man Alkohol überhaupt nicht spüre. Weyprecht nickt und schwankt, kann gar nicht mehr verstehen, warum er mit diesem sympathischen Oberlieutenant nicht schon längst Freundschaft geschlossen hat und ihn noch immer nicht duzt. Payer sieht nun sich an der Reihe, dem liebenswürdigen Schiffskommandanten etwas Gutes zu tun. Er umkreist ihn und meint, dass ihn sein wilder Haarwuchs furchtbar aussehen lasse.

Haller wartet mit dem Hundegespann vor der Tegetthoff, sehnt sich offenbar wieder nach seinem Herrn. Ein Matrose tanzt singend die „Kalte Straße zum fliegenden Schiff" entlang. Krisch krümmt sich, von den anderen unbemerkt, in einem Schmerz, der tief in seiner Brust sitzt. In der Offizierskajüte ist Payer dabei, dem Schiffskommandanten Weyprecht mit einem Rasiermesser die Haare zu schneiden. Weyprecht erklärt mit schwerer Zunge, sollte er umkommen, auf keinen Fall im Eis begraben werden zu wollen. Payer verspricht ihm, dafür zu sorgen, dass das nicht geschehe, und möchte wissen, wie Weyprecht denn bestattet werden solle. Weyprecht möchte auf seinem Schiff bleiben, sitzend oder noch besser aufrecht stehend. Payer kommt mit dem Rasiermesser Weyprecht immer wieder gefährlich nahe, schneidet ihm ein großes Stück aus dem dichten Haar und erklärt, diese Locke als Andenken für sich behalten zu wollen. Weyprecht ist noch bei seinem Begräbnis, will an den Vordermast gebunden werden. Payer verspricht es ihm. Weyprecht ist bereit, ihm endlich, schon aus Dankbarkeit, das Du anzubieten, als Payer ihn fragt, was im Laderaum sei, den er vor einem halben Jahr habe absperren lassen und zu dem nur er den Schlüssel besitze. Weyprecht meint, als sein Freund könne Payer alles von ihm verlangen, nur keine Antwort auf diese Frage. Payer wirft das Rasiermesser auf den Tisch und verlässt die Offizierskajüte.

Haller sieht seinen Herrn auf sich zukommen, wartet darauf, von ihm gesehen zu werden, wenigstens einen Blick der Versöhnung zu bekommen. Aber Payer lehnt sich auf den Schlitten, reißt die blutgetränkte Lederpeitsche aus dem Köcher und zieht sie über die Rücken der Hunde, die aufgeschreckt vorwärts stürmen, hinaus auf die „Kalte Straße zum fliegenden Schiff".

Weyprecht steht an Deck seines Schiffes, an jener Stelle, an der er die Nacht zuvor noch an einen Mast gebunden nach seinem Tod aufrecht verwesen wollte. Sein nicht zu Ende geführter Haarschnitt und die Folgen des Gelages lassen ihn aber schon jetzt wie eine Leiche aussehen. Über ihm raufen sich im Flug zwei Seevögel um einen noch lebenden Fisch und der alte Carlson tötet unweit vom Schiff einen Eisbären mit seiner Lanze, öffnet damit auch die Kehle des Tieres, um sein warmes Blut zu trinken, weil es ihm als ehrlichem Jäger zustehe und eben auch das beste Mittel gegen Skorbut sei.

Payer kommt mit seinem Schlittengespann zurück. Über einen Tag lang hat man sein Schreien und Befehlen nicht gehört. Er geht stumm an Weyprecht vorbei, als ob es zwischen ihnen die Nacht davor nicht gegeben hätte, und verschwindet in der Offizierskajüte. Sein Knecht Haller kümmert sich um die Hunde und stellt fest, dass einer von ihnen fehlt. Fletscher aber ist noch in dem Gespann und bisswütig wie schon immer.

Der Matrose und Saxophonspieler Scarpa betritt die Offizierskajüte und pflanzt sich vor Payer auf. Er möchte vom Kommandanten wissen, ob es stimme, dass sie bereits ein Jahr im Eis steckten. Payer bejaht, ohne sich zu dem Matrosen umzudrehen, und hört auch nicht auf, seine Hände im Lavoir zu waschen. Auf dem Offizierstisch stehen noch die Glasbehälter mit den inzwischen vertrockneten Tierpräparaten. Dann wolle er, so meint Scarpa, die ihm für seine Dienste zustehende Prämie haben, hier und jetzt. Payer will wissen, was er hier mit dem vielen Geld anfangen würde. Der Matrose meint, es gäbe in der Mannschaft das Gerücht, dass die Kommandanten das versprochene Geld in Wahrheit überhaupt nicht hätten. Payer wäscht seine Hände ein weiteres Mal, fragt den Matrosen, wie er heiße. Scarpa weiß, dass der Kommandant seinen Namen kennt, antwortet ihm dennoch, scheint seinen anfänglichen Mut zu verlieren, wird kleinlaut, erzählt, dass er wegen der Heuer mitgefahren sei und sich in Triest eine Existenz als Musikant aufbauen wolle. Payer tritt an ihn heran und zeigt ihm seine noch nassen Hände, fragt ihn, ob er glaube, dass man mit solchen Händen auch auf diesem neuartigen Instrument, mit dem er ihm und der Mannschaft schon so oft Freude gemacht habe, spielen könne. Scarpa ist verwirrt, nickt, meint, der Herr Oberlieutenant könne doch alles. Payer äußert Bedenken, ob seine Hände für das Saxophon nicht vielleicht doch zu kräftig wären. Scarpa sieht sie an, weiß nicht, was er antworten soll, scheint vergessen zu haben, warum er hierher, in das Heiligtum des Schiffes, gekommen ist. Payer ergreift Scarpas rechte Hand und drückt sie fest zusammen. Ob sie für dieses neuartige Musikinstrument nicht zu kräftig wären, seine Hände, will Payer von dem Matrosen nochmals wissen. Scarpa ist nahe daran, unter Payers Umklammerung aufzustöhnen. Payer verstärkt den Druck und sieht, wie dem Matrosen das Wasser in die Augen schießt. Da Scarpa ihm nicht antwortet und es im Schmerz auch nicht könnte, beantwortet Payer seine Fragen selbst; natürlich könnten seine Hände dieses vulgär klingende

Instrument spielen, seien sie doch auch in der Lage, die schönsten Zeichnungen aufs Papier zu bringen. Payer drückt die Hand Scarpas noch fester zusammen, ohne selbst die geringste Anstrengung zu zeigen, während der Matrose vor ihm auf die Knie geht. Payer beugt sich zu ihm hinunter und flüstert ihm ins Ohr, das Entscheidende an seinen Händen aber sei, dass ihr Handschlag auch hielte, was er versprochen habe, Scarpa sich also keine Sorgen zu machen brauche um seine Prämie, sich sogar darauf freuen könne, dass sie mit jedem weiteren Tag im Eis erhöht würde, aufs Doppelte im nächsten Jahr, aufs Dreifache im Jahr darauf.

Payer zwingt den Matrosen, ihm ins Gesicht zu sehen, will wissen, ob er noch immer diesem lächerlichen Gerücht vom nicht vorhandenen Geld glaube. Scarpa windet sich im Schmerz, kann dem Kommandanten, dessen Atem er spürt, nicht antworten, als Haller in die Offizierskajüte tritt. Payer lässt von dem Matrosen ab und will von seinem Knecht wissen, was er denn schon wieder von ihm möchte. Haller versteht das Knien von Scarpa nicht und berichtet Payer, dass er draußen jenseits ihrer Straße den Kadaver des nicht mit dem Herrn Oberlieutenant zurückgekehrten Hundes gefunden habe. Payer wendet sich um. Haller meint, es tue ihm Leid um den Hund, der zwar störrisch gewesen sei, aber sonst ein guter Kerl, der es auch nicht verdient habe, einen so schrecklichen Tod zu erleiden. Wahrscheinlich sei es ein Eisbär gewesen, der das arme Tier regelrecht erdrückt haben müsse, weil an seinem Kadaver keinerlei Bisswunden zu finden seien, und kein Mensch hätte so kräftige Hände. Payer geht zum Schrank, will eine Rumflasche herausholen, erinnert sich, warum keine mehr da ist. Er schickt Scarpa hinaus und befichlt Haller, erstens die Mannschaft an Deck antreten zu lassen, zweitens ihm eine Flasche Rum zu bringen und drittens den Hundekadaver, beschwert mit einem Stein, ins Wasser zu versenken oder, wenn das nicht möglich sei, weil in dieser von Gott verdammten Gegend rundum nur Eis wäre, ihn an den

vorderen Masten der Tegetthoff zu binden, damit er dort als abschreckendes Beispiel für alle verfaule.
Die Tegetthoff wird zwar noch immer gewartet, den Kampf gegen das Eis aber hat man ganz eingestellt. Das durch die Nässe schwarz erscheinende Holzgerüst des nutzlos gewordenen Eismeißels erinnert an ein Schafott, das auf seine Delinquenten wartet. An einem Freitag wird die Flagge des Schiffes eingeholt. Die Mannschaft ist zwar angetreten, aber niemand salutiert. Weyprecht erklärt den Männern, die Tegetthoff würde ab sofort nicht mehr das Signum der Monarchie tragen, um dem Kaiserreich die Schande des gescheiterten Unternehmens zu ersparen. Es sei zwar höchst unwahrscheinlich, dass eine andere Expedition in diese Gegend käme und sie sähe, aber in Zukunft würden sie ohne Flagge, wie ein staatenloses Piratenschiff, dahintreiben. Und er versichere der Mannschaft nach wie vor, dass sie vollzählig und gesund nach Hause zurückkehren würde, er aber jetzt nach einem halben Jahr erfolgloser Kämpfe gegen das Eis keine Hoffnung mehr habe, das Schiff jemals befreien zu können, wenn nicht ein Wunder der Natur geschehe. Da man aber von der Natur nicht sehr verwöhnt werde, müssten sie selbst für ihr Überleben, für ihre Rettung, für ihre Rückkehr in die Heimat sorgen, ohne Tegetthoff und ohne Hilfe von außen.

Nun begreifen auch die zuversichtlichsten und gutgläubigsten Männer, dass sie ihr Schiff endgültig verloren haben. Weyprecht macht sie noch darauf aufmerksam, dass Oberlieutenant Payer und er vor dem Aufbruch der Expedition einen Vertrag unterzeichnet hätten, der jede Suche nach ihnen strengstens untersage, um nicht das Leben Unschuldiger zu gefährden. Es würden also auch in einigen Jahren keine Retter kommen, sodass ihnen nur die selbstständige Rückkehr bliebe. Der Zeitpunkt dafür werde demnächst festgesetzt werden. Den verzweifelten Männern wird nach militärischer Ordnung erlaubt, ihr Spalier aufzulösen, und Krisch lässt den letzten Dampf seiner

Maschine durch das Nebelhorn entweichen. Das heulende Pfeifen klingt wie der lang gezogene Schmerzensschrei eines sterbenden Tieres. Payer weicht den Blicken Lazaros aus, als wollte er ihm am allerwenigsten seine Niederlage im Kampf um den Nordpol zeigen.

Meine geliebte Magdalena!

Vielleicht kehren wir bald zurück, weil wir hier am Ende sind. Dann gibt es ein Wiedersehen. Ich kann es gar nicht mehr erwarten, dich zu sehen. Deine schönen schwarzen Haare, auch weil sie so lang sind, sind sie so schön. Jetzt werden sie noch länger sein. Von deinen Schwestern hast du mir deswegen immer am besten gefallen und weil du die stillste bist. Beim Küssen aber bist du so wild, wie man es sich vorher gar nicht denkt. Ich aber weiß es schon und das macht es so schwer, nur an dich zu denken und dass du nicht hier bist oder ich bei dir, mit dir zusammen, Magdalena. Aber bald. In ein paar Wochen schon. Nur der Herr Oberlieutenant lässt seinen Kopf hängen, weil wir kein Land gefunden haben, und den Nordpol haben wir auch nicht gekriegt. Und jetzt ist es zu spät und alles mit der Expedition ist vorbei. Wenigstens schreit er nicht dauernd und gibt Ruhe. Aber das Wichtigste ist, dass wir uns lieben und bald wieder beisammen sind. Für immer, meine Magdalena.
Ich habe jetzt meinen Brief an dich einige Male gelesen und ich bin zufrieden und unzufrieden. Unzufrieden bin ich, weil er viel Arbeit war. Einen ganzen Tag lang. Aber ich habe ja viel Zeit. Und ein paar Zeilen sind nicht so schön geworden wie in einem Buch oder in der Zeitung. Aber ich bin ja erst am Anfang. Zufrieden bin

ich, weil der Brief an dich ist und es ihn immer geben wird, in alle Ewigkeit, wie das bei Briefen ist. Und weil du ihn lesen wirst, hoffentlich bald. Ich werde dir dabei zuschauen. Wenn du dann rot wirst, weiß ich, jetzt liest meine Magdalena eine Zeile, die ich über unsere große Liebe geschrieben habe. Ich habe diesen Brief schon so oft gelesen. Schreiben ist fast so schön wie küssen, aber viel anstrengender. Weil am Anfang ist es ja nur ein Blatt Papier, dann Buchstabe neben Buchstabe, Zeile oben, Zeile unten und noch eine Zeile. Dann ist das Blatt voll, voller Glück. Und ich muss mich nicht mehr vor dir schämen, weil ich nicht schreiben kann. Jetzt fällt mir ein, du kannst mir ja auch einen Brief schreiben. Ich werde ihn dann lesen und hoffentlich auch oft rot werden. Ich bin dem Krisch so dankbar. Er hat mir deinen Brief mitgebracht und mir jeden einzelnen Buchstaben beigebracht. Deinen Brief habe ich ihm schenken müssen. Ich habe ihn nicht gelesen, aber ich weiß ja, was drinnen steht, so viel Liebe. Schade, dein Briefträger und mein Lehrer ist jetzt marod.
Heute ist der dritte Tag, aber es ist ja auch ein langer Brief. Seitdem ich schreibe, fällt mir auch immer mehr ein. Oft kriegen dann meine Gedanken Flügel und es kommen mir sogar Worte, die ich noch nie ausgesprochen habe, nur weil ich sie aufschreibe. Aber dann geht wieder gar nichts. So wie jetzt. Vielleicht habe ich zu viel geschrieben und mich übermacht.

Dein dich innig liebender
Antonio

Mir ist doch noch etwas eingefallen. So wie mir der Krisch die Buchstaben gezeigt hat, werde ich es auch bei unserer Rebecca tun, damit sie auch ein glücklicher Mensch wird. Und einmal wird dann sie ihren Kindern das Lesen und Schreiben beibringen. Hoffentlich bekommt meine Rebecca deine braungrünen Augen, geliebte Magdalena.

Payer löst von den hölzernen Wänden der Offizierskajüte seine Landkarten der Arktis, die überwiegend aus weißen Flächen bestehen und in die er bisher noch immer kein neu entdecktes Land einzeichnen konnte. Sorgfältig rollt er sie zusammen. Der Kommandant für die Landreisen steigt die Eistreppe von der Tegetthoff herab und geht langsamen Schrittes zu dem schon länger nicht eingesetzten Eismeißel, bleibt stehen, sieht sich um, zündet sich eine Zigarre an. Das monolithartige Holzgerüst ist in den letzten Monaten fast schwarz geworden und knarrt im Wind.

Lazaro besucht Weyprecht im Zelt, wie er es schon seit einigen Tagen getan hat. Er versteht nicht, wie dieser angesichts ihrer hoffnungslosen Lage noch weiter forschen kann. Weyprecht meint, es sei schon richtig, dass man sich damit keinen Ruhm erwerben könne, aber er lasse sich nicht zum Helden zwingen und glaube an die Aufgabe des Wissenschaftlers. Der Schiffskommandant winkt den jungen Matrosen an seinen kleinen Tisch und Lazaro entdeckt durch das Mikroskop und die darunter liegenden Flechten, groß wie Bäume, eine neue Welt. Weyprecht gefällt das Interesse des jungen Matrosen und er bekennt, dass für ihn nicht ein Land herhalten müsse, mit dem er sich schmücke, sondern er in seine Geheimnisse eindringen wolle. Und nichts sei ihm lieber für diesen Zweck als der Norden. In den Tropen verstelle die Fülle der Natur den Blick auf die Zusammenhänge und eines lenke vom anderen ab, aber hier werde sein Auge auf das Wesentliche gelenkt.

Weyprecht sieht durch einen Spalt der Zeltplanen, wie Payer beim Eismeißel den Stummel seiner Zigarre wegwirft und den Pelz auszieht. Er wendet sich wieder Lazaro zu, meint, dass er den Herrn Oberlieutenant nicht hasse, wenn es auch manchmal so aussehe. Im Gegenteil, er bedaure ihn sogar, denn er sei hier ein König ohne Reich. Er habe seine ganze Existenz mit der Eroberung von neuen Ländern und dem Erringen des Nordpols verbunden und müsse jetzt erkennen, an seinem Ziel gescheitert zu sein. Weyprecht legt für Lazaro ein neues Präparat unter das Mikroskop. Von draußen ist das rasselnde Geräusch der Seilwinde des Eismeißels zu hören. Lazaro ist aufgeregt von der Welt der kleinen Dinge, die er hier, im höchsten Norden, größer sehen kann als jemals zuvor. Weyprecht gesteht, sich am Unglück des Kommandanten für die Landreisen auch schuldig zu fühlen, weil es eben doch sein Schiff sei, das sie am Weiterkommen und am Entdecken neuer Länder hindere. Und er, Weyprecht, sei sich sehr wohl bewusst, ebenfalls die größte Chance seines eigenen Lebens verspielt zu haben. Von draußen ist noch immer das Rasseln der Seilwinde zu hören, bis es schließlich von einem klickenden Geräusch beendet wird. Weyprecht meint, das Einzige, was er für Payer tun könne, wäre alles zu unternehmen, damit er so wie alle anderen heil nach Europa zurückkehre. Auf diese Weise würde er sich dafür revanchieren, dass Payer ihm damals vor diesem Zelt nach dem Angriff des Eisbären das Leben gerettet habe.

Weyprecht beginnt, sich in den Gedanken zu verstricken, dass es gar nicht so angenehm sei, einem Gegner sein Leben zu verdanken, als plötzlich eine erregende Stille über dem Zelt, dem Schiff, der ganzen Scholle liegt. Weyprecht hat zu reden aufgehört und auch Lazaro blickt vom Mikroskop auf. Nicht ein Vogelschrei ist zu hören, nur ein leichter Wind bewegt langsam die Zeltwände, die noch immer die Spuren von Weyprechts Blut zeigen. Auch das sonst ständig knarrende und glucksende Eis scheint den Atem anzuhalten. Lazaro wagt es nicht, sich zu rühren, als könnte schon die kleinste Bewegung diese unbekannte und dann doch wieder in einer fernen Erinnerung vertraute, diese schaurige, einem das Atmen fast unmöglich machende Andacht stören. Weyprecht will die unheimliche Stille durchbrechen, sei es, mit nur einem Wort, wartet noch zu, um einen neuerlichen Anlauf zu nehmen, als er, laut wie nie zuvor, das Ausklinken des Eismeißels hört. Er springt auf. Im gleichen Augenblick wird die Scholle vom Aufprall des Stahlkolosses aufs Eis erschüttert. Die Glasfläschchen im Zelt klirren. Draußen fliegen erschrocken die Möwen auf und bedürfen aller ihrer Kräfte, um mit immer schneller werdenden Flügelschlägen in den schwarzen Himmel zu steigen. Weyprecht klappt die Zeltplane beiseite und läuft zum Holzgerüst des Eismeißels. Lazaro folgt ihm. Neben dem Stahlmeißel sehen sie Payer stehen. Sein Gesicht ist grau und scheint innerhalb weniger Tage um ein Jahrzehnt gealtert zu sein, seine Hände zittern. Lazaro sieht in die Augen eines Menschen, der einem gesuchten Tod sehr nah gewesen sein muss. Nie zuvor hat er von der Tragik dieses Königs ohne Reich so viel begriffen wie in diesem Augenblick. Payer scheint für ihn jetzt ein Mensch zu sein, der sich nicht dagegen wehren kann, dass man in seine Augen schaut und dabei seine Seele sieht. Lazaro glaubt, das Stöhnen des Oberlieutenants zu hören, als er begreift, dass es aus dem Bauch der Tegetthoff kommt und die Schmerzensschreie seines Freundes, des Maschinisten Krisch, sind. Sie werden so laut und verzweifelt, dass sogar Payer auf sein eigenes Schicksal vergisst.

Krisch liegt in seiner Koje und windet sich in heftigsten Krämpfen. Sein Herz, seine Lunge, all sein Inneres brenne, keucht er immer wieder und er bitte um Verzeihung, dass er sein Klagen nicht bei sich behalten könne. Er fleht seinen Schüler und Freund Lazaro an, mit aller Kraft gegen seine Brust zu drücken, weil dies das einzige Mittel sei, den Schmerz erträglich zu machen. Lazaro hält Krisch fest und für Augenblicke sehen die beiden aus wie in einer glücklichen Umarmung.

Lazaro pflegt in den nächsten Tagen Krisch und es scheint, als ginge es ihm allmählich besser. Krisch keucht noch immer, aber er lächelt schon wieder und dankt dafür Lazaro, indem er ihm auch den vorletzten Buchstaben des Alphabets beibringt, da er ihn vielleicht doch bei manchen Worten brauchen könne. Krisch gibt seinem Freund Lazaro auch schwer atmend zu verstehen, dass das „R“, so wie er es schreibe, verkehrt sei. Lazaro versucht sich die richtige Schreibweise einzuprägen.

6

Frisch gefallener Schnee weht über die „Kalte Straße zum fliegenden Schiff". Einem der Hunde ist es gelungen, die Leine, die ihn über ein Jahr lang gefangen gehalten hat, durchzubeißen. Er springt auf, läuft, außer sich vor Freude, einige Male um seine gefesselten Gefährten und nach einigem Zögern weg vom Schiff in das Weißgrau des Nebels, in dem er mehr und mehr an Kontur verliert und sich dann schnell ganz auflöst. Eine Zeit lang ist noch sein glückliches Bellen zu hören, bis auch dieses verschluckt wird. Die zurückgebliebenen Hunde, als wollten sie ihre Welt nicht mehr sehen, graben sich in den Schnee.

Den noch immer in sich gekehrten und schwermütigen Tiroler Klotz hat man mit dem Fell eines erlegten Eisbären umwickelt und auf das Deck gesetzt, damit, wenn schon nicht sein Geist, so doch die Haut seines zerfurchten Gesichtes etwas von der milden Sonne habe. Ab und zu ist aus dem Schiffsbauch wieder das heisere Schreien von Krisch zu hören, auf das ihm die Möwen antworten.

Weyprecht notiert im Beobachtungszelt, das immer mehr sein Zuhause geworden ist, den ungewöhnlich raschen Temperaturanstieg der letzten Tage. Durch die Erwärmung stürzt auch eines der schmelzenden Eishäuser in sich zusammen und Möwen, die sich in ihm eingenistet haben, fliegen verstört und wie aus dem Schlaf gerissen auf. Die meisten der Matrosen haben sich in ihrer Hinfälligkeit seit Tagen nur noch in die Fetzenlöcher verkrochen, die sie früher Kojen nannten. Haller kehrt allein und in sich versunken Schnee von der „Kalten Straße zum fliegenden Schiff" und zwei Männer zerhacken auf dem altarähnlichen Eisblock einen Bären, in dessen Magen sie das Geschirr des entflohenen Hundes finden.

Leichter Nebel zieht über das Deck und Klotz scheint zum ersten Mal seit Monaten wieder etwas zu spüren. Er macht den Eindruck, als friere er. Aber es ist eine Unruhe, die ihn ergriffen hat. Allmählich löst sich die Starre seines Blickes. Klotz muss niesen. Mit zwei Fingern putzt er seine Nase. Er schaut in den Nebel und ein leises Lächeln erscheint auf seinem Gesicht. Klotz sieht vor sich zwischen den Nebelschwaden ein strahlendes Alpenland. Aus seinem Lächeln ist ein Lachen geworden. Der Tiroler Klotz weiß jetzt, dass ihm der Herr Oberlieutenant nicht zu viel versprochen hat, als er ihm von neuen Ländern, Bergen, Tälern und auch Kontinenten erzählt hatte. Klotz schaut auf das schönste Land, das er im Leben je gesehen hat. Sein von Rufen des Staunens begleitetes Aufblühen hat einige Männer aus der Kajüte gelockt. Klotz sieht sie aufgeregt an, richtet sich empor und stolpert an die Reling. Jetzt sehen auch die anderen, was Klotz als Erster entdeckt hat: Land.

Die Männer schreien, laufen herum, kommen gar nicht zum Atmen, rufen in die Mannschaftskajüte, brüllen in die Offizierskabine, winken, schicken Lazaro zu Weyprechts Zelt, damit der Schiffskommandant schnellstens komme, springen über die Reling auf die Scholle, rennen die Eistreppe wieder hinauf, umarmen einander und brechen in ohrenbetäubendes Geschrei aus, als ihr Kommandant Payer an Deck erscheint. Jetzt gibt es endlich ein Land, sagen sie ihm immer wieder. Land. Der Klotz hat es als Erster gesehen. Unser Land, Herr Oberlieutenant. Ihr Land, Herr Oberlieutenant. Und das Schönste, es kann uns keiner mehr wegnehmen, dieses Land.

Payer, der Kommandant für die Landreisen, Weyprecht, der Schiffskommandant, Lazaro, Klotz, Orel, die Matrosen, der Koch, alle stehen sie an der Reling der Tegetthoff und starren auf ihr Land, das immer wieder aus dem Nebel auftaucht und von unendlicher Größe zu sein scheint. Wer immer von den Kranken konnte, hat sich aufs Deck geschleppt, auch den Maschinisten Krisch hat man heraufgetragen. Payer ist außer sich vor Freude und Klotz hat Tränen in den Augen, weil er sieht, dass sein Herr über alle Maßen glücklich ist. Auch Weyprecht ist aufgeregt wie noch nie und schüttelt jedem die Hand, um ihm zu diesem Erfolg zu gratulieren, der auch deswegen ein besonderer wäre, da seit drei Jahrhunderten kein neues Land mehr entdeckt worden sei.

Die beiden Kommandanten stimmen überein, dass dieses Land nur einen Namen haben könne. Sie taufen es mit gehisster Flagge und vollzählig angetretener Mannschaft „Kaiser-Franz-Josephs-Land". In der ersten Begeisterung kümmert es sie noch nicht, dass sie es vielleicht nie betreten können, wenn ihre Scholle an diesem Land vorbeitreibt. Noch wissen sie nicht, wie groß das Land ist, wohl aber, dass sie ein offenes Meer von ihrem Paradies trennt. Payer kann es kaum ertragen, einmal mehr zum Spielball des Schicksals geworden zu sein. Stündlich lässt er von Orel, dem Navigator, die Position der Tegetthoff errechnen, um festzustellen, ob sie nun auf ihr Glück zusteuern oder sich von ihm entfernen. Einmal sind es gute Nachrichten, die Orel für seinen Kommandanten hat, dann wieder schlechte. Weyprecht, der seine Begeisterung bereits wieder zähmen kann und sich Sorgen um die Rückkehr der Mannschaft nach Europa macht, kann keinen Grund finden, warum ihre Scholle bei den vielen anderen Möglichkeiten ausgerechnet Kurs auf das Kaiser-Franz-Josephs-Land nehmen soll.

Schon am zweiten Tag nach der Entdeckung wird Payer die Sorge um das schöne Land unerträglich: Dichter Nebel ist hereingebrochen und hat es seinen und den Blicken aller entzogen. Payer und die Männer stehen an der Reling ihres Schiffes, das sie nun doch wieder zu hassen beginnen, und starren in das undurchdringliche Grau, in dem sie ihr Land vermuten. Jeder versucht, wenigstens irgendetwas zu erkennen, alle strengen ihre Augen nach dem verschwundenen Paradies an, bis ihnen die Tränen kommen. Bei Payer sind es solche des Zorns. Weyprecht weiß um die Gefährlichkeit dieser Situation und befiehlt unter Androhung eines Kriegsgerichtes, dass niemand, aber auch niemand die Tegetthoff auf mehr als 100 Fuß verlassen dürfe, solange sich dieser todbringende Nebel nicht verzogen habe.

Lazaro schreibt seiner Geliebten, dass die Natur mit ihnen ein schauriges Spiel treibe. Ohne das Zutun der Mannschaft seien sie wie Treibholz nah an ein Land herangespült worden, hätten als Gefangene des Eises unverdient möglicherweise sogar einen Kontinent wie Amerika entdeckt und würden nun verhöhnt, weil sie außer Nebel nichts mehr sehen könnten. Und sein Lehrer werde wieder von Schmerzen in der Lunge gepeinigt. Also auch im ewigen Eis gehe das Leben auf und ab. Lazaro schreibt in seinen Worten an die ferne Geliebte den Buchstaben „R“ immer noch verkehrt.

Payer lehnt vornübergebeugt und allein an der Reling, starrt auf der Suche nach dem verheißenen Land in den Nebel. Die Männer haben sich wieder in ihre Kojen verkrochen, einige glauben sogar, nichts anderes als ein Trugbild und gar kein Kaiser-Franz-Josephs-Land bestaunt zu haben. Wer weiß, meint einer, ob sie nicht dieser Klotz mit seinem Wahn angesteckt habe. Andere wiederum erzählen in ihren nassen Kojen von den Tälern, Bergen und Weiden, die sie auf ihrem Land erkannt haben wollen, ja sogar Rentiere, und verscheuchen den Gedanken, dass ihnen ihre Fantasie diese Wunschbilder zugeflüstert haben könnte.

Haller nähert sich Payer, der einer Galionsfigur gleich am Bug des Schiffes steht und schon seit Tagen nicht unter Deck war, um ihm das gekochte Herz eines Eisbären zu bringen, damit, wie der Tiroler meint, der Herr Oberlieutenant nicht aus unerfüllter Sehnsucht verhungere. Die Nebelwand ist in den letzten Stunden noch dichter geworden. Einer der wachhabenden Matrosen schlägt das Glas und Payer glaubt, aus der Richtung, in der er das Kaiser-Franz-Josephs-Land vermutet, eine Antwort zu hören. Haller will seinem Herrn die verwirrten Sinne ordnen, sagt ihm, dass das wohl nur das Echo ihres zukünftigen Landes sei, er kenne das von seinen Bergen zu Hause. Payer herrscht ihn an zu schweigen, denn genausogut könnten die Geräusche von einer anderen Expedition kommen, die es sich nicht entgehen ließe, ihnen jetzt noch dieses schöne Land wegzunehmen. Haller sieht seinen Herrn an, der nun auch schon Stimmen aus dem Nebel hört und nur noch nicht weiß, ob sie von Engländern oder Norwegern kommen. Payer befiehlt Haller, die Hunde vor den Schlitten zu spannen.

Aus dem Jammern des unter qualvollen Krämpfen leidenden Maschinisten Krisch ist in den letzten Stunden ein Schreien geworden, das auf dem Schiffsdeck laut zu hören ist und auch den Nebel durchdringt, als sollte wenigstens dieses das Kaiser-Franz-Josephs-Land erreichen. Payer erträgt nicht länger das Schmerzensgeschrei des Leidenden noch die Unsichtbarkeit seines Landes. Er springt über die Reling, läuft zu seinem Schlitten, bei dem sich verängstigt die eingespannten Hunde in den Schnee ducken, schiebt Haller beiseite und rast mit dem Gespann los. In immer schneller werdender Fahrt schlägt Payer weit ausholend seine Peitsche auf die Läufe der Hunde und gegen den Nebel. Als sich die Tiere am Ende der Scholle vor dem offenen Meer aufbäumen, versucht er, sie ins heranschäumende Wasser zu treiben, als sei es ihre Pflicht, ihn gegen alle Widrigkeiten nun endlich auf sein Kaiser-Franz-Josephs-Land zu bringen. Die Kürze seiner ersten Schlittenreise hat den Kommandanten blindwütig gemacht und es dauert viele Schläge auf die Hunde, bis Payer sich erschöpft am Rand der Scholle fallen lässt. Er merkt nicht, dass das eisige Meerwasser seine Beine umspült und, wie es scheint, den Verzweifelten in die Tiefe holen möchte. Haller kommt nachgelaufen, um nach seinem Herrn zu sehen. Der atemlose Knecht spürt aber, dass er jetzt dem Kommandanten nicht zu nah kommen darf und die verletzten Hunde ohnehin seiner Pflege bedürfen. Er versucht, Fletscher zu beruhigen, während die anderen Tiere sich aus Angst und um ihre Wunden zu kühlen im Schnee verkriechen.

Der Aufenthalt an Bord der Tegetthoff ist für die Mannschaft durch das unaufhörliche Schreien des todkranken Maschinisten Krisch nahezu unerträglich geworden. Als ein davon fast schon verrückt gewordener Matrose vorschlägt, ihn auf das Deck zu bringen oder in den Eispalast, um sich wenigstens für ein paar Stunden von seinem Brüllen erholen zu können, bestimmt Weyprecht, dass auf seinem Schiff keiner, ganz gleich in welchem Zustand er auch sei, jemals ausgesiedelt werde. Die Männer sollten sich mehr mit dem bevorstehenden Rückmarsch nach Europa beschäftigen, als einen ihrer Freunde ins Eis abzuschieben. Demnächst werde man aufbrechen, noch vor dem Sommer, weil sonst die Zeit für eine glückliche Rückkehr auf keinen Fall mehr reiche und ihr langer Marsch unweigerlich mit ihrem Verderben enden würde. Als einer der Matrosen wissen will, was aus der Expedition auf das Kaiser-Franz-Josephs-Land werde, die Payer plane, antwortet ihm Weyprecht, dass Menschenleben wichtiger seien als Eroberungen für einen Kaiser, der diese Gegend wohl nie besuchen würde.

Am Rand der Eisscholle kniet Haller, fährt mit seinen derben Bauernhänden zärtlich durch das Fell der Schlittenhunde, die sich mit angelegten Ohren die wunden Pfoten und ihre mit Striemen überzogenen Flanken lecken. Ab und zu schaut er zu seinem Herrn, der noch immer unbeweglich am Ufer sitzt, glaubt, eben von ihm gerufen worden zu sein, aber als er antwortet, merkt er, dass der Herr Oberlieutenant verwirrt sein muss, weil er mit sich selbst spricht.

An Bord der Tegetthoff faltet Lazaro Tücher zu Umschlägen, um die Schmerzen seines Freundes und Lehrers Krisch zu lindern. Die meisten der Männer haben ihre Kajüte verlassen und treiben sich auf dem Deck herum, manche mit an die Ohren gepressten Händen, weil sie das Stöhnen des Kranken nicht länger ertragen können. Aber so weit könnten sie gar nicht gehen, um nicht doch noch immer vom Schmerz des Maschinisten eingeholt zu werden.

Vom mit scharfen Eisgebilden überwucherten Ufer der Scholle streckt Payer wie zum Trotz noch immer seine Füße in das eisige Wasser, spürt immer weniger vom Schmerz, weiß, dass sie bald erfrieren werden. Es kümmert ihn auch nicht, dass sein einfältiger Knecht manchmal zu ihm blickt, wenn er leise, aber doch hörbar, mit Gott spricht. Gott, gib mir dieses Land! Payer zischt sein Gebet in den Nebel. Er lasse hundert Messen lesen, sich eine Hand abfrieren, und sollte das nicht reichen, noch einen Fuß dazu, wenn er endlich dieses Land bekäme, flüstert Payer. Gott möge mit ihm machen, was er wolle, sein Leben könne er haben, wenn er dafür nur das Land erhielte, ja, er sei bereit, sein Leben gegen dieses Land zu tauschen. Payers Flehen vermengt sich mit den lang gezogenen Schreien des Maschinisten Krisch, das aus dem Weiß bis an den Schollenrand dringt. Payer bietet Gott an, anstelle des Lebens von Krisch das seine zu nehmen, allerdings müsse er ihm dafür dieses Land geben, ihn den ersten Fuß darauf setzen und es ihn erobern lassen, mit einigen Männern und einem Schlitten wolle er es durchpflügen, ohne dabei den kleinsten Flecken zu vergessen, bis seine große Aufgabe erfüllt sei und er als Kommandant für die Landreisen endlich dem entspreche, was in der Bibel stehe, dass sich nämlich der Mensch die Erde untertan machen solle. Payer ist lauter und lauter geworden. Haller will zu ihm gehen, aber sein Herr scheint ihn überhaupt nicht zu sehen. Haller wendet sich ab, nimmt die Zügel der Hunde und führt das Gespann in die Richtung, in der er das Schiff vermutet. Schon nach wenigen Augenblicken verschwindet das klirrende Gefährt im Nebel. Payer merkt nicht, dass seine Füße inzwischen von einer dicken Eisschicht bedeckt sind. Wie solle er sich die Erde untertan machen, wenn er keine habe, will er von Gott wissen. Payer springt auf und streckt sich dem Himmel entgegen. Mit krächzender Stimme schreit er in den Nebel, Gott werde weder seine Hand noch seinen Fuß bekommen, weder seine Zähne noch seine Lunge und sein Leben schon gar nicht. Er, Payer, werde sich das Land nehmen, ohne Gott darum zu bitten oder ihn darum gar anzubetteln. Und er verfluche ihn. Sein Schreien wird offenbar weder von Gott beantwortet noch vom Kaiser-Franz-Josephs-Land gehört, sondern vom Nebel und der Meeresbrandung verschluckt. Payer bittet Gott um Verzeihung, will von ihm wissen, ob es denn zu viel verlangt wäre, dass er es sei, der als erster Mensch der Welt seinen Fuß auf dieses Land setze, fleht, doch ihn diesen so wunderbaren und allein ihm zustehenden allerersten Schritt machen zu lassen und nicht etwa einen Engländer oder gar einen Norweger.

Weyprecht ist auf dem Weg zu seinem Zelt, als ihm Payer, schwer atmend und noch halb im Wahn, auf der „Kalten Straße zum fliegenden Schiff" entgegenkommt. Die beiden Kommandanten sehen einander kurz in die Augen, gehen aber aneinander vorbei. Ihre Stellung als Offiziere würde zwar angesichts der Mannschaft einen Gruß nötig machen, nicht aber hier in der Einsamkeit und ohne Zeugen. Unvermutet wendet Payer sich um, will von Weyprecht wissen, ob er denn wirklich vorhabe, schon in der nächsten Zeit den Rückzug nach Europa anzuordnen. Der Schiffskommandant bleibt ebenfalls stehen, bejaht. Payer meint, dass dies nicht möglich sei, bevor sie das Land des Kaisers erforscht hätten. Weyprecht entgegnet ihm, das Leben der Männer sei wichtiger als eine sehr zweifelhafte Schlittenreise und die Zeit für einen Rückzug ohnehin schon mehr als knapp. Payer überwindet sich, bittet Weyprecht um ein paar Tage, irgendwann müsse ja das Land wieder aus dem Nebel auftauchen und vielleicht könnten sie es dann mit ihren Ruderbooten erreichen. Der Schiffskommandant wiederholt seinen

Entschluss und die dafür zwingenden Gründe, als ihn Payer daran erinnert, dass er ihm noch sein Leben schulde, hier an Ort und Stelle bei dem Angriff des Eisbären habe er es ihm gerettet. Weyprecht schweigt lange, gibt dann aber Payer eine Frist von vier Tagen, die unter keinen Umständen überschritten werden dürfe.

Meine geliebte Magdalena!

Dein Antonio betet Tag und Nacht und sehr innig zu allen Heiligen für zweierlei. Sie sollen das verfluchte Kaiser-Franz-Josephs-Land verschwinden lassen, damit wir endlich nach Europa zurückkehren können. Jede Stunde ohne dich wird mir zur Qual, meine Magdalena. Und dann bete ich noch für unseren Krisch, am meisten zu meinem Namenspatron. Auch für ihn ist jede Stunde voller Qualen. Ihn fressen die Würmer in der Lunge auf und mich die Wünsche in meinem Herzen. Wie kann das dem lieben Gott gefallen? Aber es gefällt halt unserem Oberlieutenant, wenn es heiß hergeht im ewigen Eis und alle viel leiden müssen. Ich komme dann oft in Wut und würde am liebsten dem hohen Herrn etwas antun. Dann aber setze ich mich hin wie jetzt und schreibe alles ganz schnell in einen Brief hinein, bis mir wieder besser ist. Das Gute ist, dass mir viele neue Worte einfallen, aber das Schlechte ist, dass sie oft böse sind und voller Zorn und dass du sie alle einmal lesen musst, ich weiß noch nicht wann, aber irgendeinmal, wenn ich endlich wieder bei dir bin und dich umarme, ich hoffe bald, verfluchtes Kaiser-Franz-Josephs-Land. Aber was kann das Land dafür, das es ja vielleicht gar nicht gibt, ich bin doch selber schuld, weil ich dich ver-

lassen habe. Darüber reden könnte ich nicht, aber jetzt schreiben. Verlassen habe ich dich, weil ich nicht so einer wie mein Vater werden wollte, den alle in den Himmel heben. Wie die Frauen die Augen verdrehen, wenn sie seinen Namen hören! Ich will kein Held werden, Magdalena. Das ist die ganze Wahrheit und einen anderen Grund gibt es nicht. Ich muss jetzt aufhören, weil der Krisch nicht aufhört mit dem Schreien.
Heute ist ein neuer Tag, aber kein besserer für den Krisch, weil er wie ein Hund leidet. Jetzt schläft er. Eine arme Kreatur und ein guter Kerl. Er lobt meine Briefe, sagt immer, da wird ein Schüler besser als sein Lehrer. Ich weiß, dass er lügt. Aber ich lüge auch, wenn ich ihm sage, dass alles nicht so schlimm ist und er wieder gesund werden wird. Damit er Hoffnung kriegt, habe ich ihn zu unserer Hochzeit eingeladen und wenn du mir nach Rebecca einen Sohn schenkst, dann ist er der Taufpate. Jetzt lachst du, weil ich träume. Aber man träumt viel im Eis, sonst wäre es ja nicht auszuhalten. Vielleicht aber weinst du, weil ich noch nicht bei dir bin und vielleicht komme ich genausowenig nach Hause wie der Krisch.
Meine Geliebte, seit der letzten Zeile sind zwei Tage vergangen. Die Gedanken an dich haben mich bis tief hinein ergriffen und ich habe nicht mehr weiter gekonnt. Über eine Stunde bin ich dann draußen im Eis gewesen und ich wollte dich nur sehen. Aber dich gibt es hier ja nicht, tausende Meilen bist du weg von mir. So habe ich in die Sonne geschaut, weil ich weiß, dass du sie auch siehst und sie auf dich scheint und auf deine Haare. Mit verbrannten Augenlichtern bin ich dann zurück zum Tegetthoff und konnte dir dann zwei Tage nicht mehr schreiben. Magdalena, dir nicht mehr schreiben zu können, ist mein schrecklichster Gedanke,

schlimmer als der Tod. Aber der heilige Antonius hat mir geholfen und so bin ich wieder bei dir. Die Augen tun noch weh, aber ich sehe auf dem Papier wieder den Namen meiner Liebsten. Magdalena, Magdalena, Magdalena. Krisch schreit, ich muss dich jetzt verlassen.

Dein dich innigst liebender
Antonio

Weil kein Bote meine Briefe abholt, um sie zu dir zu bringen, kann ich dir jetzt noch ein freudiges Geständnis machen. So hat eben alles Traurige auch sein Gutes. Wie du weißt, vor meiner Abreise habe ich einen Ring gekauft. Wenn ich tot bin, sollte er für dich sein, damit du immer mit Schmerzen an mich denken musst. Erst jetzt weiß ich, das ist falsch, und wie ich es richtig mache. In der Stunde, in der wir uns endlich wieder sehen, werde ich ihn dir schenken, den Ring an deinen Finger stecken, und weil ich das will, werde ich auch nach Hause kommen. Ich hoffe, dann bist du auch da und nicht gerade bei den Oliven, es wäre um jede Minute schade.

7

Lazaro pflegt Krisch. Einer der Matrosen hat sich, um die Schreie des fiebernden Maschinisten nicht mehr hören zu müssen, Wachs in die Ohren gießen lassen. Krisch kommt nach einer Ohnmacht wieder kurz zu Bewusstsein. Er bittet Lazaro für den Fall seines Todes, mit dem er aber nicht rechne, es nicht zuzulassen, dass seine Leiche hier im Eis begraben werde. Er habe vor nichts mehr Angst, als eine Ewigkeit lang in dieser Kälte zu liegen und nicht einmal verwesen zu können. Krisch richtet sich auf, umklammert den jungen Matrosen. Ich muss doch zu Staub zerfallen, wie es in der Bibel steht, Antonio. Lazaro verspricht es ihm.

Nach wie vor liegt der schwere Nebel über der Eislandschaft. Payer starrt von der Reling der Tegetthoff abwechselnd in die Richtung, in der er sein Land vermutet und aus der immer wieder Möwenschwärme auftauchen, dann auf seine Taschenuhr, die ihm die kürzer und kürzer werdende Frist für seine ersehnte Schlittenreise anzeigt. Als den Oberlieutenant ein kleiner Vogel aufreizend und lästig wie ein Insekt umschwirrt, zieht er den Revolver und feuert auf ihn. Einige Männer kommen auf das Deck gelaufen und sehen noch, wie der kleine Vogel in den Nebel flieht und schwerelos Richtung Kaiser-Franz-Josephs-Land schwebt.

Lazaro hat nicht mehr die Kraft, das Schreien des im Sterben liegenden Freundes aus nächster Nähe zu ertragen. Krisch fiebert so sehr, dass er nicht merkt, wie Lazaro aufsteht und die Kajüte verlässt. Das Holzgerüst des Eismeißels neben dem Schiff ist noch dunkler geworden und sieht im Nebel aus wie ein Torbogen mit Fallbeil, durch den man nur gehen müsse, um in ein anderes, vielleicht besseres Land zu kommen. Lazaro klettert in die Eishöhle unter der Tegetthoff, an deren Decke der schwarze Rumpf des Schiffes hängt und deren Wölbungen durch das lichtbrechende Eis in allen Farben des Regenbogens leuchten. Die Schreie von Krisch klingen hier hell und kaum hörbar, wie schon aus einer anderen Welt. Lazaro lässt sich, erschöpft vom Schmerz über das Leiden seines Lehrers, auf das Eis nieder. Aus der Tiefe dringt das Glucksen des für das Schiff unerreichbaren Meerwassers und ein Vogel, der sich in diese Höhle verirrt hat, fliegt aufgeregt hin und her.

Krisch schreit in seiner Koje und versucht nach seinem Freund zu greifen. Seine Hand fasst ins Leere, dann nach dem Rock eines Matrosen, der sein Gewehr reinigt und beide Läufe lädt, offenbar um bei den überraschenden Angriffen der Eisbären gewappnet zu sein. Krisch merkt endlich, aufgetaucht aus einem der vielen Fieberanfälle, dass Lazaro nicht mehr an seiner Seite sitzt. Krischs Augen liegen tief in den Höhlen und die Abstände, in denen er die Schmerzen schweigend ertragen kann, werden immer kürzer. Der Matrose legt sein Gewehr vor sich auf den Mannschaftstisch. Auch für ihn sind die Schreie des todgeweihten Maschinisten, dem ohnehin niemand mehr helfen kann, wie der Schiffsarzt gesagt hat, zur Hölle geworden. Krisch stöhnt und wird lauter. Die Läufe des Gewehres, an denen der Matrose noch die letzten Flecken zu entfernen versucht, zeigen auf Krisch. Sein Gebrüll scheint die enge Mannschaftskajüte zerbersten zu lassen. Der schwitzende Matrose reibt mit seinem öligen Tuch an einer rostigen Stelle des Metalls immer heftiger und lässt seine Hand zum Abzug des doppelläufigen Gewehres gleiten. Krisch wird für einen Augenblick still, um dann umso lauter seine Seele in den Raum zu schreien. Die Läufe des Gewehres zeigen auf ihn und der Matrose putzt, als müsste er die Waffe für eine Parade vorbereiten, während sich von allen anderen unbemerkt sein Finger dem Abzug nähert.

In der Höhle unter dem Schiff starrt Lazaro hinauf in das Gewölbe aus Eis und Plankenholz und gibt sich der Hoffnung hin, seinem Freund gehe es besser, weil hier sein Geschrei nur noch wie das eines hungrigen Kindes klingt und nicht wie das eines im höchsten Maße Verzweifelten.

In der Mannschaftskajüte dringt das Leiden Krischs mit unerbittlicher Gewalt in jeden Winkel und in die erhitzten Köpfe und zitternden Herzen der Männer. Der Finger des Matrosen liegt auf dem Abzug des Gewehres. Sein Gesicht glänzt nass vor Aufregung. Krisch ringt nach Luft, weil er sie für seine Schreie braucht, kaum noch für sich selbst, wird dabei wie schon so oft für einen trügerischen Augenblick ruhiger. Der Abzug des Gewehres gibt unter dem Druck des Fingers langsam nach, als plötzlich das Schiff wie von einer gewaltigen Explosion erschüttert wird. Dem Matrosen entgleitet das Gewehr, einige der Männer fallen aus ihren Verschlägen und das Häuflein Krisch wird gegen die Wand gedrückt. Keiner hat begriffen, warum auf ihrem Schiff die Erde bebt, warum es nach ein paar Atemzügen still ist wie schon seit Tagen nicht. Zum Schrecken der Männer richtet sich Krisch in seiner Koje auf, als habe er nie eine Krankheit gehabt. Einige bekreuzigen sich angesichts ihres Maschinisten, der nur noch aus Skelett zu bestehen scheint. Erst als von Deck die aufgeregten Rufe Payers zu hören sind, stolpern die Männer aus der Kajüte.

Lazaro hat das ungeheuerliche Erbeben der Tegetthoff in seiner weißen Höhle erlebt. Noch immer rieseln feine Eiskristalle auf ihn herunter, aber der Bauch der Tegetthoff scheint seine Lage nicht verändert zu haben. Der kleine Vogel kreischt, fliegt wild umher.

An Deck des Schiffes ist Payer außer sich. Er zeigt unentwegt in den Nebel und wiederholt andauernd, ihre Scholle sei an das Festland gestoßen. Obwohl die Männer nichts sehen, rennen sie wie verrückt umher und schreien sich gegenseitig ins Gesicht, dass ihr Land da sei, endlich da. Weyprecht kommt von seinem Zelt an die Tegetthoff heran, ruft den Männern zu, auf keinen Fall das Schiff zu verlassen. Payer springt auf das Eis und geht auf Weyprecht zu, ist außer sich vor Glück, dass die Scholle an das Kaiser-Franz-Josephs-Land angelegt und sich alles zum Guten gewendet hat. Weyprecht sagt ihm noch, man müsse abwarten, bis der Nebel sich gelichtet habe, erst dann könne man es wagen, die Sicherheit des Schiffes zu verlassen, und nachsehen, ob man wirklich an das Festland aufgelaufen sei. Aber Payer lacht ihn nur triumphierend an und beschleunigt seine Schritte dorthin, wo er sein heiß ersehntes Land vermutet.

Die Männer klettern, aufgescheuchter als bei den Eisbrechungen der Polarnacht, von der Tegetthoff und folgen Payer, vergessen auf ihre Pelze, laufen an Weyprecht vorbei, der sie anschreit, sofort zum Schiff zurückzukehren. Payer wird schneller, beginnt zum Vogel zu werden, zu fliegen. Die Männer der österreichisch-ungarischen Nordpolexpedition hetzen ihm nach, einer von ihnen schiebt sogar den Schiffskommandanten beiseite, der in ihren Augen doch nichts anderes ist als ein Zauderer und Feigling, mit ihrem Kommandanten für die Landreisen nicht im Geringsten Schritt halten kann. Payer verschwindet im Nebel. Die Männer folgen ihm schreiend wie eine Horde blutrünstiger Krieger bei einem Sturmangriff auf den noch nicht sichtbaren Feind, bis auch sie sich im Weiß verlieren. Von der Mannschaft ist neben Weyprecht nur noch Lazaro an Bord, aufgetaucht aus der Eishöhle unter der Tegetthoff. Weyprecht befiehlt ihm, die Gewehre aus der Munitionskammer zu holen, so viele wie möglich, und sie schnellstens den Männern nachzutragen, damit sie wenigstens Angriffen von Eisbären nicht wehrlos ausgesetzt wären.

Die Männer der Tegetthoff rennen, alle Vorsicht außer Acht lassend, über das schroffe Eis. Wenn einer von ihnen einbricht, gibt es aber keinen, der sich nach ihm auch nur umdreht. Mühsam und angespornt durch die Vorstellung, endlich

Land zu sehen, ziehen sich die in die Wasserlöcher gefallenen Matrosen selbst aus der tödlichen Gefahr.

Lazaro kommt mit einem Bündel von Gewehren die Eisstiege der Tegetthoff herunter. Weyprecht lässt ihn, als er stehen bleiben will, weil Krisch wieder angefangen hat zu schreien, nicht anhalten und verspricht ihm, nach dem kranken Maschinisten zu sehen. Lazaro schwankt in die Richtung, aus der er die Männer noch rufen hört.

Die Mannschaft der Tegetthoff taumelt über die Eiswüste. Ein jahrelanges, qualvolles Zuwarten hat sie gierig auf Abenteuer und unberechenbar gemacht. Die Männer stürmen vorwärts, fallen, richten sich auf, rennen ihrem Anführer Payer nach, der ihnen jetzt seine körperliche Überlegenheit durch den immer größer werdenden Abstand deutlich macht. Unter den Entfesselten ist keiner, der an die Gefahr denkt, vielleicht einem Eisbären zu begegnen oder in eine tödliche Spalte zu stürzen.

Auch Lazaro stolpert über die Eislandschaft und einige der Gewehre drohen ihm ständig zu entgleiten. Er bleibt stehen, blickt sich angestrengt, aber vergeblich nach der Mannschaft der Tegetthof um, als er plötzlich zwischen den Nebelschwaden das begehrte Land auftauchen sieht.

Außer Sichtweite von Lazaro halten Payer und die ihm nachlaufenden Männer inne, um den Augenblick auszukosten, ihrem Land so nah zu sein wie nie zuvor. Payer hat also Recht gehabt, ihre Scholle ist wie ein Schiff im Hafen des Kaiser-Franz-Josephs-Landes angekommen. Die Männer wissen jetzt, dass Payer nie gelogen hat, wenn er sagte, sie würden neue Länder entdecken und vielleicht auch noch den Nordpol erobern. Dieses Glück schreien sie aus sich hinaus und hetzen weiter.

Auch Lazaro setzt seinen unbekannten Weg fort, keucht unter der Last der Gewehre, versucht sich zu orientieren, weil der Nebel das Festland wieder verhüllt hat, und lauscht nach dem Geschrei der Männer, das nun allmählich lauter werdend von allen Seiten zu kommen scheint. Lazaro glaubt dann doch zu wissen, wo er sie finden kann, und läuft in ihre Richtung.

Im Mannschaftsraum der Tegetthoff kniet Weyprecht vor der Koje seines Maschinisten. Krischs Gesicht glänzt von Schweiß, aber die unerträglichen Schmerzen scheinen ihn wenigstens in diesem seltenen und deswegen so kostbaren Augenblick etwas weniger zu quälen. Der Schiffskommandant trocknet die Stirn des Todkranken, als dieser mit schwacher Stimme erzählt, wohl von der Mannschaft der Einzige zu sein, der das Geheimnis des verschlossenen Laderaumes kenne. Weyprecht will antworten, aber Krisch kommt ihm zuvor, meint, vom Maschinenraum aus habe er durch einen Spalt hineingesehen, aber keinem Menschen davon erzählt.

Payer ist schon fast an seinem Ziel. Diesmal aber trennt ihn kein Meer von seinem geliebten Land. Die Scholle ist schon mit der felsigen, aber flachen Küste durch Eisbrücken verbunden. Die Männer der Tegetthoff kommen nacheinander und außer Atem bei ihrem Kommandanten an. Zum ersten Mal seit mehr als einem Jahr sehen sie zum Greifen nah Gestein, Berge, Gletscher. Payer deutet den Aufgeregten und Entrückten, die sich an dem kargen Land nicht satt sehen können, hinter ihm zu bleiben. Unter ihnen ist keiner, der es nicht versteht, dass allein Payer es war, der sie zu diesem Glück geführt hat, und es ihm als Kommandant für die Landreisen auch gebührt, als Erster vor allen anderen dieses noch von keinem Menschen der Welt und der Zeitgeschichte berührte Land zu betreten. Ruhe und eine feierliche Stimmung erfasst die Mannschaft der nun endlich erfolgreichen Expedition. Sie achtet nicht auf den Nebel, der sich immer wieder auf das Land senkt, sie sieht nur noch das Paradies. Payer will den wichtigsten Schritt seines Lebens auskosten und schreitet den Rand der Scholle ab, auch um zu erkunden, wie sicher sie an das Festland gewachsen ist und wie lange sie sich dort wohl halte. An einigen Stellen knarrt der Boden gefährlich, aber es gibt genug Eisbrücken, über die Payer schreiten könnte, um seinen Fuß auf das Kaiser-Franz-Josephs-Land zu setzen, und nicht einmal seine Stiefel würden dabei nass werden. Die Männer sind noch stiller geworden, warten auf das große Ereignis. Einer glaubt, sogar hier das Schreien von Krisch zu hören, aber alle werden langsam auf ein Geräusch aufmerksam, das es in dieser menschenleeren Wüste nicht geben dürfte. Noch können sie nicht feststellen, aus welcher Richtung es kommt, aber es klingt, als würde Holz und auch Metall gegeneinander schlagen.

Payer sieht als Erster Lazaro aus dem Nebel auftauchen. Unter der Last der Gewehre keuchend kommt ihm der Matrose vom Kaiser-Franz-Josephs-Land her entgegen. Lazaro versteht nicht, warum ihn alle anstarren, da er doch überaus froh ist, endlich seine Mannschaft gefunden zu haben. Trockenen Fußes gelangt er vom Festland auf die Scholle und lässt vor Payer die Gewehre in den Schnee fallen. Payer selbst scheint eingefroren zu sein und nicht einmal sein wunderbares Land zu sehen, das die Nebelvorhänge mehr und mehr enthüllen.

Schiffskommandant Weyprecht beobachtet von der Reling der Tegetthoff aus mit einem Fernglas seine Mannschaft am Rand der Scholle vor dem Kaiser-Franz-Josephs-Land. Er kann Payer ausmachen und den jungen Matrosen Lazaro, der vom Festland an ihn herangekommen ist. Der Nebel hat sich aufgelöst, aber ein Flimmern in der Luft nimmt Weyprecht die Sicht auf die Männer.

Lazaro und Payer stehen einander gegenüber. Lazaro keucht noch immer und Payer streckt ohne sich umzudrehen seinen Arm nach hinten. Haller drückt dem Oberlieutenant die auf einen Spieß aufgerollte Flagge in die Hand. Payer sieht Lazaro voller Hass an und für einen Augenblick macht er den Eindruck, als wollte er ihn mit der Fahnenstange durchbohren. Er wendet sich schließlich von Lazaro ab, entrollt im Gehen die Flagge und betritt als zweiter Mensch der Weltgeschichte das Kaiser-Franz-Josephs-Land. Payer, der Kommandant für die

Landreisen, der für eine solche nun endlich eine Insel, einen Kontinent vielleicht sogar, hat, rammt den Spieß mit aller Kraft in den hart gefrorenen Schnee, kniet nieder und küsst den felsigen Boden. Die Männer brechen in Jubel aus und laufen auf das neue Land, können es noch gar nicht fassen, nach einem Jahr zum ersten Mal nicht nur auf gefrorenem Wasser zu stehen, sondern auf richtigem Boden, irren umher wie eine Schar ausgelassener Kinder, brechen mit den Händen Steine aus dem Eis, drücken sie gegen ihre Körper oder halten sie wie Muscheln ans Ohr, als wollten sie ihr warmes Mittelmeer hören. Lazaro steht allein auf der von allen verlassenen Eisscholle und schaut zu den Männern, über denen sich die Gebirge des Kaiser-Franz-Josephs-Landes türmen. Payer sieht ihn an, als wollte er ihm sagen, dass nur der erste Schritt eines Kommandanten beim Betreten eines neuen Landes Gültigkeit habe, niemals aber der eines verirrten Matrosen.

Weyprecht betrachtet vom Schiff aus durch sein Fernglas das aufgeregte und ausgelassene Herumlaufen der Männer, sein Lächeln verrät Erleichterung und Freude. Es scheint ihm nun unsinnig vorzukommen, als einer der beiden Kommandanten an diesem Ereignis nicht teilzunehmen. Er macht auch schon Anstalten, seinen Männern nachzufolgen, zumal vom gefährlichen Nebel nichts mehr zu sehen ist, als er durch sein Glas eine weiße Walze entdeckt, die vom Kaiser-Franz-Josephs-Land in rasender Geschwindigkeit auf die Scholle zukommt. Gleichzeitig bauen sich auch auf anderen Landflächen, die eben noch in der strahlenden Sonne gelegen haben, himmelhohe helle Wände auf. Weyprecht läuft zur Schiffsglocke, um seine Männer vor dem herankommenden Schneesturm zu warnen. In schneller Folge schlägt er den Klöppel gegen das hell tönende Metall. Aber als er sich umdreht, um zu sehen, ob sein Signal auch verstanden oder zumindest gehört worden ist, kann er die Leute nicht einmal mehr ausmachen. Der Sturm peitscht die Schneemassen vor sich her und verhüllt das Kaiser-Franz-

Josephs-Land, als sei das sonnige Bildnis noch vor wenigen Augenblicken nichts anderes als der Speck in der Falle gewesen. Der Schneesturm erreicht die Tegetthoff und entreißt ihr schon im ersten Anlauf eines der Beiboote, das er in die Luft wirbelt und immer höher gegen den Himmel treibt, bis es wie ein Ballon im Weiß verschwindet. Weyprechts Segelschiff bebt und er hat Mühe, nicht über Bord geworfen zu werden. Ab und zu dringt noch die Sonne durch und ihre flackernden Strahlen lassen das Schiff aussehen, als würde es brennen.

Lazaro gräbt mit bloßen Händen nach den verwehten Gewehren, während die Männer der Tegetthoff auf dem Kaiser-Franz-Josephs-Land nur noch als umherirrende Schemen zu erkennen sind. Um sich nicht zu verlieren, versuchen sie einander festzuhalten, werden aber von der Gewalt des Sturmes immer wieder auseinander gerissen oder zu Boden geschleudert, wo sie sofort von einer Schneeschicht zugehüllt, aber im nächsten Augenblick schon wieder abgedeckt werden. Payer sieht, wie seine Flagge zerfetzt wird, und die Männer nach Luft ringend auf die Eisscholle zurückgetrieben werden. Er selbst will sein Land nicht verlassen und versucht, sich an einem Felsenriff festzuhalten. Doch der Sturm ist stärker und rollt ihn wie einen Heuballen weg, spielt mit ihm, wirft ihn sofort um, wenn er den lächerlichen Versuch macht, sich aufzurichten, tritt auch ihn zurück auf die Scholle. Payer schlägt sich an einem Felsen blutig, klammert sich an einem anderen fest, hält den weit aufgerissenen Mund in Windrichtung, um nicht zu ersticken, und merkt, dass er auf einem seiner Männer liegt. Es ist einer, der gar nicht mehr wie ein Mensch aussieht, so sehr ist er von Schnee bedeckt. Als Payer das Gesicht des anderen sucht, diesem ganz nah kommen muss, um überhaupt etwas zu sehen, es berührt, erkennt er Lazaro. Er will angesichts seines Feindes zurückweichen, aber die Kraft des Sturmes drückt die beiden gegeneinander. Fast gleichzeitig erheben sie sich, um voreinander davonzulaufen, doch der peitschende Schnee überzieht sie mit einem Schleier, macht ein trunkenes, dahinstolperndes Liebespaar aus den beiden, scheint sie verschmelzen zu wollen.

Weyprecht ist es auf der Tegetthoff gelungen, eine Fackel zu entzünden. Mit dem Rücken gegen den Wind und nur in kleinen Schritten nähert er sich der Eisstiege, die vom Schiff auf die Scholle führt, umklammert die Halteleine, sieht ab und zu kurz den Holzturm, der als brennendes Leuchtfeuer seiner Mannschaft den Weg nach Hause zeigen soll. Noch ist Weyprecht vom Turm zu weit entfernt, um das Holz schon in Brand stecken zu können. Immer wieder droht der Sturm, ihm die Fackel aus der Hand zu reißen, und Weyprecht schlägt die pfauchende Flamme ins Gesicht. Er folgt der Halteleine, an der er den Holzstoß weiß, die aber aussieht, als würde sie im Schneegestöber enden. Auf dem Schiff entfaltet der Sturm ein gerafftes Segel, reißt es los und treibt es gleich einem vorsintflutlichen Drachen über die Scholle, bis es in der kurz auftauchenden Sonne zu verglühen scheint. Weyprecht folgt dem Seil weiter, um endlich zum noch nicht brennenden Leuchtfeuer zu gelangen, aber als er daran zieht, merkt er, dass es lose ist. Er hält das Ende des Seiles in den Händen und kann auch sein Schiff nicht mehr sehen, obwohl es nur wenige Schritte von ihm entfernt ist. Weyprecht schlingt die Halteleine um seinen Körper, hofft, dass sie ihn noch mit seiner Tegetthoff verbindet, und versucht mit aller Anstrengung den Holzturm zu erkennen. Er stolpert in die Richtung, in der er ihn vermutet, zieht die Halteleine wie eine für sein Überleben wichtige Nabelschnur hinter sich her.

Der Sturm hat, wie in einer Laune, Lazaros Gewehre freigeweht, lässt sie wie niedergelegte Waffen unterworfener Krieger erscheinen. Die Männer der so kurzen Expedition haben es aufgegeben, irgendeinen Schutz zu suchen. Sie kauern auf dem Boden und sind ständig bemüht, mit den Händen den Schnee aus ihren Gesichtern und Mündern zu wischen, um nicht zu ersticken. In ihrer Hilflosigkeit sehen sie aus wie um sich schlagende Vögel, denen man die Flügel gestutzt hat, und der sie einhüllende Schnee verleiht ihnen weiße Federkleider.

Weyprecht ist so nahe am Holzstoß, dass er nur noch die Fackel von sich strecken muss, um ihn zu entzünden. Aber der Sturm spielt mit der Flamme, beugt sie über das öltriefende Holz, um sie im nächsten Augenblick wieder gegen Weyprechts Gesicht zu wehen, als sollte der Schiffskommandant Feuer fangen. Weyprecht kämpft sich noch ein paar kleine Schritte an den Holzturm heran, als er plötzlich vom Halteseil, mit dem er an der Tegetthoff hängt, zu Boden gerissen wird. Die Leine legt sich um seinen Hals, droht ihn zurückzuziehen. Mit einer Hand versucht er, das Seil vom Körper zu winden, mit der anderen, die Fackel festzuhalten. Die Flamme versengt den Rockärmel und sein Schiff scheint ihn erwürgen zu wollen. Weyprecht gelingt es nicht, sich aus der Umschlingung zu befreien. Er wird über das Eis gezerrt und in das Gewirr von nebeneinander liegenden Schollen geklemmt. Das Seil schnürt weiter seinen Hals zu, bis er das Bewusstsein verliert.

Es ist fast vollkommen, fast wunderbar still, nur das leise Geräusch des Schneefalls liegt über allem, gleicht dem herunterschwebender Asche nach einem Vulkanausbruch. Manchmal werden die hart gefrorenen Schneekristalle durch einen Aufwind wieder zurück in den Himmel getrieben. Die Sicht ist zur Gänze verloren, die Luft durch das Treiben des Schnees ständig in Bewegung und unentwegt erzeugt sie Formen und Figuren, die sich schon im nächsten Augenblick in andere verwandeln. Einige der Männer tauchen aus dem weißen Aschenregen auf, irren umher, haben keine Ahnung, wo sich ihr Schiff befindet. Sie wissen auch nicht, wo ihr neu entdecktes Land ist, und wagen in dieser noch nie gehörten Stille nicht einmal zu sprechen. Da und dort wird ein Schneehügel lebendig und ein Mensch kriecht aus ihm hervor. Lazaro und Payer haben in enger Umschlingung beinahe ein gemeinsames Grab gefunden, ihre Gesichter sind von Eisschichten bedeckt. Noch ringen sie nach Luft und ihr Atem schlägt jeweils dem anderen ins Gesicht, bringt den Schneeflaum auf ihren Augenbrauen zum Schmelzen. Sie lösen sich voneinander, die beiden ersten Menschen, die das Kaiser-Franz-Josephs-Land betreten haben und die wie keine zwei Männer sonst auf dem Schiff einander Feind sind. Payer richtet sich auf, dreht sich in alle Richtungen, aber auch er weiß nicht, in welcher die Geborgenheit des Schiffes zu suchen wäre.

Weyprecht lebt, ist aber immer noch bewusstlos. Sein Gesicht ist von Kälte und durch das strangulierende Seil blau angelaufen. Die Flamme der Fackel brennt fast aufrecht, flackert nur manchmal ein wenig in einem Lufthauch, nähert sich der Hand Weyprechts.

Durch Zurufe versuchen die Männer am Rand ihrer Scholle einander zu finden. Sie sammeln sich, reiben hastig Schnee auf die erfrierenden Glieder, laufen zu den Hügeln, unter denen sie jene vermuten, die noch nicht aufgetaucht sind, und wissen, dass sie ohne ihre Fellkleider alle bald erfroren sein werden, wenn sie nicht schnell zum Schiff zurückfinden, von dem sie noch immer keine Ahnung haben, in welcher der Himmelsrichtungen es liegt.

Weyprechts bewusstloser Körper wird wie an einem Pranger von dem hart gefrorenen Seil festgehalten, das nun einem Schmiedeeisen gleich um seinen Hals liegt. Ständig ist es in Bewegung, hängt anscheinend noch immer an der Tegetthoff, verliert sich aber in der Undurchdringlichkeit des Schneetreibens. Ein um eine Spur heftigerer Ruck der Leine würde genügen, um Weyprechts Kopf vom Rumpf zu trennen. Die Fackelflamme nähert sich immer mehr seiner Hand, ihr Knistern ist lauter als das leise Stöhnen des Maschinisten Krisch aus dem unsichtbaren Schiff.

Am Rand des Kaiser-Franz-Josephs-Landes sind einige Männer zusammengekrochen, um so einander einen Hauch von Wärme zu geben und den Erfrierungstod hinauszuzögern. Klotz, der diese Gefahr am besten kennt, schlägt auf jene ein, die sich dem trügerischen, weil letzten Schlaf hingeben wollen. Payer, der Kommandant für die Landreisen, der jetzt nicht einmal weiß, ob er auf dem Eis oder seinem Festland steht, versucht, am Himmel einen Schimmer der Sonne zu finden, als ihm Haller bedeutet, etwas gehört zu haben. Payer befiehlt Ruhe. Alle lauschen. Und alle hören Krischs Schreie von der Tegetthoff. Man dreht die Köpfe herum, glaubt den sterbenden Maschinisten einmal aus dieser, dann wieder aus jener Richtung zu hören, lässt sich von den Echos narren. Krisch und die Tegetthoff scheinen überall zu sein, bis endlich die Männer ihre Hälse in eine gemeinsame Himmelsrichtung drehen; daher kommen die Schreie, dort ist, dort muss die Tegetthoff sein. Man richtet die Eingeschlafenen auf und folgt Payer, der dank Krisch wieder jemanden führen darf, der anderen wieder vorauseilen kann. Lazaro versucht noch, die Gewehre aus dem Eis herauszubrechen. Erst als die Schreie seines Freundes Krisch wieder leiser werden, lässt er von den Waffen ab und läuft in die Richtung des unsichtbaren Schiffes.

Die Fackel hat ein kleines Becken ins Eis geschmolzen und ihre Flamme versengt bereits Weyprechts Hand, weckt ihn aus seiner Bewusstlosigkeit. Als Erstes hört Weyprecht die Schreie Krischs. Die Tegetthoff ist noch immer nicht zu sehen, aber der Kommandant spürt sein Schiff, wenn es an der um seinen Hals liegenden Eisklammer zerrt. Er begreift trotz seiner Benommenheit, dass der entscheidende Ruck jeden Augenblick kommen kann, und versucht die Fackel loszuwerden, deren Öl bereits auf seine Haut geflossen ist. Sein Arm scheint nahtlos in die Flamme überzugehen, die Ölspritzer auf seinem Rock brennen schon und Weyprecht droht im ewigen Eis den Feuertod zu erleiden, wenn er nicht vorher vom Seil enthauptet wird. Die Tegetthoff zieht immer wieder an dieser Nabelschnur, als wollte sie sich dafür rächen, dass ihr Kommandant sie verlassen hat.

Weyprecht ringt nach Luft, schiebt die freie Hand zwischen Hals und Eisklammer, die aber so starr ist, dass sie sich nicht und nicht bewegen lässt. Es gelingt ihm, die Fackel abzuschütteln, aber auch mit beiden Händen kann er sich nicht befreien. Weyprecht hört Krischs leiser werdende Schreie und sieht nach der Fackel, die noch immer brennt und ihm jetzt vielleicht helfen könnte. Da er sie mit den Armen nicht mehr erreichen kann, streckt er die Beine danach aus, schiebt dabei das lebensrettende Feuer ein Stück von sich, scharrt mit den Füßen im Schnee, bis er es endlich umklammert hält. Der Schnee bringt die Fackel beinahe zum Erlöschen, aber Weyprecht gelingt es, sie an sich zu ziehen und mit der Hand zu fassen. Die unsichtbare Tegetthoff ruckt am Seil und Weyprecht führt die wieder aufblühende Flamme an die steif gefrorene Klammer um seinen Hals. Er drückt den Kopf nach hinten, muss unter dem Schmerz der ihn versengenden Hitze aufschreien, während von Krisch nur noch ein leises Wimmern zu hören ist. Weyprecht sieht nicht, wie die Männer der Tegetthoff aus dem Schneetreiben auftauchen und auf ihn zukommen. Man versteht vorerst nicht, warum sich der Kommandant eine Fackel an das Gesicht hält, als ob er sich selbst verbrennen wollte. Noch immer zerrt das Schiff an der Nabelschnur und Weyprecht erstickt fast allein an der Vorstellung, in diesem letzten Augenblick, umgeben von knapp zwei Dutzend Männern, doch noch geköpft zu werden.

Endlich begreift man seine Lage und ein Matrose trennt mit einem Axthieb den Kommandanten von seinem Schiff. Weyprecht sackt in sich zusammen, aber sein vorwurfsvoller Blick trifft Payer, gibt ihm zu verstehen, ihr aller Leben gefährdet zu haben. Einige der Männer lassen sich erschöpft zu Boden fallen. Payer wendet sich von Weyprecht ab und geht auf das Schiff zu, das er noch nie zuvor so schön von Firn umhüllt gesehen hat. Ein paar der Luken erscheinen ihm wie dunkle Augenhöhlen.

Payer findet den stöhnenden Krisch in der von Schnee kniehoch verwehten Mannschaftskajüte. Von dem Maschinisten ragt nur noch ein abgemagerter Teil seines Körpers heraus. Die hereindrängenden Männer legen ihn auf den Mannschaftstisch, alle helfen, als wollten sie sich bedanken, dass er ihnen noch im Sterben das Leben gerettet hat. Einer schiebt das eingeschneite Gewehr beiseite, das vor der Hetzjagd zum Kaiser-Franz-Josephs-Land von einem Matrosen auf Krisch angelegt worden ist. Der Matrose, der fast zum Mörder geworden wäre, starrt den stöhnenden Maschinisten an, läuft zu seiner Koje, drängt sich dann durch die Wand der Männer zu Krisch, steckt ihm ein Bündel Geld zu und bittet ihn weinend um Verzeihung. Payer schiebt ihn beiseite, ruft nach Branntwein. Krisch fragt Payer, ob sie auf dem neuen Land gewesen seien. Payer nickt, träufelt vom Rum in eine vom Schreien wunde Kehle, will dem Sterbenden noch eine Freude machen, sagt Krisch, dass er ihn auf die bevorstehende Expedition mitnehmen wolle, die erst das Land zu ihrem Land machen würde. Die Mannschaft hört zum ersten Mal von dieser Absicht. Zur Aufregung über das Sterben eines der Ihren kommt jetzt noch die über eine bevorstehende Eroberung. Gemeinsam, flüstert Payer Krisch zu, als wollte er dadurch dem Sterbenden die Wichtigkeit des Unternehmens und seiner ihm zugesicherten Teilnahme noch klarer vor Augen führen, gemeinsam mit ein paar anderen würden sie sich dieses Land untertan machen.

Payers Augen leuchten vor Begeisterung und die des Maschinisten vom Fieber. Krisch klammert sich an Payer, er drückt sein ausschlagübersätes Gesicht gegen das des Kommandanten und schreit ihm ins Ohr, dass er nicht mitgenommen werden möchte, aber nach Hause wolle er. Payer versteht nicht, dass es da einen gibt, der das größte Glück seines Lebens nicht nützen will, hofft noch, dass ihn der Maschinist vielleicht nicht verstanden hat, sagt ihm mit deutlichen Lauten und Gesten, er würde ihn auf die Expedition mitnehmen, auf die große Expedition. Krisch schüttelt widerspenstig den Kopf und scheint noch einmal die ganze Kraft seines Maschinistenlebens im Körper zu haben, weil es dem sehnigen Payer nur mit größter Anstrengung gelingt, sich aus der Umklammerung zu befreien und ihn auf den Tisch zurückzudrücken. Lazaro hat in der Kajütentür gestanden und zugeschaut, ohne etwas tun oder auch nur den Mund aufmachen zu können. Jetzt sieht er mit an, wie Payer sich Krischs Eiter aus dem Gesicht wischt und sein Freund langsam begreift, dass er vielleicht nun doch nicht mehr nach Hause kommen wird.

Krisch hat sich beruhigt, sich mit dem unausbleiblichen Schicksal abgefunden, spricht leise und gefasst, meint, dass er vielleicht doch auf das neue Land mitkommen werde, nicht in einer großen und schönen Expedition zum Ruhme der Monarchie, sondern als Leiche, eine Schlittenreise von ganz besonderer Art werde dies für ihn werden, und wenn die anderen nach Hause zurückkehrten, nach Europa, würde er hier bleiben. Krisch lächelt. Somit, röchelt der Maschinist, sei er es, der von allen am längsten auf dem neuen Land bleibe, bis in alle Ewigkeit. Trotzdem brauchten sie mit ihm kein Mitleid zu haben, beruhigt er die herumstehenden Männer, er bekäme wenigstens ein anständiges Begräbnis, während sie, wenn sich die Hoffnung mit der Rückkehr nach Europa nicht erfülle, einem furchtbaren Schicksal entgegensähen. Es ist ganz still geworden in der Mannschaftskajüte und die meisten der Männer denken wohl eher an den eigenen Tod als an den ihres Maschinisten. Krisch bittet sie, ihn jetzt allein zu lassen. Als Lazaro sich über ihn beugen will, schiebt Krisch ihn weg, ohne seinen Freund auch nur einmal noch anzusehen.

Die Mannschaft der Tegetthoff wartet vor ihrem Schiff auf den Tod ihres einsamen Maschinisten. Payer kann sich nicht beherrschen, ab und zu einen kurzen Blick auf sein Kaiser-Franz-Josephs-Land zu werfen, das nun in der Sonne seine ganze Pracht der Einöde zeigt. Einige vertreiben ihre Gedanken, indem sie miteinander reden, über alles und jedes, wenn es nur belanglos ist, so wie schon an den vielen Tagen, an denen sie an ihr Schicksal nicht erinnert werden wollten.

So kommt es, dass sogar ab und zu einer lacht, während Lazaro sieht, wie ein leichter Wind den firnigen Schnee von der Takelage des Schiffes weht und vor sich hertreibt. Als irgendjemand mit regelmäßigen, langsamen Schlägen die Schiffsglocke läutet, wissen die Männer, dass der Erste von ihnen tot ist und sie keine zwei volle Dutzend kühner Eroberer mehr sind. Es wundert sie auch nicht, dass ein kurz anhaltender, aber heftiger Sturm aufkommt, der ihr Schiff innerhalb von wenigen Augenblicken von allem Schnee befreit und es sich wieder schwarz gegen den Himmel abheben lässt. Nur einige Italiener knien nieder, die meisten der Männer stehen trotzig im Wind. Bei manchen hätte man meinen können, sie ließen sich die Tränen aus dem Gesicht blasen.

Meine geliebte Magdalena!

Dein Briefträger und mein Lehrer ist nicht mehr. Der Gott, von dem alle immer sagen, dass er ein lieber Gott ist, hat den armen Wurm zertreten. Oft ist es ein Trost für die Angehörigen, wenn einer beim Sterben ohne Leiden ausgekommen ist. Aber unser Krisch hat so viel aushalten müssen, er hat fast länger gelitten, als er gelebt hat. Aber wenigstens gibt es keine Angehörigen, die jetzt traurig sein müssen. Ich bin der Einzige, den er gehabt hat, und er ist der Einzige, den ich gehabt habe. Jetzt müssen wir alleine auskommen. Alles, was ich nicht in der Schule gelernt habe, habe ich bei ihm gelernt, und das war viel. Gestern habe ich ihn noch gefragt, weil es ihm auf einmal so gut gegangen ist, wie man statt Wünsche im Herzen noch sagen kann. Das habe ich dir in einem Brief geschrieben, wenn du dich erinnern kannst, meine Magdalena. Sein Gesicht, das schon wie ein Totenkopf ausgesehen hat, hat geweint und er hat es dann ganz leise gesagt, aber ich habe es verstanden. Sehnsucht heißt das Wort. Und der Krisch hat Recht, es ist wie eine Sucht, wie ein großer Durst, die Sehnsucht. Dann hat er gesagt, dass man im Herzen weglassen kann, weil die Sehnsucht gar nicht woanders sein kann. So ein schönes Wort für etwas, was so weh tut. Und auf einmal hat der Krisch gelächelt. Er hat gesagt, wenn ich bei der Sehnsucht an deinen Körper denke, heißt es Begierde. Aber er hat mir nicht mehr sagen können, ob man dazu auch das Herz braucht, weil er wieder vor lauter Schmerzen zu schreien angefangen hat. Und jetzt liegt er still neben mir in seiner Koje, ohne die Sehnsucht und ohne eine Begierde, aber wer weiß schon und ich weiß ja so viel noch nicht. Ich muss jetzt aufhören, weil wir den Krisch waschen müssen.

Magdalena, es ist oft nicht auszuhalten, wenn man nicht allein sein kann und immer einer da ist. Aber ich habe einen Platz gefunden nur für mich. Und für dich, für uns. Ich bin jetzt unter unserem Schiff. Ja, meine Geliebte, du hast richtig gelesen. In einer Eishöhle unter unserem Tegetthoff. Der Oberlieutenant gibt jedem Berg und Hügel einen Namen und das kann ich auch, was dieser Pfau und Leuteschinder kann, und wenn ihn Gott nicht bestrafen will, werde ich es tun. Ich habe die Eishöhle meine Kapelle getauft. Weil sie wie eine Kapelle ausschaut und ich mir immer vorstelle, dass ich hier heirate, dich, meine geliebte Magdalena. So wie wir es ausgemacht haben, auch wenn du damals deinen schönen Kopf geschüttelt hast und ich nicht gewusst habe, ob du ja gesagt hast oder nein. Du warst schon oft so ein

Mädchen mit Hin und Her, einmal so und dann wieder ganz anders. Das hat immer weh getan. Aber seit deinem Brief weiß ich ja, dass du auf mich wartest. Wenn ich doch schon bei dir sein könnte. Aber der Teufel will ja noch zum Nordpol, und weil er den Krisch auf dem Gewissen hat, muss er noch bezahlen. Aber daran denkt ja keiner, darum muss ich es tun, ich weiß schon, wie ich ihn kriege. Aber anders als du glaubst, eigentlich sehr raffiniert, ich muss gar nichts tun, nur zuschauen. Deswegen kann ich jetzt noch nicht zu dir kommen. So gerne würde ich jetzt hinausgehen und mich auf den Weg machen, zu dir, meine geliebte Magdalena. Aber ich muss noch in meiner Kapelle bleiben und alles überdenken und dabei denke ich die meiste Zeit an dich, aber auch das andere. Wenigstens schreit der Krisch nicht mehr, aber hören tu ich ihn noch immer in den Gedanken. Gestern haben wir nicht ihn gewaschen, sondern einen zerfressenen Blasebalg, wie in unserer Kirche zu Hause, auf den ich immer treten musste, damit die Orgel spielt. Aus dem Krisch aber ist nie eine Musik gekommen. Warum müssen Leute schreien, wenn sie Schmerzen haben? Aber du hast ja auch geschrieen, so laut, und keine Schmerzen gehabt, hast mich dabei geküsst, so wild, mich so fest gehalten. Meinen Rücken hast du zerkratzt und dann geweint, aber vor Glück hast du gesagt. Darf man in einen Brief alles hineinschreiben, Magdalena? Das habe ich den Krisch nicht mehr fragen können. Aber ich denke es jetzt ganz fest und du weißt ja, an was ich denke, und die wilden Küsse sind immer dabei, meine Stille, aber wie laut du schreien kannst. Warum bist du nicht da, meine über alles geliebte Magdalena, in meiner Kapelle, der Krisch über uns und ohne Leben. Aber ich lebe noch und sterbe gleich vor lauter Sehnsucht und weil ich jetzt deinen Körper sehe, ist die Begierde dabei und vielleicht lächelt unser Krisch jetzt wieder, weil er alles versteht und auch einmal ein Mensch war. Aber vielleicht bin ich schon keiner mehr, weil ich jetzt wie ein Tier keuche, dem man die Lenden durchschossen hat und gleich die Kehle durchschneiden wird. Wenn man dann sein Herz herausreißt, wird man sehen, dass es nur für dich geschlagen hat, meine über alles begehrte Magdalena. Jetzt höre ich auch dein Atmen, muss zu schreiben aufhören, weil ich die Augen schließe und alles nur noch denken darf. Aber ich weiß, dass du jetzt dasselbe denkst und jedes Mal wieder, wenn du diese Zeilen liest, und was uns Gott und auch kein Heiliger verbieten kann und ich noch oft, noch tausende Male mit dir nicht nur denken möchte.

Meine liebe Magdalena, wie glücklich war ich gestern, weil du da warst in meiner Kapelle. Und dann so unglücklich, als ich gemerkt habe, die Magdalena war nur in meinem Kopf. Heute habe ich meinen Brief gelesen und an viele Worte und Zeilen kann ich mich gar nicht mehr erinnern. Ich glaube, einer hat sie mir zugeflüstert, der heilige Antonius oder der Satan selbst, und ich habe sie nur schnell aufgeschrieben, bevor du mich geküsst hast, so wild. Ein paar Stunden später habe ich noch immer in der Eishöhle gelegen, war so verzweifelt, wollte auch keine Sehnsucht mehr haben, weil es nachher so weh tut, du Lügnerin, vielleicht auch Untreue du. Bist wie eine Nebensonne, die es nicht gibt, aber einen verbrennt. Dann habe ich gesehen, wie Krisch, unser seliger und gewaschener Maschinist im Schiff über mir auf dem Tisch zu leuchten begonnen hat. Er ist so hell geworden, wie die Kohlenglut unter seinem Dampfkessel, er hat die Kajüte angezündet mit seinem Feuer, vielleicht aus lauter Sehnsucht, ich kenne das, dann den Tegetthoff. Überall Flammen, gelb und rot, das Eis über mir schmilzt weg und das brennende Schiff stürzt in meine Kapelle und auf mich, es drückt mich hinunter in das Meer. Ich verbrenne und ertrinke in einem, habe keine Schmerzen, sinke im Wasser tiefer und tiefer. Krisch schwebt vorbei, leicht wie eine Feder. Aus seinem Mund kommen Luftblasen aus Silber und die Worte: Wenn die Magdalena nicht mehr da ist, sei nicht traurig, mein Freund, denn Frauen flattern, sind Schmetterlinge, einmal dahin, dann wieder dorthin. Ich antworte ihm, ja, ja, Krisch, dein altes Lied. Und dann sage ich, lieber Krisch, du kennst deine Dampfmaschine und ich meine Magdalena. Hast du denn ihren Brief nicht gelesen, meine Magdalena wartet auf mich. Nach einer Stunde komme ich auf dem Boden an und auch das tut nicht weh, rundum Fische und ein paar Kochtöpfe vom Tegetthoff. Das Eis ganz hoch über mir ist wie ein Himmel und ich habe ihn schon oft gesehen, auch die Vögel, ich erinnere mich an ihren schönen Gesang, der kein so ein Geschrei ist wie hier im Norden. Ich stehe auf und schaue überallhin. Um mich herum sind keine Fische mehr, aber Häuser, und ich sehe, es ist mein Dorf. Unser Dorf, Magdalena. Ich wische mir die letzten Wassertropfen aus meinem Gesicht und die verbrannte Haut streife ich ab wie unsere Schlangen, damit ich schneller vorankomme und mich niemand fürchten muss, weil ich sonst so schrecklich aussehe. Wenn du mich wieder siehst, wirst du vielleicht mich gar nicht mehr erkennen, davor habe ich so große Angst. In unserem Dorf stehe ich dann nach ein paar Schritten vor deiner Tür. Ich klopfe, aber es macht niemand auf. Ich werfe einen kleinen Stein an dein Fenster, aber du machst es mir nicht auf wie sonst immer. Ein alter Mann hat mich die ganze Zeit angeschaut und ich frage ihn, wo die Magdalena ist. Weg, sagt er, weit weg. Ist die Magdalena noch im

Dorf, habe ich ihn gefragt. Der Alte aber schüttelt den Kopf. Woanders? Verheiratet? Der Mann zeigt in eine Richtung. Ich frage ihn, was er damit meint. Norden, sagt er und wendet sich ab. Ich rufe ihm noch nach, dass er die Menschen durcheinander bringt und ich im Norden war, ich, der Matrose Antonio Lazaro, und ich bin nach Hause gekommen, um meine Magdalena zu heiraten und für immer zu lieben.
Jetzt höre ich dich lachen, Magdalena, der hat geträumt, sagst du dir. Aber ich glaube nicht, dass es ein Traum war, weil ich ja vorher nicht eingeschlafen bin. Aber verwunderlich ist es schon, du im Norden, obwohl es das Schönste wäre.

Dein dich über alles begehrender
Antonio

Immer fällt mir dann noch etwas ein, geliebte Magdalena. Damit ich den ganzen Brief nicht noch einmal schreiben muss, hänge ich es an, weil es gar nicht schön ist, wenn man sich selbst abschreibt, was man da alles gedacht hat, und immer diese Sehnsucht und diese, du weißt schon, schon wieder so stark, verflucht. Wenn es dir recht ist, schenke ich dem seligen Krisch meinen ersten Brief, den ich dir geschrieben habe, als Danke für die Buchstaben. Wenn man nicht schreiben kann, sind die eigenen Gedanken für immer verloren, meine aber kann noch unsere Rebecca lesen, aber vorher du. Es sind keine so großen Gedanken wie unser Schiffskommandant sie hat, weil ich noch zu wenig weiß, aber die Gedanken sind von mir und nicht von jemand anderem oder aus der Zeitung.

8

Der Matrose Vecerina zimmert inmitten des Eispalastes für Krisch einen Sarg aus Plankenholz. Die Hammerschläge auf die Eisennägel, die in der Kälte manchmal zersplittern, klingen weit und das neue Land antwortet mit lockenden Echos. Vecerina muss seine Arbeit immer wieder unterbrechen, um das Blut aus seiner Lunge zu husten, so wie es auch Krisch in seinen letzten Monaten getan hat.

Vor dem Eispalast untersucht Dr. Kepes die Mannschaft der Tegetthoff. Payer hat ihm angekündigt, sechs von ihnen auf die große Expedition mitnehmen zu wollen. Die Männer drängen sich, wollen die einzigartige Gelegenheit nützen, endlich tun zu können, weswegen sie sich auf diese große Reise gemacht haben, träumen davon, dabei auch noch durch die Expedition berühmt werden zu können, versuchen, vor dem Schiffsarzt ihre Ausschläge zu verbergen oder röchelnde Lungen als vollkommen harmlos und lächerlich darzustellen. Dr. Kepes aber entgehen ihre verfallenen Körper nicht und Payer selbst schaut in offene Münder, um verfaulendes Zahnfleisch festzustellen und die Betroffenen von seiner Liste zu streichen. Er spricht von Glück, wenn er bei einem ein verheimlichtes Leiden entdeckt, besser jetzt, meint er, als bei der alles entscheidenden Expedition. Die Männer der Tegetthoff werden zu Rivalen, jeder will zu den Auserwählten gehören. Noch wissen sie nicht, dass Payer nur sechs von ihnen mitnehmen will, und sie steigern sich in berauschende Träume von zu entdeckenden Ländern.

Lazaro, Haller und Klotz betten an Deck des Schiffes die Leiche Krischs in den Sarg. Der Körper des einst so Kräftigen ist abgezehrt, ausgehungert, schmächtig und nicht viel größer als der eines Kindes. An diesem Abend findet Lazaro im Baderaum unter der weggeworfenen Kleidung Krischs den Brief seiner Geliebten, den der Maschinist als Lohn für das Beibringen von Lesen und Schreiben verlangt hatte. Lazaro kann jetzt lesen, will schon das Kuvert öffnen, um selbst den Liebesschwur seiner Geliebten zu entziffern, den er bisher nur aus dem Mund Krischs gehört hat. Aber er besinnt sich, möchte diesen Augenblick auskosten und ihn nicht zu einem hastigen Überfliegen von ein paar Zeilen in der klammen Schwüle des Baderaumes verkommen lassen. Lazaro schiebt den Brief der unerreichbaren Geliebten in seine Jacke.

Payer lässt die Männer laufen, will so ihre Ausdauer für das Schlittenziehen bei der Expedition erkunden, lässt sie Schiffstaue hochklettern und streicht einen nach dem anderen von der Liste. Payer will mit einer Elite gegen Norden ziehen und nicht mit hinfälligen Körpern. Und die Männer rennen sich auf der Eisstraße das verrottete Leben aus Leib und Lunge. Einer versucht den anderen zu übertrumpfen, jeder buhlt um die Gunst des Königs, der endlich an der Pforte eines Landes steht, das er in einer historischen und in der ganzen Welt Aufsehen erregenden Expedition erobern will. Carlson bittet Payer, ihn mitzunehmen, fügt hinzu, zwar alt zu sein, aber noch immer kräftig und in dieser Wildnis erfahrener als alle anderen. Payer macht ihm klar, dass die Expedition gefährlich sei, sehr gefährlich, weil sich die Eisscholle vom Festland wieder lösen könnte und sie dann von ihrem Schiff abgeschnitten und für alle Zeiten verloren wären. Carlson will das Wagnis auf sich nehmen, sei doch diese Reise ins Eis mit Sicherheit seine letzte, und ein Leben lang warte er schon auf eine solche Eroberung, wissend, so eine Gnade nie wieder zu bekommen. Payer will jedem Teilnehmer für das Erreichen des 81. Breitengrades 1000 Gulden, für das Erreichen des 82. Breitengrades 2500 Gulden in Aussicht stellen, mehr noch, ihnen diese gewaltigen Mengen Geldes garantieren. Und Payer meint, dass alle, die er mitnähme, einen Vertrag zu unterzeichnen hätten, aus dem hervorgehe, dass sie mit ihrem Ende rechneten, sich aber nie darüber beklagen dürften und nur in sich selbst die Schuld an einem solchen Ausgang erkennen müssten. Carlson möchte unter dieses Papier am liebsten sofort seinen Namen setzen.

Ein paar der Männer legen von ihren Habseligkeiten entbehrliche, aber auch ihnen wertvolle Dinge als Grabbeigaben in den Sarg Krischs, während einige andere noch immer wie im Rausch über das Eis laufen oder auch nur humpeln, um von Payer vielleicht doch noch auserwählt zu werden. Lazaro beugt sich über den Aufgebahrten und schiebt seinen ersten selbst geschriebenen Brief unter die gefalteten und steif gefrorenen Hände des geduldigen Lehrers. Der junge Matrose bemerkt, dass Payer auf das Deck klettert, und stellt sich ihm in den Weg. Er sagt seinem Kommandanten, dass er bei der Expedition dabei sein wolle, anstelle von Krisch, dessen Platz wäre ja jetzt frei. Payer antwortet ihm, mitgenommen zu werden sei wohl der Wunsch eines jeden, es gebe keinen an Bord, der dieses Verlangen nicht habe. Er zeigt sich verwundert, dass der junge Matrose den Platz eines Toten einnehmen möchte. Payer will von Lazaro wissen, warum gerade er zu den Auserwählten gehören solle, wo es doch so viele kräftigere Matrosen auf dem Schiff gäbe. Lazaro tritt an Payer bis auf einen halben Schritt heran, will nur von ihm gehört werden, nicht von den Männern am Sarg. Er müsse den Tod seines Freundes rächen, für den er, der Kommandant, verantwortlich sei, flüstert Lazaro. Er wolle sehen, wie der Herr Oberlieutenant an der Expedition scheitere, aus nächster Nähe miterleben, wie der unsterbliche Held sein Ziel nicht erreiche, umkehren oder besser noch elendiglich zugrunde gehen müsse. Payer lehnt sich an die Reling. Er fragt Lazaro, ob er den Aschenhügel sehe. Lazaro hat die Asche des Schiffsofens schon tausende Male gesehen, oft auch, wie der Wind sie verblasen und höher und höher schweben hat lassen.

Payer meint, er wolle einmal nicht wie Krisch begraben, sondern verbrannt werden. Und seine Asche würde wie diese über das nördliche Eis wehen. Aber noch sei es nicht so weit. Noch habe er keine Zeit zum Sterben. Seine Aufgabe sei es jetzt, das Land für den Kaiser zu erobern. Mit den besten Männern, welche die Tegetthoff an Bord habe, und nicht mit Schwächlingen, Feiglingen oder gar einem räudigen Schaf, das die übrige Herde verderbe. Payer wendet sich von Lazaro ab, verschwindet in der Offizierskajüte. Aus dem Eispalast ist noch immer das Hämmern des Zimmermannes Vecerina zu hören und in den zunehmend länger werdenden Pausen sein Husten.

Zwei Männer in Uniform und mit präsentiertem Gewehr halten an Deck Totenwache für Krisch. Schnee fällt in großen Flocken in den offenen Sarg. Lazaro brennt mit einem glühenden Eisen die Grabinschrift für seinen toten Freund in ein Holzbrett, reiht sorgfältig, wie er es von ihm gelernt hat, Buchstabe an Buchstabe.

Die strahlende Sonne schon des nächsten Tages zeigt der Mannschaft der Tegetthoff das neu entdeckte Land in seiner ganzen Pracht. Neben Krischs Sarg stehen zu dieser Stunde Haller und Klotz, um ihm ihre Ehre zu erweisen. Daneben werden aus den Segeln Fahnen für die Schlittenreise gefertigt, weil Payer glaubt, mit den vielen an Bord nicht auszukommen. Die Männer sind aufgeregt, jeder glaubt, zu den Auserwählten der Expedition zu gehören. Nur Carlson weiß mit Sicherheit, mitgenommen zu werden. Er schärft seinen Speer, er poliert seine Orden. Payer zeichnet das neue Land, dessen Gletscher ihm durch das strahlende Sonnenlicht wie Weiden leuchten. Ein Matrose kommt zu Payer und will wissen, ob er sich schon für ihn entschieden habe. Er bietet dem Kommandanten Geld an, seine ganze Heuer, seinen Besitz zu Hause in Fiume, wenn er nur mitkommen dürfe. Payer genießt das Umworbenwerden, glaubt sich sogar geliebt. Er vertröstet den Matrosen auf das Begräbnis von Krisch, dort werde er sie nennen, die Namen der Auserwählten. Der Matrose verbeugt sich wie vor einer Majestät. Hinter ihm klettert Carlson über den halsbrecherischen Aufstieg zum Krähennest. Payer bemerkt, wie der alte Nordlandfahrer auf halber Strecke schwer atmend innehält. Er legt das Zeichenblatt beiseite und streicht den Namen Carlson aus seiner Liste. Carlson erreicht endlich das Krähennest und schaut voller Hoffnung und Glück zum Land hinüber, das ihm alle seine Farben so verlockend zeigt, als wollte es ihn auffordern, doch endlich zu kommen.

Krischs Dampfmaschine läuft zu seinem Abschied auf vollen Touren und gibt der Mannschaft das Gefühl, wieder auf Fahrt zu sein. Sie treibt zwar das Schiff nicht an, aber ihr Stampfen erschüttert die Festung im Eis und aus dem Schlot qualmt schwarzer Rauch, der sich in einem dünnen Schleier über die Scholle legt. Krischs Sarg wird noch einmal um die Tegetthoff getragen und erst dann auf einen Schlitten gelegt, obenauf die Fahne der Monarchie. Langsam bewegt sich der Leichenzug auf das Kaiser-Franz-Josephs-Land zu. Marola spielt auf seiner Harmonika einen Trauermarsch, Scarpa begleitet ihn auf dem Saxophon, kann aber nicht alle Töne spielen, weil ihm durch den zermalmenden Händedruck Payers einige Finger unbrauchbar geworden sind. Drei Matrosen schlagen auf ihre Trommeln. Die Dampfmaschine scheint den Rhythmus der Musik übernommen zu haben, stampft einen dumpfen Takt dazu. Klotz trägt an der Spitze des Zuges eine lange Stange mit einem kleinen Kreuz, spürt bei jedem Schritt den Schmerz seiner wunden Füße. Die Männer werden von der schwarzen Rauchwolke der Tegetthoff begleitet und sie breitet sich schon bis über ihr Kaiser-Franz-Josephs-Land aus. Auf dem Schiff sind nur der Zimmermann Vecerina und als Wache ein Matrose zurückgeblieben, der in einem quälenden Rhythmus immer wieder an der Leine des Nebelhorns zieht.

Behutsam setzt man den leichten Sarg Krischs in der Nähe einer Felsspalte auf dem Kaiser-Franz-Josephs-Land ab. Die Männer singen ein leises Lied, aber nicht alle sind zu hören, weil Skorbut ihnen die Münder zu unbeweglichen Höhlen gemacht hat. Die Rauchwolkendecke verdunkelt das Land und verwandelt die Sonne in einen Mond, nur wenige ihrer aufgefächerten Strahlen gelangen noch auf die schneebedeckten Hügel. Payer tritt aus der Trauerrunde, schweigt lange, spricht dann davon, immer gehofft zu haben, während ihres kühnen Unternehmens nie eine Grabrede halten zu müssen. Er meint, ein Held wie ihr Maschinist Krisch verdiene es eigentlich, in einem marmornen Sarkophag zu liegen. Aber ehrenvoller, viel ehrenvoller sei es, auf diesem jungfräulichen und unberührten Land ihres Kaisers als erster Mensch bestattet zu werden. Und seit dem Tod des treuen Maschinisten sei ihr Nordpolunternehmen keine gewöhnliche Expedition mehr. Einer sei bei der Erfüllung seiner Pflicht für diese große Aufgabe gestorben, sein Tod gebe allem eine neue, eine größere Bedeutung. Man solle sich nicht von dem Gedanken gefangen nehmen lassen, dass nun über ihnen und ihrem Schiff der Hauch des Todes liege, sondern vielmehr den Auftrag sehen, den das tragische Ende des Maschinisten Otto Krisch in sich berge. Nun müsse man dieses Land, auf dem einer von ihnen begraben werde, mehr denn je erforschen, um seinem Tod ebenfalls einen Wert zu geben. Das sei auch der Wille von Krisch gewesen, der mit seiner Tapferkeit ohne Zweifel in die Geschichte eingehen werde. Jetzt sich dieses Land nicht untertan zu machen, wie es schon in der Bibel gefordert werde, würde das Ableben ihres Freundes sinnlos machen. Sein Tod sei ein rühmliches Ende von Pflichterfüllung, sein Tod sei Auftrag an sie alle, es ihm gleichzutun. Er sei für den Kaiser gestorben, sie hätten für den Kaiser dieses Land zu erobern. Aber nicht nur für den Kaiser, für die Monarchie, für die Menschen in der fernen Heimat, für die Wissenschaft und letztendlich für die Menschheit. Krisch sei das

Mahnmal im Kampf gegen die widerwärtige Natur, den man nur mit Entschlossenheit, Gehorsam, Pflichterfüllung, Ausdauer und Gottes Segen gewinnen könne.

Payer ist aufgeregt, spürt, dass die Männer ihm bis ans Ende der Welt folgen würden, ignoriert die Zurückhaltung des um das Leben der Mannschaft noch immer besorgten Weyprecht und schaut unbekümmert in die hasserfüllten Augen Lazaros, der den Tod seines Freundes auf eine lächerliche Weise gerächt sehen will. Payer reißt ein Papier aus seinem Rock, schwingt es in der Luft, nennt es den Vertrag, den jene zu unterzeichnen hätten, die er auf die Expedition mitnehmen würde. Aber vorher wolle man den Sarg in den Felsspalt hinunterlassen, dem Toten die letzte Ehre geben.

Die Männer der Tegetthoff knien mit schmerzverzerrten Gesichtern auf ihren wunden Beinen im Kreis um das Geschehen, das Payer ein feierliches Begräbnis genannt hat, und können es gar nicht erwarten, endlich von ihrem Glück als Expeditionsteilnehmer zu erfahren. Der alte Carlson ist über die Tatsache, seinem Lebensziel so nahe zu sein, so aufgeregt, dass er lachen muss. Vom Schiff her hören die Männer das Hämmern des Zimmermanns und das Nebelhorn, dessen lang gezogene Rufe den Sarg begleiten, als er an Seilen in den vereisten Felsen gesenkt wird. Die Rauchwolkendecke der Tegetthoff liegt schwer über der weiten Landschaft und lässt die Sonne nun nirgendwo mehr durchscheinen.

Das neue Land hat Krisch zu sich genommen und Payer kann endlich seine Begleiter nennen, die er, wie er sagt, mit äußerster Sorgfalt und nach bestem Gewissen ausgesucht habe. Voran nennt er den Schiffsfähnrich Orel, dann seine Knechte Haller und Klotz. Payer macht eine Pause, genießt die Unruhe der Männer. Sie können es kaum erwarten, endlich genannt und ernannt zu werden. Payer zeigt auf Sussich und Lukinovich. Carlson nickt den beiden Matrosen wohlwollend zu, freut sich, dass sie mit ihm das Land erobern werden. Er hört

Payer sagen, dass er zu guter Letzt noch einen ausgewählt habe, in den er die größten Hoffnungen setze. Carlson will schon vortreten, aber er hört einen anderen Namen als seinen eigenen. Der Kommandant der Landreise hat Lazaro gerufen. Carlson ist wie vom Schlag getroffen, kann nicht glauben, dass Payer mit nur sechs Männern losziehen will und vor allem ohne ihn, den erfahrensten und besten. Auch die anderen der um das Felsengrab Krischs gebeugt Stehenden können ihr schwindendes Glück nicht begreifen. Sie glauben, dass ihre Namen erst aufgerufen würden, einige denken, dass der Oberlieutenant nur einen Scherz mit ihnen treibt, hoffen noch, es sei alles nur ein grausames Spiel. Aber Payer macht sich schon fertig, um zum Schiff zurückzueilen. Vorher noch gibt er als Kommandant über dieses Land zwei Matrosen den Befehl, Krischs Grab mit Steinen zu bedecken. Keiner der verwirrten Männer kann verstehen, warum Payer den von ihm gehassten und ihm feindlich gesinnten Lazaro für die Expedition ausgesucht hat. Auch Lazaro begreift erst langsam. Payer tritt an ihn heran, hält ihm das Vertragspapier vor das Gesicht, fordert ihn auf, es zu unterzeichnen. Während Lazaro seinen Namen auf das Papier setzt und das „R" immer noch verkehrt schreibt, will Payer wissen, ob er denke, jetzt sein eigenes Todesurteil unterzeichnet zu haben. Lazaro antwortet nicht, er bittet aber den Oberlieutenant, den beiden Matrosen beim Zuschütten des Grabes helfen zu dürfen.

Payer faltet das Papier und meint, vielleicht auch nur einen Trauschein in den Händen zu halten, und natürlich könne ein Teilnehmer an seiner großen Expedition so viele Gräber zuschütten, wie er wolle, gehöre er doch nun zu den Privilegierten. Lazaro solle sich nur die anderen ansehen, wie sehr sie ihn beneideten. Ihn, den Kommandanten aber, hassten sie jetzt, weil er sich gegen sie entschieden habe. Einige der Klügeren begriffen nun wohl auch, dass es bei jedem großen Unternehmen solche geben müsse, deren alleinige Aufgabe es sei, für die anderen die Steigbügel zu halten. Aber ohne diese Menschen könne kein Feldherr einen Krieg gewinnen, für einen Sieg seien sie genauso wertvoll und wichtig wie ein tapferer Offizier.

Lazaro will nicht weiter zuhören und drängt sich durch die Mauer der ihn stumm anstarrenden Männer, aus deren feuchten Augen ihm Neid und Missgunst entgegenblicken. Erst wenige der Verschmähten haben erfasst, dass das Schicksal sie zur Verbannung auf das Schiff bestimmt hat. Sie trotten wie eine Schafherde ohne Hirten umher, weichen Klotz und Haller aus, versuchen, den weinenden Carlson zu trösten, und lachen auf, als sie den Schiffskommandanten Weyprecht verkünden hören, dass alle auf Kosten der österreichisch-ungarischen Monarchie zum Leichenschmaus eingeladen seien.

Von den Männern unbemerkt hat sich in ihrer glücklichsten oder bittersten Schicksalsstunde die Rauchwolke der Tegetthoff herabgesenkt und sieht nun aus wie die dunkle Decke eines Raumes, dessen Wände in der Unendlichkeit liegen. Die beiden von Payer bestimmten Matrosen entreißen mit Hacken, Lazaro mit bloßen Händen dem eisigen Boden Steine, die sie in das Felsengrab werfen. Die Mannschaft torkelt, noch immer benommen von dem Gedanken, für alle Zeiten vom ewigen Ruhm eines Expeditionsteilnehmers ausgeschlossen zu sein, zu ihrer Tegetthoff hinüber, ihnen voran der übermütige Kommandant für die Landreisen, hintendrein der besorgte des Schiffes. Einer der beiden Matrosen, die benommen und wütend zugleich Steine auf Krischs Holzkiste werfen, meint, dass die da wohl zu ihrem gemeinsamen, großen Sarg gingen. Lazaro blickt den schwankenden Männern nach und auch ihm zeigt sich das dunkle Schiff mit seinen drei Masten als eines mit drei riesigen Kreuzen.

Stein auf Stein fällt in die Grabeskluft von Krisch, als wollte man verhindern, dass er ihr jemals entsteige. Die Hammerschläge des Zimmermanns Vecerina aus dem nördlichsten aller Paläste klingen wie Antworten und Lazaros Hände werden vom

Herausreißen der Felsbrocken aus dem Eis immer blutiger. Einer der beiden Matrosen will schon einen weiteren der vereisten Klumpen auf Krischs Ruhestätte werfen, als er plötzlich innehält. Er kniet nieder und für einen Augenblick sieht es aus, als wollte er für das Seelenheil des toten Maschinisten beten. Aber er starrt den Stein in seinen Händen an, schabt mit den Fingern daran, sieht sich um, will etwas sagen, wartet zu, kratzt mit der Hacke die Eisschicht weg, stammelt, unterdrückt einen Aufschrei und schaut zu Lazaro, dem Verräter und Feind, der seine Augen schnell abwendet, um ihm nicht zu zeigen, dass er ihn die ganze Zeit beobachtet hat.

Der Matrose spaltet den Grabesstein, der mit vielen anderen die Eisbären von Krischs Leichnam abhalten sollte, in zwei Hälften. Beide Brüche zeigen ihm einen Licht sprühenden gelben Glanz. Er kann es nicht glauben, je einen kindskopfgroßen Klumpen Gold in den halb erfrorenen Händen zu halten, und gibt dem anderen Matrosen durch leise Pfiffe zu verstehen, zu ihm zu kommen. Lazaro beobachtet, wie die beiden vor Aufregung außer sich geraten, einer muss sogar neben dem Grab des Maschinisten ganz schnell seine Notdurft verrichten. Sie rennen herum, stellen fest, dass sie nicht von wertlosen Steinen, sondern von einer Unmenge puren Goldes umgeben sind, und vergessen auf Lazaro und den toten Krisch. Was immer ihre Pelzjacken zu verbergen imstande sind, stopfen sie in sie hinein und machen sich mit kurzen, schnellen Schritten als die reichsten Männer der Welt auf den Weg zu ihrem Schiff. Einer nickt noch zum Grab hin, als wollte er sich bei Krisch bedanken, ihnen zu guter Letzt und durch seinen Tod doch noch alles Glück auf Erden gezeigt zu haben, das so viel größer ist als jeder Ruhm einer noch so kühnen Expedition.

Auch Lazaro hat den Glanz der Steine gesehen, wirft sie aber weiterhin in die Spalte im Fels, während die beiden Matrosen zur Tegetthoff hinüberlaufen, deren Rauchwolkendecke sich noch weiter gesenkt hat, fast schon die drei

Mastspitzen berührt und aussieht, als komme ein Meer vom Himmel. Lazaro hört die ersten Trommelwirbel, das Fest zum Abschied vom Maschinisten und zur Begrüßung des Zeitalters der Landreise hat begonnen.

Vor dem Eispalast wird bereits Rum verteilt. Die verzweifelten Männer, die nun wissen, dass sie auf dem Schiff zu bleiben haben, reißen die Flaschen an sich und setzen sie an die Münder, ohne darauf zu achten, dass ihre Lippen daran festfrieren und zu blutigen Fetzen werden. Ohrenbetäubende Trommelschläge liegen über allem und einige Matrosen haben begonnen, den ebenmäßigen Rhythmus mitzustampfen. Die Eisscholle dröhnt unter den schweren Schuhen und Stiefeln und aus dem Eispalast kriecht der erschöpfte Zimmermann Vecerina, den seine Arbeit gekrümmt hat. Mit gesenktem Kopf auf das geschwärzte Eis starrend geht er zu seinem Schiff, als wollte er sich nach vollendetem Werk für die nächsten Jahre ausruhen. Ein Matrose will wissen, was er da tagelang zu hämmern gehabt hat, schlüpft durch den engen Zugang in den weißblauen Palast und sieht im nächsten Augenblick schon aus wie eine der Eisstatuen rundum. Auf dem glänzenden Boden der Arena reiht sich Sarg an Sarg. Einige der Holzkisten stehen aufeinander und nicht jede ist mit gleicher Sorgfalt gezimmert, alle aber aus dem dunklen Plankenholz der Tegetthoff. Die herbeigerufenen und hereingekrochenen Männer wissen nichts anderes zu tun, als wegzulaufen wie erschrockene Kinder, ihre Rumflaschen in einem Zug zu leeren oder mit ausgestreckten Armen die Särge zu zählen. Dabei umkreisen sie die aufgetürmten Kisten, geraten schon nach einem Dutzend durcheinander, beginnen von vorne, sprechen die Ziffern laut mit und erbleichen, als sie endlich gemeinsam feststellen, dass der fleißige Vecerina dreiundzwanzig Stück gebaut hat. Die Trommler schlagen kräftiger denn je ihre Instrumente und die Männer stampfen noch wütender auf das todbringende Eis, lassen die Scholle unter ihren Stiefeln erzittern.

Lazaro hockt erschöpft und wie angewachsen am Felsengrab seines Lehrers. Die wilden Trommeln dringen über ihn hinweg, weit hinein in das neue Land, und die Rauchwolkendecke der Tegetthoff, kaum mannshoch, legt sich allmählich auf die Welt rundum. Sie umhüllt das Schiff und lässt nur noch dessen Masten herausragen, die jetzt mehr denn je wie die Kreuze auf Golgotha aussehen. Lazaro verlässt, ohne sich noch einmal umzublicken, das Grab seines Freundes und schlägt die Richtung zu seinem Schiff ein.

Die Männer der österreichisch-ungarischen Nordpolexpedition schreien zu den Trommelwirbeln, geben sich mehr und mehr dem Totenfest hin, wollen nur noch Rausch und Lust, aber nichts mehr erhoffen, nichts mehr entdecken, schon gar nicht wartende Särge für alle. Einige Matrosen haben sich verkleidet, leere Konservenbüchsen auf ihre Köpfe gestülpt oder Vorratssäcke über die Körper gezogen. Auch die Schlittenhunde hat man kostümiert. Einer läuft als Lindwurm herum, aber sie alle sind fahrig und unruhig, weil sie den Lärm ihrer Herren, der lauter und lauter wird, nicht verstehen. Die Rauchwolkendecke nimmt den Menschen und Tieren die Sicht, verdunkelt alles wie bei einer Sonnenfinsternis, ruft für einen Augenblick erschreckend die Erinnerung an die Polarnacht wach, bis sie sich endlich auf dem Eis ausbreitet. Die Tegetthoff stößt durch sie hindurch und taucht wie aus einem Meer langsam auf. Aus der nun von der Sonne mit rotem Glanz bestrahlten Rauchwolke ragen nur noch die Köpfe der Männer. Einige Matrosen entzünden trotz des gleißenden Lichtes Fackeln und beginnen zu tanzen. Die Flammen huschen wie Irrlichter über das neue Meer und die Tegetthoff scheint endlich wieder Wasser zu haben und auf voller Fahrt zu sein. Lazaros Kopf treibt auf diesem Wolkenmeer her zu den anderen, von denen einige Tschakos tragen und glänzende Helme aus Büchsenblech und den aufgekratzten Payer zu dem Ausruf hinreißen lassen, allesamt unsterbliche Ritter des Eises zu sein.

Die beiden Matrosen, die am Grabesrand von Krisch ihr Gold gefunden haben, teilen ihr Geheimnis hinter vorgehaltenen Händen ihren Freunden mit, die die Geschichte nicht glauben können und sich zum Beweis die mitgebrachten Klumpen zeigen lassen. Am liebsten würden sie, wie schon einmal, gleich zum Kaiser-Franz-Josephs-Land rennen, um die goldenen Berge abzutragen und heim auf das Schiff zu schleppen, hielten sie Besonnenere nicht zurück. Wir haben ja Zeit, sagt einer, viel Zeit, während der Kommandant mit seinen Auserwählten auf Expedition ist, haben wir viel Zeit und alles hat eben sein Gutes. Noch während sich die Hand voll Matrosen ihre goldene Zukunft ausmalt, verstummen die Trommeln und auch die Männer halten ihre Schreie zurück. Marola intoniert ein Stück von Johann Strauß, Scarpa begleitet ihn mit seinen gebrochenen Fingern auf dem Saxophon. Die österreichisch-ungarische Nordpolexpedition tanzt Walzer im Rauchwolkenmeer, haushohes Packeis unter den Füßen. Man wiegt sich in der Vorfreude auf die Expedition oder im Goldrausch, in der Verzweiflung oder gegen den Tod. Einigen der Schwerfälligen und Schüchternen hingegen genügt der künstliche Wein oder der seit über einem Jahr in solcher Menge nicht mehr erlebte Rum im erhitzten Blut. Die Auserwählten unterzeichnen Payers Vertragspapier, die Matrosen Sussich und Lukinovich allerdings nur mit jeweils drei Kreuzen. Lazaro schüttet Rum in seinen vor Verwirrung zitternden Körper und die Hunde beißen aufgeregt nach den zappelnden Beinen der Totentänzer.

Weyprecht hat sich, nicht weniger berauscht als die anderen, in sein Zelt verkrochen und schrickt auf, als plötzlich Orel, einer der Auserwählten, vor ihm steht. Der Schiffsfähnrich sagt ihm, dass er auf die Expedition über das Kaiser-Franz-Josephs-Land nicht mitgehen werde und er von ihm den Befehl erwarte, auf dem Schiff zu bleiben. Weyprecht versteht nicht, dass es da einen geben soll, der nicht die Unsterblichkeit eines Poljägers anstrebt, will von ihm wissen, warum er so denke. Orel antwortet ihm, Frau und Kinder zu Hause zu haben und nicht mit dem verrückten Payer im ewigen Eis umkommen zu wollen. Weyprecht versucht, dem Schiffsfähnrich klarzumachen, dass es eine Ehre sei, vom Oberlieutenant für die Expedition ausgesucht worden zu sein, eine überaus große Ehre, der man sich auf keinen Fall entziehen dürfe. Dazu komme Orels Fähigkeit im Umgang mit den Navigationsinstrumenten, mit der er eine Landreise überhaupt erst möglich mache. Er sei sozusagen die Voraussetzung für das Gelingen des Unternehmens, ohne ihn kämen Payer und seine Männer schon nach wenigen Meilen vom nördlichen Kurs ab, seien rettungslos dem Verirren ausgesetzt. Orel beharrt auf seiner Weigerung, erzählt von seiner Befürchtung, dass der Oberlieutenant nicht nur bis zum einundachtzigsten oder zweiundachtzigsten Breitengrad wolle, sondern unter allen Umständen weiter, viel weiter. Weyprecht will das nicht glauben, aber Orel ist sicher, dass Payer sogar das Risiko in Kauf nimmt, nach dem Verbrauch der Vorräte auf dem Marsch zum Pol auf dem Rückweg verhungern zu müssen. Weyprecht zeigt keine Spur mehr von Trunkenheit, redet auf Orel ein, dass es deshalb wichtiger denn je sei, Payer auf der Expedition zu begleiten, um ihn von diesem selbstmörderischen Vorhaben abzuhalten. Dafür, gesteht Weyprecht zögernd, sei es sogar gerechtfertigt, dem in der Navigation unerfahrenen Oberlieutenant falsche Standortmessungen zu nennen, ihm vielleicht vorzutäuschen, schon am Pol zu sein, damit sie dann rasch zurückkehren könnten. Orel wirft ein, während von draußen ein neuer Walzer zu hören ist, dass der Kommandant den Nordpol riechen könne, und niemand sei in der Lage, ihm in dieser Hinsicht etwas vorzumachen. Weyprecht langt in seinen Messglasschrank und reicht Schiffsfähnrich Orel einen Revolver, schweigt, meint aber dann doch, als sein Gegenüber ihn nicht nehmen will, dass jedem Offizier zur eigenen Sicherheit eine Handfeuerwaffe zustehe.

Der Totentanz der Tegetthoff-Mannschaft wird immer ausgelassener, heftiger, wilder. Lazaro holt den Brief seiner Geliebten aus seiner Rocktasche, noch hat er ihn nicht gelesen, will ihn jetzt endlich entziffern, steckt ihn abermals zurück, glaubt, ihn ohne Zeugen lesen zu müssen, allein, in Gedanken bei seiner Geliebten und nicht in dem Gedränge dieser Horde. Aber das Bild seiner zukünftigen Frau betrachtet er, trinkt auf ihr begehrenswertes und so weit entferntes Antlitz, steckt es wieder in seine Jackentasche, nah an sein Herz.

Die beiden Knechte Payers sind außer sich vor Freude, ihren Herrn auf die Expedition begleiten zu dürfen. Carlson hingegen scheint zu einem Methusalem gealtert zu sein, kann es immer noch nicht glauben, dass der junge Herr Oberlieutenant seine Erfahrung nicht braucht.

Als wollten sie den Tod herausfordern oder ihn zu ihrem Gesellen machen, tanzen einige der Männer die wilden Rhythmen im Eispalast zwischen den Särgen. Lazaro versucht, eine Zeit lang dabei mitzuhalten, hat er als Auserwählter doch allen Grund zum Feiern, stürzt, begreift, dass er betrunken ist, wird hin und her gerissen zwischen den Todeslästerungen und der irren Welt, die die Eisscholle ergriffen hat, hustet in der Rauchwolke der Tegetthoff, die in alle Ecken und Winkel gekrochen ist und die Menschen nur noch als Schemen erkennen lässt, stolpert aus dem Eispalast und auf das verlassene Schiff zu, klettert die abgetretene Eisstiege hoch und kommt erst an Deck zur Ruhe, lässt sich fallen, hört den Totengedenktanz wie aus großer Entfernung, spürt noch immer die Hitze des Rums in sich und öffnet seine Jacke, als er bei der Offizierskajüte einen Schatten sieht, der ihn den Atem anhalten lässt. Lazaro richtet sich auf, glaubt, sich getäuscht zu haben, wartet und sieht den Schatten wieder. Er bringt sich auf die Beine, das schräge Deck lässt ihn beinahe ausrutschen, geht ein paar Schritte in Richtung Offizierskajüte und weicht zurück, als er die Frau näher kommen sieht. Er ist weit davon entfernt, auch nur irgendetwas zu begreifen, weiß von der Unmöglichkeit, dass eine Frau an Bord ist, vermutet im ersten Augenblick, einer der Matrosen habe sich verkleidet. Aber diese Frau hat schwarzes langes Haar, das für eine Maskerade ganz gewiss nirgendwo auf dem Schiff zu finden wäre, und ein Gesicht, das er kennt. Lazaro sieht die Frau auf sich zukommen, tritt aus seinem Versteck, stellt sich ihr in den Weg und hat sich nicht getäuscht; Lazaro steht seiner Geliebten gegenüber. Sie erschrickt, will kehrtmachen, er hält sie fest, dreht sie zu sich, zeigt ihr sein Gesicht, stammelt immer wieder, dass er es sei, er, Antonio, sie müsse ihn doch erkennen, nur sein Bart lasse ihn anders aussehen, ja, Antonio Lazaro, dein Geliebter. Die Frau sieht Lazaro an, scheint langsam zu begreifen. Lazaro wischt seine schweißverklebten Haare aus der Stirn, entschuldigt sich für sein Ungepflegtsein, lächelt sie an, bis auch sie endlich zurücklächelt und er sie loslassen kann, ohne Angst, sie könnte davonlaufen. Lazaro versteht nicht, wie sie auf die Tegetthoff gekommen sein könnte, bis ihm einfällt, dass vielleicht doch ein Schiff von Europa ausgelaufen ist, um die Verschollenen zu suchen, fragt sie, ob sie mit einem Schiff gekommen sei, wird von ihr nicht verstanden, mit einem Schiff bist du doch gekommen, um uns zu holen, sagt er ihr, bis sie endlich begreift und nickt. Dann hat der alte Mann in unserem Dorf Recht gehabt, als er mir gesagt hat, du bist im Norden, Magdalena. Lazaro will wissen, ob es ihr gut gehe, wie lange sie unterwegs gewesen sei, keucht hastig, zwar für die Expedition ausgesucht worden zu sein, aber nichts lieber als mit ihr nach Hause fahren zu wollen. Sie lacht ihn an. Er schämt sich, auf sie die ganze Zeit nur eingeredet zu haben, und umarmt sie endlich. Er spürt ihren weichen Körper, ihre Hände in seinem Nacken und ihren heißen Atem. Lazaro greift in seine Jacke, zieht ihr Bild hervor, zeigt es ihr, nickt, versucht, es ruhig zu halten, kann es nicht erwarten, dass sie es endlich erkennt. Sie erinnert sich, lacht, lacht so laut, dass es die ganze Mannschaft auf dem Eis hören muss. Lazaro zieht sie von der Reling weg, noch hat keiner der Männer ihre Anwesenheit bemerkt, niemand weiß von der bevorstehenden Rettung durch ein Suchschiff, das sie in dieser Wildnis doch noch gefunden hat, sie nach Europa zurückbringen wird.

Die Frau streicht mit ihren Händen über die Fotografie, über sein Gesicht, er kann es immer noch nicht glauben, sie lebendig vor sich zu haben. Sie küsst ihn, drängt sich an ihn. Er will ihr auch noch den Brief zeigen, den sie damals Krisch mitgegeben hat, aber ihr Körper ist so fest an den seinen gepresst, dass er nicht an ihn herankommt. Lazaro stammelt ihr ins Gesicht, dass der arme Teufel, sein Freund Krisch, ihr Briefträger, nun tot im Eis liege, seine Rettung um ein paar lächerliche Tage versäumt habe. Aber sie hört ihm nicht zu, zieht ihn weg. Lazaro begreift, dass sie ihn haben will, bevor die anderen kommen, die Männer der Tegetthoff und die fremden Matrosen vom rettenden Schiff. Lazaro stößt die Tür zur Mannschaftskajüte auf und drückt seine Geliebte fast im gleichen Augenblick an die Wand, weil ihm aus dem dunklen Raum das Gesicht Hallers entgegenschaut. Jetzt möchte Lazaro auch dem besten Freund nicht begegnen, sondern allein sein mit ihr, mit der Geliebten, nach der er sich über ein Jahr lang in der größten Einsamkeit menschlichen Erinnerns gesehnt hat. Er umarmt sie, lässt sich mit ihr auf den glitschigen, schrägen Deckboden nieder, berührt zärtlich ihr Gesicht, küsst sie, achtet nicht auf die Männer, die auf der Eisscholle tanzen, hat nur für sie alle Empfindungen, rutscht mit und auf ihr ein Stück weiter, hält inne, sieht sie an, greift langsam an seinen Hals, bekommt das Lederhalsband zu fassen und zieht daran den Ring hervor. Mit einem Ruck reißt er ihn los, zeigt ihr sein Funkeln im schwachen Sonnenlicht, freut sich über das Lachen seiner Geliebten und über ihre Tränen des Glücks. Er sucht ihre Hand, sie wehrt sich, als hätte sie etwas zu verbergen. Er glaubt, sie wolle sein Geschenk jetzt nicht annehmen, flüstert ihr ins Ohr, dass kein Augenblick richtiger sei, keiner würdiger. Er bekommt die Hand zu fassen und endlich gibt sie nach und wehrt sich nicht mehr. Er küsst ihre Finger, drückt ihre schmale

Hand gegen sein Gesicht, hält sie aufgeregt lachend fest, will den Ring anstecken, zittert zu sehr, versucht sich zu beruhigen, begreift plötzlich, warum sie ihm ihre kleine Hand nicht zeigen wollte, will sie trösten mit Küssen auf die erfrorenen Glieder, flüstert ihr lachend ins Ohr, dass er sie trotzdem liebe, mehr liebe denn je, weil sie sich die Finger erfroren hätte, um ihn zu retten, und umso mehr müsse sie sich den Ring anstecken lassen als Dank und als Zeichen der Verlobung. Und noch vor ihrer Rückreise würde er sie heiraten, in seiner Kapelle. Hast du es vergessen, Magdalena, in der Eishöhle unter unserem Schiff, das habe ich dir doch geschrieben. Lazaro hält inne, begreift, dass sie seine Briefe ja noch nicht gelesen hat. Verzeih mir, Magdalena. Lazaro streichelt sie, bis sie ihre Hand endlich ruhig in der seinen lässt. Er schiebt den Ring auf ihren Finger, sieht, wie sich das Silber in das erfrorene, faul gewordene, schwarze, abfallende Fleisch schneidet und sie nach einem Schmerzensschrei zu weinen beginnt. Lazaro schämt sich für sein Verlangen, ihr dieses lächerliche Geschenk, dieses unzulängliche Zeichen der Liebe aufgedrängt zu haben, er küsst ihre nassen Augen, ihren Mund, bittet sie, ihm zu verzeihen, stammelt, dass er sie über alles liebe, begehre, ist über alle Maßen selig, weil er endlich, endlich ihr Atmen hört und es auch immer schneller wird. Draußen auf dem Eis sind die Männer toll geworden. Mit ihren Fackeln schreiben sie im ekstatischen Tanz bizarre Figuren in die Luft, springen über die Flammen, setzen das Kohlenhaus in Brand. Lazaro flüstert seiner Geliebten ins Ohr, dass er lesen und schreiben könne und ihre erste Tochter Rebecca heißen werde. Sie zieht ihn immer fester an sich, klammert sich an ihn. Lazaro ist eins mit seiner Geliebten, keuchend und außer sich vor Glück. Draußen, umtanzt von der rasenden Mannschaft der Tegetthoff, steht das Kohlenhaus in Flammen, und zur Seite neigend beginnt es sich in das Eis zu fressen. Das Zischen des erlöschenden Feuers übertönt sogar das Geschrei der Männer.

Lazaro wird, zwischen Vorratskisten auf dem Deck der Tegetthoff liegend, durch aufgeregte Stimmen aus seinem Schlaf gerissen. Er braucht einige Augenblicke, um wach zu werden, hört von der Eisscholle geschäftiges Treiben und richtet sich auf, um nach seiner Geliebten zu sehen. Der Platz neben ihm ist leer. Er ruft sie leise, dann laut. Es scheint ihm nur recht zu sein, wenn all die anderen Männer endlich wissen, dass die Schöne seine Geliebte ist und Magdalena heißt. Lazaro versteht nicht, dass Magdalena weggegangen ist, ohne ihn zu wecken. Die Geräusche vom Eis lassen ihn vermuten, dass aufgebrochen wird, man deswegen vom Deck die übrig gebliebenen Vorräte der Tegetthoff trägt und auf Schlitten packt, um sie zum Rettungsschiff zu bringen, auf das keiner mehr zu hoffen gewagt hatte. Hunde bellen aufgeregt und Lazaro blickt über die Reling auf die Scholle.

Auf einem langen Schlitten türmen sich die Flaggen der österreichisch-ungarischen Monarchie und Payer läuft in bester Laune zwischen Stapeln von Konservenbüchsen und gefrorenem Bärenfleisch hin und her. Lazaro kann noch keinen Matrosen des Rettungsschiffes entdecken und begreift auch erst allmählich, dass offenbar nicht nur ihre Rückreise vorbereitet, sondern auch noch für die Expedition gerüstet wird. Er hält Ausschau nach Magdalena, klettert das Schiff hinunter und fragt einen der vorbeieilenden Matrosen, ob er seine Geliebte gesehen habe. Der Angesprochene glaubt zuerst an einen Scherz, lacht, hält ihn aber für verrückt, als Lazaro wissen will, ob sie vielleicht zum Rettungsschiff zurückgegangen sei. Das Fest hat überall Spuren hinterlassen, einige der Männer laufen wie am Tag zuvor noch maskiert herum. Leere Flaschen liegen im Schnee, und dort, wo das Kohlenhaus brennend versunken ist, klafft im Eis ein Krater, der wie schwarzer Wundbrand aussieht.

Lazaro steht Matrosen im Weg, die schwere Kisten schleppen, und er wird von Payer angeherrscht, endlich auch anzupacken und den Schlitten zu beladen. In zwei Stunden würden sie aufbrechen, schreit er dem Verstörten zu. Lazaro versucht, sich an die vergangenen Stunden und Erlebnisse zu erinnern, ein zweites Schiff am Horizont zu entdecken, und fasst nach dem Lederband an seinem Hals. Es hängt lose, der Silberring ist verschwunden. Haller fordert Lazaro ungeduldig auf, eine der vielen Kisten auf dem Schlitten zu verstauen. Lazaro legt sie auf das voll bepackte Fahrzeug und verzweifelt an der Vorstellung, dass die Begegnung mit seiner Geliebten vielleicht nur im Traum geschehen sein könnte. Er bekommt ein Seil in die Hand gedrückt, um die Kiste auf dem Schlitten festzuzurren. Dabei hilft ihm ein Matrose, dessen Hände geschickt einige Knoten machen. Lazaros Blick bleibt an diesen Händen haften. Sie sind schmal, klein und die Finger flink, obwohl schon überall schwarz von Erfrierungen. Einer von ihnen trägt seinen Silberring, der sich nun noch tiefer in das Fleisch geschnitten hat. Nur langsam wagt es Lazaro, von diesen Händen, die nun fast zärtlich über das Packgut streichen, aufzuschauen. Er blickt in das Gesicht des ebenfalls für die Expedition ausgesuchten Matrosen Lukinovich. Die beiden Männer sehen einander schweigend an, erkennen sich, sind bei ihren Erinnerungen an die vergangene Nacht. Lazaro will sich abwenden, aber es gelingt ihm genauso wenig wie dem Matrosen Lukinovich.

9

Payer und die sechs Auserwählten seiner Expedition stürmen los. Die Hunde springen gegen Norden und die Segel auf dem Schlitten machen das Gespann wie erwartet noch schneller. Payers lang gezogener Schrei klingt wie der eines Wolfes. Die Ränder der Sonne vibrieren und Lazaro, Orel, Klotz, Sussich und Lukinovich laufen dem Schlitten nach, auf dessen hinteren Kufen Payer steht und die Peitsche knallen lässt. Sein Knecht Haller hockt neben ihm und hat Mühe, sich festzuhalten.

Weyprecht steht am Bug seines Schiffes, sieht dem Tross nach und macht den Eindruck, als habe er das Gefühl, ihn nie mehr wiederzusehen. Er wendet sich ab und gibt dem neben ihm stehenden Ersten Offizier Brosch den Befehl, allen Unrat aufräumen zu lassen und für peinlichste Sauberkeit auf dem Schiff und der Scholle zu sorgen, da in den nächsten Wochen während der Expedition hier nichts so wichtig sei wie Disziplin und Ordnung.

Payer, dessen Gesicht mit einem Schal verhüllt ist, der nur seine Augen freilässt, zerrt an dem Zügel, um seine Hunde auf dem richtigen Kurs zu halten. Hinter ihm keuchen im Laufschritt seine Auserwählten. Die Tegetthoff ist kaum noch zu sehen, während die Berge des Kaiser-Franz-Josephs-Landes ihnen ständig näher kommen. Payer lässt plötzlich anhalten, befiehlt den Männern zu warten und Haller muss eine Flagge vom Schlitten nehmen. Im schnellsten Schritt laufen die beiden auf einen Hügel, während schon in den ersten Stunden der Expedition Lazaro und die anderen atemlos auf das zerklüftete Eis sinken. Sussichs Kehle brennt vor Durst, den er zu stillen versucht, indem er eine Hand voll Schnee nach der anderen in den Mund stopft. Payer und Haller sind am höchsten Punkt des Hügels angekommen und okkupieren ihn für die österreichisch-ungarische Monarchie, indem der Kommandant die Flagge in den Boden bohrt und sein Knecht den Namen „Cap Tegetthoff“ in ein noch unbeschriebenes Buch eintragen muss. Haller führt mit zitternder Hand und klammen Fingern den Bleistift, als Payer schon wieder in die Tiefe springt, um nicht auch nur eine der kostbaren Minuten zu verlieren. Seine erschöpften Leute haben Mühe, sich auf die Beine zu bringen, müssen es aber, weil der Oberlieutenant bereits peitschenschwingend auf seinem Schlitten steht. Es sieht aus, als wollte er alles daransetzen, ihnen ständig seine körperliche Überlegenheit vor Augen zu führen und Lazaros Rache schon im Keim zu ersticken. Der junge Matrose hechelt mit den anderen hintendrein und kommt nur zu ein paar tiefen Atemzügen, wenn der Kommandant schnell wieder auf einen Berg klettert und ihn sich durch einen Namen und eine Flagge untertan macht. Der qualvoll an Durst leidende Sussich greift im Laufen nach Schnee, der ihm dann wie Glut auf den wunden Lippen und in der röchelnden Kehle brennt. Payer ertappt ihn dabei, nennt ihn unbeherrscht und einen verdammten Opiumfresser, droht ihm, ihn zum Schiff zurückzuschicken, wenn er nicht sofort damit aufhöre, und befiehlt ihm, wegen der besseren Bewachbarkeit vor seinem Schlitten einherzulaufen. Sussich wird daraufhin eine Stunde wie ein Fuchs von den Hunden gehetzt, bis er zu Boden fällt und hemmungslos das weiße und brennende Gift in sich hineinschlingt.

Payer hat für diesen Tag die erste Ruhepause angesagt, sechs Stunden soll sie dauern. Die Männer und Hunde liegen mit glasigen Augen und pochenden Herzen auf dem Kaiser-Franz-Josephs-Land, während Schiffsfähnrich Orel ihre Position berechnen muss. Payer ist über die magere Ausbeute eroberten Landes entsetzt, rafft eine Fahne an sich und stürmt eine Felshöhe hinauf, um sie noch schnell zu markieren, ist schon auf dem Rückweg, bevor der treue Haller ihm nachkommen konnte. Er bellt ihm den einzutragenden Namen entgegen und seine Augen können den Spott nicht verbergen, den er für seine Leute hat, die sich eng aneinander drücken, um sich gegenseitig zu wärmen. Sie versuchen den kochenden Tee ihres ersten Ruhelagers zu schlürfen, der aber schon gefriert, noch bevor sie ihn schlucken können. Die Männer sind nicht in der Lage zu begreifen, was mit der Gnade und dem Glück, für diese Expedition ausgesucht worden zu sein, über sie hereingebrochen ist, und nehmen mit zufallenden Augenlidern gerade noch wahr, wie ihr Kommandant Zeichenpapier und Bleistift hervorholt, um die wildromantische Schönheit seines Landes für die Millionen Daheimgebliebenen festzuhalten. Lazaro will um keinen Preis schwächer erscheinen als sein Kommandant, führt auch einen Bleistift über ein Blatt Papier. Er schreibt heute an seine Geliebte mit „Ich liebe" seinen kürzesten Brief. Das „dich" führt er wohl im Reiche des ihn erbarmungslos überwältigenden Schlafes zu Ende.

Als die Männer schon wenige Stunden später von Payer aus ihren Träumen gerissen werden, entdeckt Lazaro seinen begonnenen Brief in der angefaulten Hand von Lukinovich und in seinem Gesicht das leise Lächeln eines Glücklichen. Lazaro richtet sich auf, schüttelt verneinend den Kopf, zieht das Blatt an sich. Nicht für dich, hörst du! Lukinovich scheint nicht zu begreifen. Oder heißt du Magdalena? Der Matrose schweigt, dreht den Silberring in das schwarze Fleisch seines Fingers, sieht Lazaro in die Augen. Lazaro weicht aus, rollt seine Decke zu einem Bündel, beeilt sich das Nachtlager zu verlassen. Lukinovich hat sein Lächeln verloren, steckt seine verkrümmte Hand in die erkaltete und aufstiebende Asche des nächtlichen Feuers, als wollte er den Ring nicht mehr sehen oder vielleicht auch nur, um seiner eigenen Verwesung nicht länger zuschauen zu müssen.

Payer ist noch weniger zu zügeln als die ungestümsten seiner Hunde, setzt sich immer öfter an die Spitze der Gruppe, aufgeregt nach zu erforschenden Bergen Ausschau haltend, während seine sechs Männer hinter ihm den Schlitten über die unwegsame Trümmerwüste schleppen, sich durch das Gewirr der Hummocks mühsam einen Weg bahnen und alles daransetzen müssen, um ihren schwerelosen Kommandanten nicht aus den Augen zu verlieren. Haller darf als Auszeichnung für seine Treue und seinen Gehorsam eine Flagge auf eine Hügelspitze pflanzen und in seinem Buch füllen die Namen der eroberten Berge und Kaps schon einige Seiten. Mit jedem qualvollen Schritt, den die Männer machen, entfernen sie sich mehr und mehr von der wärmenden Sonne, die ihre Rücken glutrot aufleuchten lässt. Aus den Schritten werden immer öfter Sprünge und aus den Auserwählten gehetztes Wild, dessen Leittier sie um keinen Preis der Welt zur Ruhe kommen lassen will. Als der Matrose Lukinovich ruhen will, weil er meint, es sei schon Abend, nennt Payer das Meuterei. Der Expeditionskommandant macht ihm, der immer noch den Ring Lazaros an seinem verfaulenden Finger trägt, klar, dass er selbst niemals feststellen könnte, wie spät es sei, wie der heutige Tag heiße, er sei nicht einmal imstande zu wissen, in welchem Monat er lebe. Seine einzige Aufgabe und unverdiente Ehre sei es, für den Kaiser zu marschieren, und wenn er das nicht mit allen Kräften tue, gefährde er die rechtzeitige Rückkehr der Männer zum Schiff und somit ihr aller Leben. Seine Abendspinnereien könnten ihn zum mehrfachen Mörder machen, setzt der Oberlieutenant noch nach.

Lukinovich würde dem Kommandanten am liebsten seinen Hass ins Gesicht schreien, erlaubt sich aber nur eine hilflose Grimasse, würgt an seiner Wut und zieht dann doch inmitten der Pflichttreuen und Verstummten den Schlitten weiter über die Wüste. Payer schwebt voran, macht seine Gefolgschaft unentwegt auf die Schönheiten des Kaiser-Franz-

Josephs-Landes aufmerksam, nennt sie seine kleine, aber treue Polarherde, auf die er jedoch dauernd aufpassen müsse, damit nicht ein räudiges Schaf die starken und gesunden anstecke. Klotz nützt eine der kurzen Pausen, um sich die Schuhe von den Füßen zu schneiden und die darunter zum Vorschein kommenden Eiterklumpen in Fellschuhe zu stecken. Er tut dies hinter dem Schlitten, um seinen Hirten nicht auf seinen furchtbaren Zustand aufmerksam zu machen. Aber schon reißt ihn der Schrei des Expeditionskommandanten los von seinen Gedanken an die verlorene Heimat und er humpelt mit den anderen gegen Norden. Payer hat in den letzten Stunden fiebernd die Positionsmessungen verglichen und wird immer aufgeregter. Er lässt anhalten, aber nur um Schiffsfähnrich Orel schnell messen zu lassen, wie weit sie schon vorgedrungen sind.

Orels Gesicht leuchtet zum ersten Mal, als er feststellt, den 81. Breitengrad erreicht zu haben. Payer kann einen Aufschrei des Glücks nicht unterdrücken und auch seine Männer lassen sich von seiner Begeisterung anstecken. Jeder von ihnen ist um tausend Gulden reicher und einer Rückkehr steht nun nichts mehr im Wege, weil man für Payer und den Kaiser genug getan zu haben glaubt. Payer lässt die Männer im Halbkreis niederknien und schüttet ihnen aus einer Feldflasche Rum in die Kehlen. Der scharfe Alkohol berauscht ihre Gehirne, aber zu wenig, um nicht mit Entsetzen feststellen zu können, wie ungestüm ihr Kommandant schon wieder zum Aufbruch drängt, nicht zurück zur heimatlichen Tegetthoff, sondern vorwärts in die Kälte. Schiffsfähnrich Orel macht Payer darauf aufmerksam, dass es, wenn sie nicht jetzt Richtung Süden gingen, für eine Rückkehr zu spät werden dürfte, da sich die Scholle mit ihrem Schiff vom Festland jederzeit lösen könne. Der Kommandant aber meint, es sei ihrer aller Pflicht, weiterzumarschieren, befiehlt Schweigen, um durch sinnloses und überflüssiges Reden nicht wertvolle Atemluft zu vergeuden, und eilt voran.

Lazaro stemmt seinen unwilligen Körper in die Höhe und weicht den erwartungsvollen Blicken der erschöpften Männer aus. Der junge Matrose weiß, dass er Payer folgen muss, wenn er ihn hoffentlich möglichst bald oder auch erst in der Ewigkeit scheitern sehen will. Obwohl ihr Befehlshaber schon außer Sicht ist, wagen die Männer einander ihre Sorgen nur zuzuflüstern, befürchten hinter vorgehaltenen, blutrissigen Händen, dass wirklich bis zum 82. Breitengrad gelaufen werden solle und an eine Rückkehr vielleicht gar nicht mehr gedacht werde. Der Matrose Sussich sieht auch seine 1000 Gulden schwinden, denn wenn sie nicht zurückkehrten, brauchte ihnen der Kommandant auch nichts zu zahlen und alle Mühe sei umsonst gewesen. Lazaro wirft den ratlosen Männern vor, sich doch nichts sehnlicher gewünscht zu haben, als auf dieser Expedition dabei zu sein, und dass sie sogar einen Vertrag mit Wissen um die Gefahr und mit Verzicht auf alle Klagen unterzeichnet hätten. Er gesteht ihnen aber nicht, selbst zum Sklaventreiber geworden zu sein, nur um den Niedergang des Herrn Oberlieutenant erleben zu können.

Die Männer schieben den Schlitten, hängen vornübergebeugt an den Seilen neben den Hunden und Payer zeichnet sie dabei. Orel muss, während die anderen wenigstens im Schnee liegend nach Luft ringen können, unentwegt die Positionen feststellen, die sich immer weniger voneinander unterscheiden, weil das Gelände mit den schroffen vereisten Felsen zusehends unwegsamer wird. Payer verflucht sich, dass er die Kunst der Navigation nie gelernt hat, zeigt Orel sein ganzes Misstrauen, zweifelt an seinen Berechnungen und noch mehr an seiner Ehrlichkeit und bestraft die Männer, indem er die Rastpausen verkürzt, Essen als lästige Unterbrechung streicht und nur noch redet, wenn er wieder einmal zum Aufbruch drängt.

Meine geliebte Magdalena!

Der Oberlieutenant und du, das habe ich mir nie gedacht und auch nicht träumen lassen. Ich laufe weiter und lebe nur noch wegen euch beiden. Ihn möchte ich auf dem Boden sehen und dich in meinem Bett, ja, das ist die Wahrheit. Damit du jetzt nicht verzagst und glaubst, ich denke an nichts anderes, es geht mir bei dir am meisten um die Liebe. So eine kostbare Perle wie dich findet kein Fischer. Und beim Oberlieutenant hat mich der Hass. Er schindet uns und lacht, wenn einer von uns weint. Ich aber habe noch nie geweint, ich habe auch einmal gelacht, wie der Sussich den Schnee immer schneller gegessen hat, aber nicht, weil ich ein hartes Herz habe, sondern weil es so lustig war. Es ist jetzt alles durcheinander, auch meine Gedanken. Das Eis frisst uns auf, hat der Orel gesagt und vielleicht soll ich dir jetzt gar nicht schreiben, sonst glaubst du noch, ich bin ein schlechter Mensch geworden. Aber wenn ich dir nicht schreibe, weißt du ja nicht, wie es mir geht. Vielleicht hätte ich jetzt schreiben sollen, gegangen ist, weil es kann ja sein, dass man von mir einmal nur die Briefe findet und ich beim Krisch bin. Unseren Oberlieutenant, diesen Menschenfresser, wünsche ich dorthin, weil er ihn auf dem Gewissen hat. Am besten wäre es, ein Bär frisst ihn auf oder er fällt in eine Gletscherspalte und verschwindet für immer. Dann laufe ich nach Hause, die anderen nehme ich mit. Kreuz kriegt er keines. Aber noch rennt das Aas draußen herum und zeichnet Berge, tut so, als ob alle ihm gehören. Unser Schiffskommandant, der Herr Weyprecht, zeichnet auch, aber kleine Dinge und manches sieht man nur unter dem Mikroskop, viel schöner als die Eisberge, und man kann dabei sitzen und hat es wirklich kommod. Aber der Herr

Weyprecht sollte nicht immer so ruhig sein, denn wenn man mit den Matrosen nicht ab und zu schreit, glauben sie, der hat das Befehlen nicht gelernt und ist kein richtiger Kommandant, und schauen dann nicht auf ihn hinauf, sondern auf ihn hinunter. Wie heißt es doch in einem Sprichwort, Bescheidenheit ist eine Zier, doch weiter kommt man ohne ihr. Trotzdem möchte ich viel lieber einer sein wie der Herr Weyprecht und nicht wie der Oberlieutenant, dieser Sklaventreiber. Der hat seinen Herrn noch nicht gefunden. Und den Nordpol auch noch nicht. Aber ich weiß, was dort ist. Auf dem Tegetthoff habe ich einmal zur Belohnung fürs Lesenlernen aus der Bibel vorlesen dürfen, wie auf dem Berge Sinai Gott mit Posaunenspiel, Gewölk, Rauch, Blitz und Donner zu Moses heruntergekommen ist und uns Menschen die Zehn Gebote beschert hat. Das war in der Wüste, wo es am heißesten ist. Am Nordpol ist es am kältesten, und da blitzt es auch, aber mitten aus dem Eis und von unten. Dann kommen Feuer und Rauch aus der Hölle und es donnert und 140 Teufel spielen Saxophon. Aber statt der Zehn Gebote gibt es die Zehn Erlaubnisse. Da heißt es, du brauchst nicht frieren. Oder du darfst bei einem Weibe liegen ohne Hochzeit vorher und sooft du willst, und auch wenn sie schon verheiratet ist, weil sie bei ihrer Hochzeit ja nicht gewusst hat, dass du doch noch kommst, und den Vater musst du nicht ehren, oder, du darfst töten.

Dein dich sehr liebender
Antonio

Ich habe den Brief jetzt durchgelesen und ich friere noch mehr als sonst immer. Vielleicht wäre es besser gewesen, wenn ich nicht das Schreiben gelernt hätte.

Aber es sind halt meine Gedanken, aber nur für dich, weil du als meine Frau von mir alles wissen sollst. Aber du musst mir versprechen, diesen Brief niemals unserer Rebecca zu zeigen. Und ich möchte dir jetzt noch etwas Liebes sagen, weil man ja nicht weiß, ob es nicht das Letzte ist bei unserem Herumgerenne. Etwas, das lieber ist als alles andere und was ich dir noch nie geschrieben habe, das Liebste ist, was ich mir ausdenken kann, und das Schönste ist, was du ...
Verzeih mir, er schreit, wir müssen aufbrechen, habe die Zeit ganz übersehen und nichts geschlafen.

Die von Meile zu Meile unwilliger werdende Gefolgschaft sieht nur die von den vielen Naturschönheiten entrückten Augen ihres Kommandanten, noch immer verdeckt der flatternde Schal das übrige Gesicht und Lazaro muss alle Kräfte seines jugendlichen Körpers anspornen, um nicht als Geschlagener im Schnee liegen zu bleiben. Wie für die anderen ist auch für ihn die Expedition ein ständiges Aufrichten und Hinfallen, ein Torkeln über das Eis, aber er hat das Ziel seiner Rache vor sich, während die anderen Männer keines haben und schwächer und schwächer werden. Den jungen Matrosen treibt das herausfordernde Gebelle Payers an, dessen Gefühle er im verhüllten Gesicht nicht mehr lesen kann, aber dessen Körper von Tag zu Tag schneller wird und sich wie die Nadel eines Kompasses nur noch nach Norden richtet. Lazaro will mit dem wahnsinnigen Kommandanten bis aufs Äußerste mithalten, auch wenn die Männer um ihn herum ihre unendlich schweren Körper kaum mehr aus dem Schnee erheben können und nach Rebellion lechzen. Als die Matrosen Sussich und Lukinovich nicht mehr aufstehen, ist es nicht Payer, sondern Lazaro, der sie wachrüttelt und anfleht, sich nicht der Erschöpfung hinzugeben, sondern ihrem Ziel, dem sie sich doch alle verschrieben hätten. Die beiden verstehen den Eifer Lazaros nicht und bleiben liegen. Lazaro richtet Sussich auf, während Payer die Gegend im weiten Umkreis abschreitet und immer wieder laut rufend Hohenlohe-Insel nennt. Ab und zu wirft er einen Blick auf Lazaro, der ihm freiwillig ein dienstbarer Gehilfe geworden ist und in diesem Augenblick den Matrosen Lukinovich hochzieht, den er schon einmal umarmt hat. In dieser Umklammerung aber wird Lukinovich ohnmächtig und Erbrochenes quillt aus seinem Mund. Und nicht zum ersten Mal lässt sich Lazaro mit Lukinovich zu Boden gleiten. Diesmal aber muss er entdecken, als er die schmale Hand des Matrosen berührt, dass der Silberring fehlt, aber auch der Finger, der ihn getragen hat. Nur noch ein schwarzer Stummel ragt aus den fast kindlichen Gliedern. Lazaro schlägt auf den Reglosen ein, um ihn davon abzuhalten, in eine bessere Welt zu entfliehen. Der Matrose wacht auf und sieht Lazaro über sich. Mit Mühe hebt er seine zur Pfote verkommene Hand und würgt Bitten um Vergebung hervor, weil er den schönen Ring verloren habe. Um den Finger sei ihm nicht leid, haucht er, weil er davon ja noch neun habe, vielleicht seien es inzwischen nur noch acht oder sieben. Wenigstens erinnere ihn der Ring jetzt nicht mehr immer wieder an alles, und er sei auch schon dabei, seinen Geliebten zu vergessen, um ehrlich zu sein, das Gesicht, das sich über ihn beuge, komme ihm inzwischen mit seinen ehrsüchtigen Augen fremd, ja hässlich und abstoßend vor.

Lazaro befreit sich von dem daliegenden und schwer atmenden Fleisch und hört mit fieberndem Gesicht über sich die Stimme Payers, die erklärt, Sussich und Lukinovich hier lassen zu müssen, um den Erfolg der Expedition nicht zu gefährden. Haller werde bei ihnen bleiben und alle anderen weiter gegen Norden ziehen. Lazaro schaut in das entsetzte Gesicht Hallers, der es nicht verstehen kann, wie ihn sein Herr, den er tausende von Meilen begleitet hat, plötzlich nicht mehr haben will. Zum ersten Mal in seinem Leben begehrt der Knecht auf, meint, von allen am wenigsten erschöpft zu sein, noch unzählige weitere Meilen und Tage dank seiner robusten Tiroler Natur laufen zu können. Aber Payer verkürzt die Widerrede, indem er Haller zum Gouverneur der Hohenlohe-Insel ernennt, zum Befehlshaber über dieses Land und über die Matrosen Sussich und Lukinovich. Er trage nun die Verantwortung für deren Leben, so wie ihr Oberlieutenant für das Leben aller die Verantwortung mit größter Hingabe getragen habe und es auch in Zukunft tun werde. Haller ist nahe daran, wie ein anhänglicher Hund ums Mitgenommenwerden zu winseln, aber Payer gratuliert dem Gouverneur zu der neuen Ehre, klopft ihm auf die Schulter, drückt ihn einmal an sich. Haller will wissen, was er zu tun habe als Gouverneur. Payer ruft ihm rasch zu, er vertraue ganz auf seine jahrelang bewiesenen Fähigkeiten und er selbst könne auch deswegen jetzt beruhigt weiterreisen. Auf seinen Befehl hin wird der Schlitten hastig entladen und in zwei Teile geschnitten. Falls sie spätestens in fünfzehn Tagen nicht vom Norden zurückgekommen seien, meint Payer zum Gouverneur, solle er mit den beiden Matrosen allein zum Schiff aufbrechen. Klotz, Orel und Lazaro müssen sich von Haller schnell verabschieden, um den Anschluss an den entschwindenden Payer nicht zu verpassen. Lazaro spürt die Eifersucht des Tirolers, dass er, der junge Matrose, mit seinem Herrn Oberlieutenant nun das Land erobern darf. Haller würgt an den Tränen und meint zu Lazaro, vom vielen Laufen ohnehin schon genug zu haben, auch schmerzten ihn die Füße, wenn er ehrlich sei. Und stolz fügt er hinzu, nicht einmal im Traum habe er jemals daran gedacht, einmal im Leben Gouverneur zu werden, noch dazu der erste in der Geschichte dieses schönen Landes.

Orel warnt Payer, dass Haller und die beiden Matrosen ohne ihn keine Chance hätten, jemals zum Schiff zurückzufinden. Der Kommandant überhört die Bemerkung und sein Marsch wird noch rastloser und gewalttätiger. Lazaro muss als

Schreibkundiger nun die Namen der hastig beflaggten Hügel in das Buch Hallers eintragen. Vor jeder in den Boden gepfählten Flagge salutiert Payer, um schon nach dem nächsten Ziel zu schielen. Die drei übrig gebliebenen Männer nützen diese kurzen Unterbrechungen des ihnen als eine Ewigkeit erscheinenden Laufs, um sich rücklings auf den Schlitten zu legen, die Augen zu schließen oder die eiskalte Luft in ihre bebenden Lungen zu saugen. Payer scheint von alledem nichts zu brauchen, keiner hat ihn bisher schlafen oder essen gesehen. Unentwegt weist er auf die Herrlichkeit dieses von ihm eroberten und von seinen Männern verdammten Landes hin, und bleibt auch nur für einen Moment stehen, als einer der vier Schlittenhunde vor Erschöpfung stirbt. Auch Fletscher, eines der temperamentvollsten der Tiere, hat nicht mehr die Kraft, gegen den Willen seines peitschenschwingenden Herrn aufzubegehren, tut das Einzige, was er mit heraushängender Zunge tun kann, er zieht, wie es ihm die Schläge und das Bellen eines Menschen befehlen.

Lazaro schreibt, aufgewühlt vom Ritt des vergehenden Tages, im Brief an seine Geliebte, vorher im Leben niemals Schnee gesehen zu haben und nun seit fast zwei Jahren nichts anderes. Er verfluche das Land, den Kommandanten, seinen freiwilligen Entschluss, sich für die Expedition zu melden, sich selbst, die Kälte, die kraftlose Sonne, den Wind, Gott, und wünsche sich nichts mehr, als endlich im Eis zu versinken, um Krisch ins Jenseits zu folgen. Von Stunde zu Stunde werde er schwächer, verliere nun auch die allerletzte Hoffnung, während der Kommandant, den er scheitern sehen wollte, wie ein Raubtier immer schneller werde. Lazaro begreift die Sinnlosigkeit des Briefes und wirft ihn ins Feuer, dessen Rauch den eng aneinander geschmiegten Männern die Tränen in die Augen treibt. Als wollte er von seinem Leben noch ein Letztes an Freude haben, öffnet Lazaro eine Konservenbüchse und schlingt den glitschigen Inhalt voller Gier in sich hinein. Die Büchse schleudert er in den aufziehenden Nebel, der das Licht der seit Monaten nicht untergegangenen Sonne aufsaugt, den unzähligen Eisbergen und Schollen die Konturen nimmt und das Kaiser-Franz-Josephs-Land in ein gleichförmiges Weiß hüllt. Davon habe er sein Leben lang geträumt, sagt Payer in die Stille, fügt hinzu, dass es eben nichts Spannenderes gäbe, als neue Länder zu entdecken. Lazaro sieht in die Augen des Kommandanten, die zwischen Federkleid und Schal über ihn triumphieren und nicht verbergen können, wie sehr sie sich über seine Niederlage freuen. Der junge Matrose schläft ein, wie von Payer hypnotisiert, es fallen ihm nicht einmal mehr die Augenlider zu, kurz darauf sind sie auch schon festgefroren.

Der Kommandant der Expedition brüllt zum Aufbruch. Die Männer schrecken hoch. Maschinenmenschen gleich bewegen sie sich, ordnen ihr Zeug, verstauen das Zelt, fressen Schnee und verbrennen sich, ohne es zu merken, über dem Feuer die Hände. Es sieht so aus, als habe Payer wieder nicht geschlafen, und trotzdem ist er von allen am wachsten. Er ist es auch, der das Unfassbare am Horizont im milchigen Weiß der konturlosen Landschaft als Erster sieht. Die Männer richten sich nacheinander auf, auch Lazaro durchfährt es wie ein Blitz. Payer fragt Klotz, was er denn sehe. Der Knecht wagt keine Antwort, scheut die grausame Wahrheit. Der Oberlieutenant will wissen, ob die anderen auch das Zelt sähen. Jeder nickt, und Payer, in seinem Schal einem Beduinen ähnlich, murmelt etwas von Engländern, den verdammten Norwegern, vom Franzosenpack und nimmt das Gewehr von der Schulter. Schiffsfähnrich Orel langt nach seinem Revolver, als stünden sie einem Feind gegenüber, gefährlicher als jeder Eisbär. Die vier Männer starren zu dem kleinen Zelt, das ab und zu im Nebel verschwindet, um dann umso bedrohlicher wieder aufzutauchen. Lazaro sieht die schreckgeweiteten Augen des Kommandanten, der wohl nicht damit gerechnet hat, auf seiner Hetzjagd nach geographischen Breiten hier noch auf Rivalen zu treffen. Payer ruft zum Zelt etwas in einer Sprache hinüber, die seine Männer nicht verstehen, wohl aber, dass seine Stimme voll der Angst ist. Lazaro hingegen kann sich nicht beherrschen, einen Schrei der Freude auszustoßen und einen weiteren. Der Kommandant ist verstört, noch nie hat man ihn so gesehen. Lazaro kann und will seine Genugtuung darüber nicht verbergen, er weicht nicht einmal aus, als Payer zornig mit dem Gewehrkolben nach ihm schlägt, geht wie ein Überläufer auf das Zelt zu, dreht sich immer wieder zu Payer um, der ihm mit den anderen folgt, triumphiert, beginnt zu laufen, um als Erster beim Gegner zu sein, achtet nicht auf die Spalten im harten Schnee. Orel hat Mitleid mit seinem Kommandanten, meint, dass schließlich jeder das Recht habe, dieses Land zu erobern. Die Männer stolpern in die weiße Wolke, als Lazaro auch schon wie angewurzelt stehen bleibt und Payer an seiner Seite auftaucht. Während Lazaros Lachen verstummt und sein Gesicht fahl wird, bekommen die Augen Payers ihren Glanz wieder. Der Kommandant streckt das Gewehr von sich und berührt mit dem Lauf das vermeintliche Zelt einer feindlichen Expedition, das nichts anderes ist als Lazaros leere Konservenbüchse im entfernungslosen Weiß der Umgebung. Payer spießt sie auf seine Waffe und hält sie dem jungen Matrosen vor das Gesicht, sagt ihm, dass er sie zum Andenken an seinen voreilig hinausgebrüllten Triumph behalten solle. Der Kommandant ist über alle Maßen erleichtert, aber wütend, weil er sich narren hat lassen und, wenn auch nur für einen Augenblick, vor seinen Untergebenen den Kopf verloren hat. Er sieht, wie Orel den Revolver in seiner Kleidung verstaut, lässt die Büchse zu Boden fallen, tritt nach ihr, noch bevor sie Lazaro aufheben kann, und befiehlt den sofortigen Aufbruch.

10

Klotz stürzt. Lazaro und Orel lassen den halben Schlitten los, den sie in den letzten Stunden mehr getragen als gezogen haben, laufen zu dem Tiroler, richten ihn auf, hören sein Wimmern und sehen anstelle seiner Füße aufgeschwollene Klumpen. Payer sieht sie auch, will von seinem Knecht wissen, ob er noch laufen könne. Klotz bejaht und macht, um es zu beweisen, ein paar Schritte, fällt wieder hin. Die Hunde umkreisen ihn, wittern Blut, bellen, zeigen die langen Zähne. Payer fragt Klotz nochmals, ob er gehen könne, und der Tiroler bejaht wieder. Dann, so meint sein Herr, könne er ja zu Haller auf die Hohenlohe-Insel zurücklaufen, in ein paar Stunden sei er dort und in Sicherheit, könne sich auskurieren. Orel meint, dass sie alle endlich zurückkehren sollten. Payer überhört diese Bemerkung, befiehlt Orel, dem Tiroler seinen Revolver mitzugeben für den Fall, dass ihm ein Bär über den Weg laufe. Orel zögert, Payer wartet. Endlich zieht der Schiffsfähnrich den Revolver aus seiner Jacke, erklärt, dass er ihn erst nachladen müsse, wendet sich ab. Klotz richtet sich langsam auf, droht jeden Augenblick wieder umzufallen. Orel gibt ihm den Revolver. Wortlos bricht Klotz auf. Sein Stolz und seine Scham lassen ihn die Schmerzen verbergen, die jeder Schritt bereitet, und noch viele liegen vor ihm. Payer wird unsicher, zum ersten Mal. Er ruft Klotz nach, dass sie ohne ihn nie so weit gekommen wären, er die Prämie von 2500 Gulden trotzdem bekäme und von ihm wie ein Bruder geliebt werde, wenn es auch nicht immer so ausschaue. Klotz geht weiter, ohne sich umzudrehen und aufrecht, als würden ihn die Höllenqualen seiner Füße nicht fast zum Wahnsinn treiben.

Nachdem die Hunde immer kraftloser geworden sind und Klotz nicht mehr bei der Mannschaft ist, ziehen Lazaro und Orel den halben Schlitten, wobei die Lederriemen um ihre Körper sie wie Vieh aussehen lassen. Payer läuft voran, bleibt nur stehen, wenn er mit dem Kompass die einzuschlagende Richtung bestimmt. Ab und zu entreißt er dem Schlitten eine Flagge, um sie auf einen Hügel zu tragen. Orel fragt Lazaro, ob er sich denn im Klaren sei, dass Klotz nicht die geringste Chance habe, das Lager von Haller und den zwei Matrosen zu finden. Lazaro will vom keuchenden Schiffsfähnrich wissen, welche Überlebenschancen sie selbst denn hätten. Orel schweigt. Über ihnen kreisen einige Vögel und die seit Tagen ersten Schneeflocken fallen aus dem Himmel.

Klotz schwankt über die unendliche Landschaft. Manche der Schneeverwehungen sehen aus wie Dünen in einer Sandwüste. Jeder Schritt ist Klotz unerträgliche Folter und er wird zusehends langsamer. Der leichte Schneefall deckt die schlangenlinienförmige Spur hinter ihm zu. Nacheinander lösen sich die blutgetränkten Lappen von den Füßen des Tirolers und bleiben wie ausgestreute rote Rosen liegen. Klotz macht noch einen Schritt, hält in der Bewegung inne, ist für einige Momente starr wie eine aus dem Fels geschlagene Statue und sinkt dann lautlos zu Boden, verwandelt sich in diesem Augenblick zu einem beklagenswerten Geschöpf, dem man nicht ansieht, dass es einmal ein stolzer Mensch war. Die Schneeflocken stieben um sein Gesicht. Klotz scheint keine Tränen mehr zu haben, denn nur an seinem stoßenden Atem ist zu erkennen, dass er weint.

Schiffsfähnrich Orel, wie Lazaro im Geschirr vor dem Schlitten und hinter den Hunden, richtet sich aus seiner vorgebeugten Haltung des tierischen Ziehens auf und hält an. Payer will wissen, was los sei. Orel streift das Lederzaumzeug ab und sagt kurz, dass er Klotz suchen und zum Lager von Haller führen werde. Sie sollten hier auf ihn warten, in ein paar Stunden sei er wieder da, würde dann mit ihnen den langen Weg in den Norden fortsetzen. Payer macht ihm klar, dass er unter seinem Befehl stehe und die Expedition nicht einfach verlassen könne. Orel wendet sich ab, rafft seine Navigationsinstrumente zusammen und stapft in Richtung Süden davon. Payer schreit ihm nach, dass er sofort umzukehren habe, ansonsten vor das Kriegsgericht käme. Orel geht weiter. Payer nimmt das Gewehr von der Schulter und befiehlt dem Schiffsfähnrich, unverzüglich stehen zu bleiben. Lazaro sieht, wie der Oberlieutenant die Waffe auf Orel anlegt, ist aber selbst unfähig, irgendetwas zu tun. Payer hat schon den Rücken Orels im Visier, als sich Lazaro endlich aus seiner Erstarrung löst und hastig die Frage an seinen Kommandanten richtet, wer sie dann zum Nordpol lotsen solle. Payer rührt sich nicht, noch immer zeigt der Lauf seines Gewehres auf den Schiffsfähnrich. Die Hunde haben aufgehört, an ihren Leinen herumzuzerren, lauern auf das Kommende. Langsam schwenkt Payer seine Waffe hoch, bis sie einen der über Orel kreisenden Vögel erfasst, und drückt ab. Der Schuss klingt wie ein Donner in der Stille des Schneefalls und das Tier schwebt getroffen in einem langen Bogen auf das vereiste Land herab. Orel ist weitergegangen, ohne sich umzudrehen.

Payer packt sein Gewehr auf den Schlitten, zieht sich das von Orel abgestreifte Zaumzeug über und gibt den Hunden und Lazaro das Kommando zum Aufbruch. Schweigend gehen die beiden Männer nebeneinander einher und müssen sich immer weiter mit ihrem ganzen Gewicht nach vorne beugen, um den Schlitten über die zahllosen Hummocks zu ziehen. Auf den Einwand Lazaros, doch auf den Schiffsfähnrich zu warten, antwortet ihm Payer, dass Orel sie finden werde, schließlich sei er der beste Navigator, den er kenne. Payer und Lazaro berühren mit ihren erhitzten Gesichtern fast den Boden, ihr Keuchen übertönt alle Geräusche. Lazaro sieht im Schnee einen dunklen Fleck auf sich zukommen. Aber er hat nicht mehr die Kraft und den Willen, ihm auszuweichen oder gar stehen zu bleiben. Wie von ihm gebannt, tritt er auf ihn und stolpert mit einem Aufschrei in die Tiefe. Der Schlitten und die sich sträubenden Hunde werden mitgezogen, während Payer aufgeschreckt beiseite springt. Lazaro fällt mit einem kräftigen Ruck in die Lederriemen, kopfüber nach unten in die endlos tief erscheinende Gletscherspalte. Ein Hagel überlebenswichtiger Ausrüstung prasselt auf ihn herunter, während sich oben Payer mit aller Kraft gegen einen Eishügel stemmt, um nicht auch in den Abgrund gerissen zu werden. Die Hunde schwingen jaulend in den Zaumzeugen, über ihnen hängt der halbe Schlitten und Lazaro, der wieder langsam zu sich kommt.

Payer hört zwischen dem Hundegebell das Stöhnen des jungen Matrosen aus der Tiefe. Die Lederriemen schnüren den Körper des Oberlieutenants ein und drohen, ihn langsam, aber stetig vom Eishügel wegzuziehen. Er klammert sich fest, der dunkle Fleck im Schnee jedoch rückt immer näher. Payer holt sein Messer aus dem Stiefel. Lazaro schlägt mit dem nach unten hängenden Kopf gegen einen Eishöcker. Als ahne er, was Payer vorhat, schreit er aus Leibeskräften, ihn nicht abzuschneiden, da ihn dann der Schlitten erschlage. Aus dem Jaulen der Hunde ist ein Kreischen geworden. Payer nimmt das Messer in den Mund, an dem der blanke Stahl sofort festfriert, und stemmt die Füße gegen das Riff vor dem Eisschlund. Aber das Gewicht des Schlittens, der Hunde und des jungen Matrosen sind stärker als er. Das schwarze Loch kommt näher, obwohl Payer alle Kraft seines Körpers aufwendet. Für einen Moment kann er die Bewegung zum Tod hin bremsen, als er mit einem Ruck plötzlich bis zum Rand der Gletscherspalte gezerrt wird. Genauso unvermittelt hört der Zug in die Tiefe auf. Lazaro sieht hoch über sich den Schlitten, der sich im letzten Augenblick an einer Eiskante verfangen hat, das Licht des Polartages und die baumelnden Beine des Kommandanten. Payer versucht, sich vergeblich aus den Lederriemen zu befreien. Wie über eine

Nabelschnur ist er mit Lazaro verbunden, spürt jede seiner Bewegungen, ruft ihm zu, sich möglichst still zu verhalten.

Der junge Matrose hängt noch immer kopfüber nach unten, zunehmend mehr geplagt von der Angst, dass ihn der Kommandant nun doch abschneidet oder sein eigener Fuß aus dem Lederriemen rutscht und er in die Tiefe stürzt. Der Schlitten über ihm gibt immer wieder nach, kratzt mit einer der halben Kufen die Eiswand entlang und lässt ihn jedes Mal aufschreien. Zur größten Gefahr sind die Hunde geworden, weil sie sich aus ihrer Lage befreien wollen und nicht aufhören, im Zaumzeug hängend wild um sich zu beißen. Payer will nicht darauf warten, im nächsten Augenblick in den Tod gerissen zu werden. Er setzt das Messer an, um die Lederriemen zu durchtrennen, als es ihm durch einen Ruck des Schlittens aus der Hand geschlagen wird, über das Eis rutscht und in der Tiefe verschwindet. Lazaro sieht es an sich vorbeifliegen und hört es erst nach langen Sekunden aufschlagen, weiß jetzt, was sein Kommandant vorgehabt hat, überwindet sich und fleht, ihn doch endlich hochzuziehen. Payer versucht, sich aufzurichten, geht das Risiko ein, bei der nächsten Bewegung Lazaros den Halt zu verlieren. Der Schlitten rutscht langsam weiter nach unten. Die Hunde jaulen und zerren hysterischer denn je. Lazaro will sie durch Zureden beruhigen, aber in ihrem eigenen Gezetter hören sie ihn nicht einmal. Payer steht inzwischen in gebückter Haltung auf der Eisplatte neben der Gletscherspalte und wie auf einem Seil balancierend schafft er es, das Zaumzeug über den Kopf zu ziehen und aus ihm zu schlüpfen und so wenigstens sein eigenes Leben zu retten. Lazaro, in dessen Kopf sich das Blut staut, muss mitansehen, wie es einem der Hunde gelingt, den Riemen seines Geschirrs zu durchbeißen. Das Tier stürzt im selben Augenblick in die Tiefe. Lazaro wartet auf den Aufprall, hört nur Stille, dann aber die lang gezogenen Schmerzensschreie des Tieres aus unendlicher Entfernung und voller Echos.

Payer hält den Lederriemen zum Schlitten und zu Lazaro noch immer in seinen Händen, sieht sich um, wo er ihn befestigen könnte, aber ihre Ausrüstung ist von der Oberfläche verschwunden und keines der unzähligen gezackten Eisriffe in seiner Nähe. Der Kommandant zieht das Zaumzeug wieder über seinen Kopf und seinen Körper, hat sein Schicksal abermals mit dem des jungen Matrosen verstrickt, ist bereit, ihm in den Tod zu folgen. Lazaro hat davon nichts bemerkt, er hört nur das Wehklagen des abgestürzten Hundes.

Kaum zwei Meilen südlich davon sucht Schiffsfähnrich Orel im Laufschritt die Spuren von Klotz. Er zieht einen rotfarbenen Lappen aus dem Schnee hervor, an dem sich schon eine Möwe zu schaffen gemacht hat. Orel sieht sich um, entdeckt weitere blutverkrustete Stofffetzen und dann hinter einer Barriere von Eisriffen einen kleinen Hügel, der ein Stein sein könnte, ein weggeworfener Rock, aber auch Payers verstoßener Knecht.

Klotz sitzt mit von sich gestreckten Beinen und eingehüllt von Schnee vor dem Revolver Orels. Langsam greift er nach ihm, führt ihn an sein Gesicht und drückt den Lauf in die rotschwarze Höhle seines von Skorbut zerfressenen Mundes. In der ausgehechelten Atemluft wirbeln Schneeflocken, vollführen einen letzten Tanz. Mit dem Daumen drückt Klotz auf das kalte Metall des Abzuges. Seine Augen sind starr in der Erwartung des Todes. Der Hahn des Revolvers bewegt sich langsam nach hinten. Klotz röchelt vor Angst. Die Waffe zittert in seinen Händen, der Lauf schlägt gegen die losen Zähne. Der Hahn richtet sich noch weiter auf. Klotz umklammert den Revolver wie den Hals einer Schlange, die jeden Augenblick zustoßen wird. Er drückt sie von sich, als wollte er ihrem tödlichen Biss entgehen, versucht, mit dem Kopf auszuweichen wie ein Kind, das einen ungeheuren Schrecken erwartet und voll der Angst ist, aber darauf nicht verzichten möchte, dem Unbekannten zu begegnen. Klotz scheint nun entschlossener denn je, es und viel mehr noch sich zu Ende zu bringen. Er sieht nicht den herankommenden Schiffsfähnrich, der nun schon mehrere der verlorenen Lappen in den Händen hält, als wollte er sie ihm nachtragen. Orel begreift die Situation, bleibt stehen. Klotz reißt mit einem Aufschrei den Abzug durch. Vom Revolver ist nur ein Klicken zu hören und vom immer noch fallenden Schnee ein Rascheln, als würde ein Seidenschal über ein Holzbrett gezogen. Klotz begreift, dass er nicht im Himmel ist, sondern noch immer in der Hölle, und lässt die Waffe sinken. Orel wartet noch, bis Klotz sich beruhigt, und kommt dann vorsichtig an ihn heran, als hätte er ihn erst jetzt entdeckt und von seinem Vorhaben nichts mitbekommen. Der Schiffsfähnrich nimmt den Revolver wieder an sich und umwickelt die nackten Füße des Tirolers mit den steifen Tüchern. Klotz stöhnt und manchmal klingt es so, als würde er singen. Orel redet ihm beruhigend zu, verspricht ihm die Wärme eines Lagerfeuers und die von mitfühlenden Menschen noch in dieser Stunde. Haller und du und unser Herr Oberlieutenant, ihr gehört einfach zusammen, sagt er dem Tiroler, als er ihn aufrichtet.

Payer liegt neben der Gletscherspalte auf dem Eis wie an einen Felsen geschmiedet. In der Tiefe sind Fletscher und der zweite noch verbliebene Hund ruhiger geworden, haben ihre Versuche, sich zu befreien, aufgegeben, sehen aus, als warteten sie geduldig auf ihr Ende. Lazaro hört in der Schlucht immer wieder die Stimme Payers. Der Kommandant meint, das alles hätte nicht passieren können, wäre Orel nicht gegen seinen Befehl davongelaufen. Absoluter Gehorsam sei nun einmal unabdingbar. In jeder Schlacht, in jedem Krieg. Und ihre Expedition sei eine gegen die Natur, gegen die Schwächen und Unzulänglichkeiten des Menschen. Payer will von Lazaro wissen, ob er ihn für einen guten Kommandanten halte. Der junge Matrose schweigt. Ein leichter Wind weht Schnee in die Gletscherspalte. Lazaro ruft zu seinem Kommandanten hinauf, warum er ihn nicht endlich abschneide oder loslasse. Payer antwortet, ihn als sein bestes Publikum nicht verlieren zu wollen. Es sei nun einmal ehrenhafter, von einem Feind bewundert zu werden als von Kriechern und Dummköpfen. Und wenn sie jetzt endlich in die Tiefe gerissen würden, sei es Lazaro, der wenige Augenblicke vor ihm auf dem Grund der Kluft zerschmettert werde. Er, Payer, würde dann ohne Zeugen sterben und niemand ihr gemeinsames Grab finden. Wahrscheinlich sei es Krisch, der sie zu sich in die Erde dieses Landes hole, um nicht allein hierbleiben zu müssen. Payer schweigt, scheint von den eigenen Worten Angst bekommen zu haben, schreit plötzlich los, wo denn dieser verdammte Orel bleibe. Er habe nicht die geringste Absicht, hier zu verenden, das Land werde er erobern, kein Gott könne ihn daran hindern. Payer steht der Schweiß auf der Stirn.

Lazaro hört seinen zur Bewegungslosigkeit verurteilten Kommandanten weiter toben, bäumt sich in der eisstarrenden Gletscherspalte auf wie ein Wurm, um an die Lederriemen an seinem Bein zu gelangen. Schwer atmend versucht er, einen der drei Knoten zu lösen, die ihn noch am Leben halten, und es gelingt ihm. Die Leine schwingt lose in der kalten Luft über seinem Kopf. Lazaro sammelt seine verbliebene Kraft und krümmt sich nochmals nach oben. Jetzt braucht er nur noch zwei Knoten zu öffnen, um für alle Zeiten in der Tiefe zu verschwinden und endlich das einzulösen, was er sich doch als einziges Ziel für seine Reise in den Norden vorgenommen hatte. Payer, am Rand der Gletscherspalte und im selbst gewählten Gefängnis der tödlichen Lederriemen, kritzelt ein paar Worte mit einem Bleistift in sein kleines Tagebuch, legt es aufgeschlagen neben sich. Lazaro hängt inzwischen nur noch an einem einzigen Knoten. Er schaukelt am Lederriemen hin und her, dreht sich. Seine Augen haben sich an das Dunkel gewöhnt, sodass er in der Tiefe unter ihm die Felsvorsprünge erkennen und sich ausmalen kann, auf welche er zuerst aufschlägt. Lazaro bäumt sich zum dritten Mal auf, um den letzten Knoten zu lösen. Mit steifen Fingern zieht er am Lederriemen, verzweifelt an der Festigkeit dieses Knotens, den Seemannshände geknüpft haben, kann aber dann doch eine Schlinge lösen. Gleich wird er es geschafft haben, muss sich aber strecken, um durchzuatmen und die letzte Kraft seines Lebens für den Tod zu sammeln. Er windet sich wieder an seinem Körper hoch, langt nach dem Knoten, ist nur noch ein kleines Stück davon entfernt, schafft es aber nicht, den Lederriemen zu fassen.

Schiffsfähnrich Orel bleibt stehen, um auf seinem Rückweg vom Lager Hallers, in das er Klotz geschleppt hatte, den Horizont nach Payer und Lazaro abzusuchen. Die verschneiten Spuren lassen nicht mehr erkennen, welchen Weg die beiden eingeschlagen haben könnten. Er entschließt sich im Vertrauen auf Payers Zielstrebigkeit, geradewegs der Nadel seines Kompasses nach Norden zu folgen. Er will schon weiterlaufen, als er abseits einen dunklen Fleck in der weißen Landschaft entdeckt.

Lazaros Hand zittert in höchster Anstrengung und Erregung vor der letzten Schlinge des Knotens, erreicht sie fast und dann doch nicht. Erschöpft lässt sich der junge Matrose in den Lederriemen fallen. Im selben Augenblick gleitet der Schlitten ein weiteres Stück nach unten. Payer wird an den Rand der Gletscherspalte gezogen, er klammert sich fest, sieht gerade noch Schiffsfähnrich Orel auf sich zulaufen, rutscht weiter auf den Abgrund zu. In der Gletscherspalte wird Lazaro vom herunterfallenden Schnee eingenebelt, den der über ihm zappelnde Kommandant losgetreten hat. Aus dem Schlitten fällt torkelnd eine Fahne und flattert an ihm vorbei hinunter zu den Felsen. Lazaro streckt die Arme von sich, als könnte er so seinen Sturz in die Schlucht auffangen, sieht aus wie ein Künstler am Trapez. Er hört nicht die Stimme von Payer und auch nicht die von Orel.

Der Schiffsfähnrich hat Payer zu fassen bekommen, versucht, ihn vom Abgrund wegzuziehen. Payer strampelt, es gelingt ihm, sich halb aufzurichten. Orel fasst den Kommandanten unter den Armen, schleift ihn über den eisigen Boden, hängt sein ganzes Gewicht gegen das des Schlittens. Lazaro wird ein Stück hochgezogen, merkt es aber noch nicht. Erst als er einen weiteren Ruck nach oben spürt, begreift er, versteht nun auch das aufgeregte Bellen der beiden Hunde, versucht, sich leicht zu machen wie ein Engel, starrt auf die letzte Schlinge des letzten Knotens im Lederriemen, die sein Bein gerade noch festhält, schlägt immer wieder gegen die Eiswände, stützt sich ab und streckt sich im gleichen Augenblick, als wollte er nach oben springen, bekommt eine Kufe des Schlittens zu fassen, zieht sich daran hinauf. Auch Orel und Payer zerren mit allen Kräften, spüren für einen Augenblick das Leichterwerden der Last, halten inne. Lazaro krabbelt wie ein Insekt auf den Schlitten. Er richtet sich balancierend auf, unter seinem Gewicht brechen einige Fahnenstangen. Er sieht Orel am Rand der Gletscherspalte und wie er ihm immer wieder das andere Ende des Lederriemens zuwirft. Er bekommt es endlich zu fassen, schlingt es um seine Hände und schreit auf vor Schmerz und Glück, als er hochgezogen wird.

Orel und Payer zerren den jungen Matrosen am Lederriemen aus dem Grab, dann am Rock, rollen ihn vom Abgrund weg und sinken an seiner Seite in den kühlenden Schnee. Das Bellen der Hunde erinnert sie daran, dass noch nicht ihr aller Leben gerettet ist. Payer kriecht an den Rand der Gletscherspalte und zieht am Zaumzeug. Lazaro löst hastig den Lederriemen von seinem Bein, um nicht noch im letzten Augenblick durch ein Abstürzen des Schlittens fortgerissen zu werden. Er kniet sich neben seinen Kommandanten und die beiden Feinde schaffen es gemeinsam, die Hunde aus der Unterwelt zu holen.

Lazaro gesteht seinem Kommandanten, als Dank für die Rettung seines Lebens der Madonna von Tersatto eine Bildtafel in ihrer Kapelle opfern zu wollen. Payer tätschelt die zwei Hunde, die ihm noch übrig geblieben sind. Fletscher wedelt dabei mit dem Schwanz und winselt so laut vor Glück, dass sein Herr und die anderen das zunehmend leiser werdende Röcheln des dritten Hundes aus der Gletscherspalte nicht mehr hören. Der junge Matrose will sich schon aufrichten, als er im Schnee das aufgeschlagene Tagebuch findet. Auf der letzten der von Payer beschriebenen Seiten kann er lesen, sein ganzes Leben sei sinnlos gewesen, aber nicht, weil er ohne Nordpol sterbe, sondern nie einen Liebesbrief geschrieben habe. Fletscher bellt Lazaro an, schnappt nach dem kleinen Buch und bringt es seinem Herrn. Payer reißt das zuletzt beschriebene Blatt heraus, zerknüllt es und wirft es in die Gletscherspalte. Als er befiehlt, den Schlitten zu bergen und festzustellen, was verloren gegangen ist, stellt sich ihm Orel in den Weg. Der Schiffsfähnrich will wissen, ob man nach dem Unglück jetzt nicht sofort umkehren wolle. Payer schiebt ihn beiseite und meint, er käme schon noch rechtzeitig vor das Kriegsgericht und seine Meuterei sei das einzige Unglück, das passiert sei. Orel wird lauter, kann sich kaum noch beherrschen, meint, dass hier überall die Gletscherspalten lauerten und sich Ähnliches jederzeit wiederholen könne, es sei unverantwortlich, sein und ihr Leben aufs Spiel zu setzen. Payer befiehlt ihm, die gegenwärtige Position zu errechnen und alles zum Aufbruch vorzubereiten, man habe schon genug Zeit verloren. Orel solle sich ein Beispiel an Lazaro nehmen, er sei in Lebensgefahr gewesen und denke nicht einmal auch nur einen Augenblick daran, kurz vor ihrem Ziel umzukehren.

Der Schiffsfähnrich will von Payer wissen, was denn ihr und vor allem sein Ziel sei. Der Oberlieutenant antwortet ihm nur mit einem kurzen Schweigen und meint im Weggehen, dass Klotz im Lager von Haller wohl gut angekommen sei, da Orel sonst schon längst und voller Fürsorge das Schicksal des Knechtes beklagt hätte. Orel erwidert, dass der zurückgeschickte Tiroler zwar keine Füße, sondern nur noch Stummeln habe, sonst aber wohlauf sei. Auch die anderen lebten. Sie schickten sogar Grüße an den Kommandanten. Orel macht ein paar Schritte in Richtung Sonne, als könne er von hier aus die vielen Meilen hinweg zurück zu seinem Schiff sehen. Von den anderen unbemerkt zieht er seinen Revolver aus der Jacke und lädt die leere Trommel wieder mit den Patronen, die er seit der Übergabe der Waffe an Klotz in seiner Gürteltasche aufbewahrt hatte.

Meine geliebte Magdalena!

Wie du weißt, habe ich den Oberlieutenant in eine Gletscherspalte gewünscht und so ist es auch gekommen. Und Gott hat mich dafür bestraft, er hat mich noch vor dem Oberlieutenant hinunterstürzen lassen. Ohne unseren Orel wären wir beide gestorben, ich vor dem Oberlieutenant und dann er, weil ich ihn mitgerissen hätte. Er ist nicht aus den Riemen gekommen, sonst hätte er mich sicher fallen gelassen, so wie ich ihn kenne. Ich habe dem Tod in die Augen geschaut und dich nicht mehr gesehen, meine Magdalena. Ich weiß auch, warum. Meine Mutter hat immer gesagt, in einer großen Gefahr sieht man den Menschen nicht, der einen am meisten liebt, weil er bei den Schutzengeln um Errettung bittet und keine Zeit hat. Es ist mir so wohl, dass ich dir mein Leben verdanke, das schon immer dir gehört hat und immer dir gehören wird. Manchmal denke ich, du bis zu gut für mich. Ich schwöre dir aus dem ewigen Eis meine ewige Liebe. Zurückfliegen wie ein Vogel möchte ich jetzt, aber der Oberlieutenant will weiter nach Norden, und wo er hingeht, muss ich auch hingehen, wir sind verknüpft miteinander, in der Gletscherspalte und jetzt noch immer. Und seit heute weiß ich auch, dass er gerne solche Briefe schreiben würde, wie ich sie dir schreibe, meine Magdalena. In seinem Leben hat er noch nie einen Brief der Liebe geschrieben. Ich frage mich, wozu hat er dann das Schreiben gelernt.

Aber so einer wie er hat ja viele Frauen, das sagt er auch immer, ein Held, du weißt schon. Allen kann er nicht schreiben und wenn er nur einer oder ihrer zwei schreibt, sind die anderen eifersüchtig. Vielleicht lässt er es deswegen gleich bleiben, das hat er davon. Ich muss mich jetzt bei Orel schnell fürs Heraufziehen bedanken, vor lauter Aufregung habe ich es vergessen.

Dein dich innig liebender
Antonio

Magdalena, ich habe auch überlebt, weil ich nicht kräftig genug war. Wenn ich es geschafft hätte, den letzten Knoten aufzumachen, wäre ich in die Tiefe gestürzt. Wie heißt es doch in einem Sprichwort: Die schwachen Halme beugen sich im Wind, die starken brechen. Mein Vater war stark. Und noch etwas. Den Liebesbrief, den du vor fast zwei Jahren dem armen Krisch mitgegeben hast, werde ich lesen, wenn wir an unserem nördlichsten Punkt sind. Ich kann es kaum erwarten. Jeder Schritt ist schon eine furchtbare Plage, aber solche Dinge machen es leichter. Wie heißt es doch in einem Sprichwort: Die schönste Freude ist die Vorfreude. Du freust dich ja auch schon fast zwei Jahre auf mich.

11

Payer scheinen die Stunden am Rande der Gletscherspalte und an dem des Todes nur noch mehr beflügelt zu haben. Leichten Schrittes hält er sich hinter Lazaro, Orel und dem Schlitten und überwacht ihr Vorwärtstaumeln. Ihres freien Willens durch die Kälte und durch Payers Übermächtigkeit entledigt, laufen die beiden gehorsamer als Hunde in all die Richtungen, die ihnen der Kommandant zuruft. Noch immer haben sie von Payer während ihrer ganzen Expedition nicht mehr als seine Augen gesehen, die schon längst einem Wesen von einem anderen Stern und nicht mehr einem Menschen zu gehören scheinen. Er bringt mit einem Ruck an dem Zügel das Gespann zum Stehen und befiehlt Orel, die Position festzustellen. Der Schiffsfähnrich errechnet, dass sie den 82. Breitengrad bereits überschritten haben. Damit, strahlt Payer, seien sie weiter gekommen als irgendein Mensch zuvor und hätten alle Rekorde des Nordens gebrochen. Wieder lässt er Lazaro und Orel vor sich hinknien, schüttet ihnen aus der Feldflasche die letzten Rumtropfen in die Kehlen und sieht dabei aus wie ein Priester, der zwei Gläubigen die heilige Kommunion spendet.

Das Glück über den Breitenrekord dauert für Payer nur kurz. Noch ist er nicht an seinem Ziel, will möglichst schnell weiter. Lazaro, selbst vollkommen erschöpft, weicht den Blicken Orels aus, die ihn immer dringender auffordern, dem grausigen Spiel ein Ende zu setzen. Der Schiffsfähnrich versteht nicht, warum der junge Matrose nicht aufbegehrt, die Lederriemen hinschmeißt und der Sonne entgegenrennt. Aber Lazaro hechelt weiter. Als er sich einmal kurz umwendet, merkt er, dass auch Payer immer wieder nach hinten schaut. Lazaro lässt ihn nun nicht mehr aus den Augen, sein Körper schleppt sich und den Schlitten ohnehin nach dem Geist eines anderen voran und er begreift, dass der Kommandant selbst ein Getriebener geworden ist, mehr als jemals zuvor. Nicht nur sein Ehrgeiz jagt ihn in den gottlosen Norden, sondern jetzt auch noch die durch nichts begründete Angst, eine andere Expedition im Rücken zu haben. Lazaro wird auch des Irrsinns in den Augen Payers gewahr, wird sich bewusst, von einem Wahnsinnigen kommandiert zu werden. Lazaro muss in Gedanken daran auflachen, spürt seine schmerzenden Füße nicht mehr, nicht mehr die ins Schulterfleisch schneidenden Lederriemen, kichert vor sich hin und kann sich auch nicht beherrschen, Orel ins Gesicht zu grinsen. Im Nachtlager, umgeben vom gleißenden und flirrenden Licht des monatelangen Polartages, schläft der Schiffsfähnrich wie tot, das Navigationsbesteck noch in den Händen. Lazaro hingegen stellt sich schlafend, beobachtet Payer, der mit dem Fernglas den Horizont unter der tief stehenden Sonne absucht, als würde dort jeden Augenblick die feindliche Expedition auftauchen, deren Zelt doch nichts anderes war als eine achtlos weggeworfene Konservenbüchse.

Payer hat seine Offizierswürde abgelegt und sich neben Lazaro und Orel vor den Schlitten gespannt. Schneller, keucht er, wenn sie nach stundenlangem Rennen langsamer geworden sind. Dem Schiffsfähnrich rutscht die Schneebrille vom Gesicht, der Schlitten fährt darüber hinweg. Keine Zeit, schreit ihn Payer an, als Orel zurücklaufen will, um sie zu suchen. Das stechende, von Eis und Schnee tausendfach verstärkte Licht brennt in den ungeschützten Augen Orels. Lazaro will ihm seine Brille geben, Payer hindert ihn daran, meint, er selbst habe auch keine und für solche Zärtlichkeiten hätten sie auf dem Rückweg noch genug Gelegenheiten. Der Schiffsfähnrich will wissen, welchen Rückweg der Herr Oberlieutenant meine. Payer schweigt, schaut nordwärts, läuft nordwärts. Lazaro läuft mit, Orel wird immer mehr gezogen. Lazaro schielt zu Payer, der sich immer öfter nach der unsichtbaren feindlichen Expedition umwendet und das Marschtempo beschleunigt. Der junge Matrose genießt die sich steigernde Panik des Kommandanten, dreht sich unter seinem Blick mit gespielter Neugier um, als rechnete auch er mit dem Auftauchen von Norwegern oder Engländern. Lazaro hat das Gefühl, dass er es jetzt ist, der Payer jagt, drängt sich im Laufschritt an ihn heran, fragt ihn, ob er glaube, dass sie als Erste den Nordpol erreichen würden. Payer nickt, verbirgt ohne es zu wollen zum ersten Mal seine wahren Absichten nicht mehr, schaut im nächsten Augenblick schon wieder zurück, ob sie nicht doch eingeholt würden. Lazaro geht aufs Ganze, will wissen, welche Nation der Herr Oberlieutenant für die tüchtigste bei Expeditionen ins ewige Eis des Nordens halte. Payer keucht hervor, dass der Nordpol Österreich-Ungarn gehören werde.

Orel ist schneeblind, Lazaro muss ihn füttern. Payer trennt sich, um den halben Schlitten leichter zu machen, von den Fahnen, wirft sie in den Schnee. Auch einer der beiden Hunde ist zur Last geworden, er zieht ein Bein nach. Payer befiehlt Lazaro, mit der Ausspeisung für den Schiffsfähnrich aufzuhören und nach dem wunden Tier zu sehen. Aber Orel schluckt sein Brot schon nicht mehr. Mitten in einem Bissen ist er eingeschlafen. Der Kommandant rüttelt ihn wach, damit er die Position messe. Orel zeigt auf seine stumpfen Augen, lacht dabei wie ein dummes Kind. Wie denn, Herr Oberlieutenant, schreit er dann Payer ins Gesicht. Lazaro wird dir helfen, antwortet ihm Payer ruhig. Der junge Matrose sieht den unendlich traurigen Blick des lahmenden Hundes auf sich gerichtet, geht die paar Schritte auf ihn zu, streicht über sein schäbiges Fell, als Payer ihm nachfolgt und wissen will, ob er denn Erfahrung im Umgang mit kranken Tieren habe. Lazaro muss verneinen, kann im Augenblick nichts anderes tun, als dem Tier die Andeutung einer Zärtlichkeit zu geben. Auch der noch kräftige und gesunde Fletscher scheint Zuwendung zu brauchen, schmiegt sich an ihn. Payer meint, er selbst, der sich mit Hunden auskenne, werde für die arme Kreatur sorgen, Lazaro solle jetzt doch endlich dem blinden Schiffsfähnrich helfen, die neueste Position festzustellen.

Als Lazaro unter der Anleitung Orels die Werte ihrer Rekordjagd abliest und sie dem Kommandanten nennt, klingt der Gewehrschuss unmittelbar danach wie die Antwort eines Unzufriedenen. Im Schnee vor Payer liegt der sterbende Hund, nur noch sein lahmes Bein zuckt. Fletscher ist ein Stück weggelaufen, kommt aber dann doch zögernd zurück, weil er spürt, dass sein Herr nicht vorhat, auch ihm etwas anzutun. Payer zieht seine Taschenuhr aus seiner Jacke und kündigt wie zum Trost für den Verlust des kleinen Gefährten eine fünfstündige Schlafruhe an. Orel ist schon wieder eingenickt, Lazaro tut es in diesem Augenblick. Payer setzt sich auf den halben Schlitten, legt die Uhr neben sich, schaut zu seinen Männern, weiß beide im tiefsten Schlaf. Gewissenhaft und sorgfältig lädt er den abgeschossenen Lauf seines Gewehres nach und es ist so still, dass sogar das Ticken der Uhr zu hören ist. Fletscher schnuppert am Fell seines toten Freundes, während Payer das Gewehr schultert und einen Blick auf die Uhr wirft. Er steht auf, geht neben dem Schlitten ein paar Schritte auf und ab, nimmt die Uhr an sich. Sie zeigt ihm, dass drei Minuten vergangen sind. Der Kommandant verstaut sie in seiner Jacke und geht auf die schlafenden Männer zu, weckt sie, muss sie heftig rütteln, sagt ihnen, dass die fünf Stunden vorbei seien und sie sich zum Aufbruch fertig machen müssten. Die beiden richten sich langsam auf. Orel sieht immer noch nichts, Lazaro gräbt mit seinem zerfetzten Schuh den Lederriemen des Gespanns aus dem Eis.

Die drei Schlitten ziehenden Figuren sehen in der endlosen Wüste des Todes wie die Reste eines Kreuzzuges aus, ihre Winzigkeit lässt sie lächerlich erscheinen. Kindern gleich strampeln sie durch die vibrierende Luft auf der weißen Glut des Schnees. Payer führt sie an, ist noch schneller geworden, als wollte er die beiden Männer hinter sich abschütteln und allein an sein erträumtes Ziel kommen, nennt die erstiegenen Berge Trophäen der Ausdauer. Schiffsfähnrich Orel ist immer noch schneeblind, Lazaro muss ihn führen und aufrichten, wenn er wieder einmal über ein Eisriff gestürzt ist. Ihr Kommandant klammert sich an den Kompass, dessen schwankende Nadel ihm den Weg vorwärts in den Norden zeigt und der er bedingungslos folgt. Orel will Lazaro begreifbar machen, mit seinem Gehorsam und seiner Pflichterfüllung am Ende zu sein. Nach einem Sturz will er sich nicht mehr erheben. Er zieht Lazaro an sich, starrt mit den blinden Augen an ihm vorbei und flüstert ihm zu, den Verrückten doch allein weiterrennen zu lassen. Selbst wenn sie so weiterliefen, kämen sie nicht vor zwei Monaten am Nordpol an. Lazaro will davon nichts hören, hat Angst, den Kommandanten hinter Eisriffen aus den Augen zu verlieren, und zieht neben dem Schlitten nun auch den Schiffsfähnrich hinter sich her.

Fletscher hat sich an die Fersen Payers geheftet, der sich schon lange nicht mehr um die beiden Männer kümmert. Der Kommandant sieht einen sanften Hügel vor sich, er läuft los und den mit Steinen bedeckten Hang hinauf, ohne sein wahnwitziges Tempo zu verringern. Lazaro kämpft gegen eine sich anbahnende Bewusstlosigkeit, durch die sein Körper ihm die lebensnotwendige Ruhe verschaffen möchte, will sich nicht geschlagen geben, seinem Widersacher keinen Triumph mehr gönnen, sieht auf dem Grat des Hügels die Silhouette Payers für einen Augenblick wie zur Salzsäule erstarrt und dann, wie weggeflogen oder auch abgestürzt, dahinter verschwinden. Der junge Matrose lässt den Schiffsfähnrich los, streift im Laufen das Zaumzeug des Schlittens ab und klettert den Hügel hinauf. Nicht weit unter ihm wankt der Kommandant für die Landreisen über das Eis und über den Schnee auf ein offenes Meer zu, das sich hier unerwartet in einer endlosen Weite öffnet und unerbittlich seine Hetzjagd stoppt. Payer droht beim Anblick des Wassers, das ihn auf allen Seiten umgibt und ihm Grenzen setzt, von einem Anfall des Wahnsinns in den nächsten zu stürzen. Er läuft ins Meer hinein und verflucht brüllend wie ein waidwundes Tier Gott, die Welt und den Nordpol. Das Wasser spritzt an ihm hoch, peitscht ihm ins Gesicht, treibt ihn zurück ans Land. Der Kommandant kriecht aus dem schäumenden Wasser und sinkt wie ein Schiffbrüchiger in den Schnee. Fletscher hält das Ganze für ein Spiel und springt begeistert über seinen Herrn.

Am nördlichsten Punkt der Menschengeschichte, aber noch grausam weit vom Nordpol entfernt, hat man ein notdürftiges Lager errichtet, einen Steinhügel aufgeschichtet, eine Stange hineingepflanzt. Payer steht davor, während Lazaro und Orel andächtig wie bei einem Gottesdienst hinter ihm warten. Der Kommandant streift sein Federkleid ab, lässt es im Wind flattern und fallen, als wollte er damit zeigen, es als Unsterblicher nicht mehr zu brauchen. Jede seiner Bewegungen ist von höchster Genauigkeit, wie einem Ritual gehorchend, offenbar schon unzählige Male in Gedanken vorgestellt. Payer wickelt eine Fahne aus Seide von seinem Körper. Ihr kostbarer, für den nördlichsten Punkt seiner Landeroberungen ausgewählter Stoff klebt auf seiner hellen Haut und es scheint, als hätte er ihn monatelang auf diese Weise mit sich getragen. Als er die Flagge aufzieht und davor salutiert, raucht sein halb nackter Körper, umgeben von einer vielfarbigen Aura feinster Eisnadeln. Er ruft Lazaro zu sich, sagt ihm, dass er das letzte Land ihrer Expedition in das Buch einzutragen habe. Payer sieht auf der gegenüberliegenden Seite im Norden ein Land, von dem er meint, dass zwar das verfluchte Meer ihn daran hindere, es zu bereisen, das aber das schönste sei, welches er je entdeckt habe, und die ihm so werten Namen Petermanns-Land und Cap Wien verdiene. Lazaro will dem Kommandanten klarmachen, dass das, was er für ein Land halte, vielleicht gar keines sei. Viel eher schaue es aus wie ein Meer, das in den Himmel steigt, oder auch nur wie eine lang gestreckte Wolke. Payer will von Orel wissen, ob er das Petermanns-Land sehe. Der blinde Schiffsfähnrich antwortet ihm, dass es wirklich ein sehr schönes Land sei.

Orel schläft in vollkommener Erschöpfung. Lazaro wacht und beobachtet den Kommandanten, der sein Land zeichnet und fast zufrieden aussieht, als sei er froh, auf seiner Jagd nach dem Nordpol vom Meer endlich angehalten worden zu sein. Payer spürt Lazaros Blick, meint zu dem jungen Matrosen ohne ihn anzuschauen, dass es zwar viele großmäulige Ankündigungen, aber letztendlich keine Rache für Krisch gegeben habe, sogar sein Plan, selbst hier im Norden sein Ende zu finden und für alle Zeiten zu verschwinden, sei misslungen. Ganz im Gegenteil, aus dem liebeskranken Matrosen sei ein Held geworden, einer von drei Menschen, der sich so weit wie keiner zuvor in den unberührten Norden vorgewagt habe. Und dazu noch ganz und gar gegen seinen eigenen Willen, was ihm als sein Führer die größte Freude bedeutete. Payer legt den Bleistift beiseite, wendet sich Lazaro zu, warnt ihn, sich darauf etwas einzubilden, denn nur durch ihn, den Kommandanten, würde er jetzt den Unsterblichen zugezählt. Payer wirkt zum ersten Mal auf dieser Expedition müde, sein Sprechen wird langsamer. Er haucht noch, Lazaro solle den Zenit seines ansonsten unbedeutenden Lebens genießen, auch wenn er nur dahinstolpernd wie ein Tor an ihn gelangt sei.

Payer ist eingeschlafen, Orel schläft schon seit Stunden, Lazaro wacht. Die Wellen des Meeres schlagen an das vereiste Ufer, ein paar Vögel kreisen über den Männern, Payers verschwitzte und nicht trocknende Seidenfahne flattert träge. Lazaro rutscht leise an seinen Kommandanten heran, den er zum ersten Mal schlafend erlebt, und zieht vorsichtig den Schal von seinem Gesicht. Die Haut darunter ist von einem wild wuchernden Ausschlag übersät, das Antlitz entstellt. Lazaro deckt es wieder zu. Auf der gegenüberliegenden Seite, mit dem dunklen Meer dazwischen, löst sich das Land auf, das Payer als das schönste in seinem Leben noch gezeichnet hatte und welches nun doch nur wie eine lang gestreckte Wolke aussieht. Lazaro setzt sich auf eine der übrig gebliebenen Fahnen vor das kleine Zelt und zieht den Brief seiner Geliebten aus der Jacke. Er hat ihn noch immer nicht gelesen. Jetzt wird er es tun. Das Bild mit dem eindrucksvollen Gesicht seiner zukünftigen Frau fällt ihm entgegen. Es sieht nicht mehr so unversehrt aus wie vor zwei Jahren. Der Liebende küsst es, schiebt es in das Kuvert zurück und entfaltet das Papier seiner größten Versagungen, Sehnsüchte und Hoffnungen, aber auch der unendlichen Vorfreude. Lazaro liest Wort für Wort. Er begreift nur langsam, dass sein Freund Krisch ihm damals nicht die ganze Wahrheit vorgelesen hat. In dem Brief steht zwar, dass sie ihn liebe, wenn auch nicht mit ihrer ganzen Leidenschaft und dann auch nur manchmal, nicht aber, dass sie auf ihn warten werde. Sie werde, kann der junge Matrose entziffern, nachdem er sie verlassen habe, wohl einen anderen heiraten, einen, der nicht ohne Abschied ins Eis gehe und es aus Liebe zu ihr auch nie tun würde.

Magdalena!

Hätte ich doch deinen Brief nie, nie, nie gelesen! Geraubt habe ich ihn aus den Kleidern eines Toten, weil ich selbst lesen wollte, was er mir als Lebender nur erzählt hat. Dafür hat Gott mich bestraft. Ich wollte noch glücklicher sein, als ich es schon war. Die Lüge von Krisch war seine Wohltat und meine Zukunft, deine Zeilen sind grausam und meine Vernichtung. Dein Brief ist so wie du bist, kälter als unser Eis, und ich höre, wie du lachst, weil ich wieder zittere, das hat dir immer am besten gefallen, viel mehr als meine Küsse. Du bist noch immer die, die ich verlassen habe, und nicht die, die ich hier gefunden und fast zwei Jahre geliebt habe. Ich weiß, ich bin der Tor und du die Königin, die einen König will und nicht einen Hund. Wenn ich dir gesagt habe, dass ich dich liebe, hat es dir gefallen, habe ich es ein zweites Mal gesagt, hast du mich verachtet, beim dritten Mal bestraft. Wie oft hast du mir dann gezeigt, dass ich nur einer von den vielen bin, die dich auch noch lieben, und dazu nichts als dieser Antonio bin, der nicht einmal lesen und schreiben kann, immer rot wird, wenn er dich küsst. Wenn du mich dann umarmt hast, wolltest du vielleicht nur wissen, ob ich nicht doch wie mein Vater bin. Es hat dir schon als Kind so gut gefallen, auf seinem Schoß zu sitzen, deinen Arm um ihn zu legen, dich wie eine Katze zu strecken und dich zu ihm zu biegen und mir dabei in die Augen zu schauen, dass du so einen wie ihn am liebsten hast. Deine nächsten Liebhaber konnten dir dann nicht alt genug sein, bis du endlich die abgekochteste im Dorf warst. Leider bist du dabei jung geblieben und nur noch schöner geworden, hast nicht aufgehört die Angel nach dem Fisch Antonio auszuwerfen, um ihm die Kiemen abzudrücken und lachend zuzuschauen, wie er um sich schlägt. Das ist die Wahrheit. Die Wahrheit ist auch, dass ich dich verlassen habe, weil ich im Eis anständig wie ein Mensch sterben wollte und nicht unter deinen schönen Augen ersticken. Aber du bist mir mit deinem verfluchten Brief nachgekrochen, hast mich so verrückt gemacht, wie ich es noch nie gewesen bin. Geh weg, du Teufel, nimm deine aufgespreizten Beine mit. Für dich hätte ich aus lauter Liebe jeden umgebracht, jetzt nur noch dich.

Dein dich hassender
Antonio

Nichts mehr.

12

Kommandant Weyprecht steht an der Reling und beobachtet mit dem Fernglas, wie die Eisscholle, die sein Schiff nach wie vor umklammert hält, anfängt, sich mehr und mehr vom Festland zu lösen. Das unruhige Meer hebt sie und lässt sie schwanken, als spiele es mit ihr und dem Schicksal der Männer. Weyprecht starrt seit Tagen auf den Horizont in der Hoffnung, doch endlich jeden Augenblick Payer und seine Auserwählten auftauchen zu sehen. An immer mehr Stellen bricht die Scholle mit explosionsartigem Bersten vom Kaiser-Franz-Josephs-Land, aber noch gibt es genug Eisbrücken, über die man zur Tegetthoff zurückkehren könnte, auch wenn manche von ihnen innerhalb weniger Stunden im Meer versinken, wieder auftauchen und dann als steuerlose Inseln im Wasser treiben. Der ansonsten ruhige Schiffskommandant ist der Verzweiflung nahe, weil er nichts vom Schicksal der Expeditionsteilnehmer weiß, nicht, wie weit sie in den Norden gelangt oder ob sie schon auf dem Rückweg sind, eingeschneit, geschwächt durch Kälte und Hunger, ob noch bei Kräften, verwundet oder schon tot. Er weiß nur, dass mit jeder Stunde ihre Möglichkeiten für eine sichere Rückkehr zur Tegetthoff geringer werden und es schon bald keine mehr geben wird. Seit Tagen kalben am Rande des Kaiser-Franz-Josephs-Landes Gletscher, werfen mit einem Donnern, wie es die Menschen auf dem Schiff noch nie und nirgendwo in ihrem Leben gewaltiger gehört haben, Eisberge ins Meer, die höher sind als der Turm zu St. Stephan in der endlos fernen Kaiserstadt Wien. Ein ständiges Grollen liegt über dem jetzt ununterbrochen schwankenden Schiff, ein warnendes Gewitter, von dem Weyprecht nur noch hoffen kann, dass es von Payer und seinen Männern gehört wird und sie schnellstens zurückkehren lässt.

Dem Appell des Schiffskommandanten, während der Expedition Disziplin, Ordnung und Sauberkeit walten zu lassen, ist die entrückte Mannschaft seit Wochen kaum noch nachgekommen. Abfälle werden nicht mehr weit entfernt gelagert oder vergraben, sondern achtlos vom Schiff gekippt. Die Tegetthoff der österreichisch-ungarischen Marine liegt auf einer riesigen Halde menschlichen Verfalls, umringt von zahlreichen Bärenkadavern, denen man nur das Herz entrissen oder die Zunge aus dem Maul geschnitten hat. Ihr durch den Überfluss weniger kostbares Fleisch verwest in der gleißenden Sonne und lockt unzählige Vögel an. Durch das zügellose Abschießen aller herantrottenden Eisbären gibt es täglich frische Herzen, von denen nur die jüngsten genommen werden, und auch der Vorrat auf dem Schiff wird nicht mehr geschont, da man vom bevorstehenden Rückzug nach Europa weiß. Einige der Eisbären müssen vor kurzem noch gelebt haben, weil ihr Blut noch raucht, in dem Gewirr von aufgetürmten, zerborstenen, übereinander geschobenen und ineinander gewachsenen Eisschollen gleichen sie Ruinen weißer Häuser in einer niedergebrannten Siedlung des Orients. Dazwischen streunen Hunde, die schon lange keinen Schlitten mehr gezogen haben und ebenso verwildert aussehen wie die Männer der Tegetthoff.

Drei Matrosen treiben sich in den Gassen dieses von Ruß geschwärzten Eisreiches herum, die Gewehre im Anschlag, um jederzeit auf die unerfahrenen Eisbären feuern zu können, die durch den Gestank der in ihre Welt eingedrungenen Zivilisation angelockt werden. Von den dreien ist keiner mehr als einer der Besatzung der Tegetthoff wieder zu erkennen. Ausschlag in ihren Gesichtern, Talg und Teer, Bart und aufgerissene Haut lassen sie als menschenfremde Wesen, aber auch als die neuen

Herren einer neuen Ordnung auf der Eisscholle erscheinen. Einer trägt über seinem Kopf noch immer die Blechbüchse, unter der er vor Wochen Krischs Begräbnis und wahrscheinlich auch das eigene gefeiert hatte.

Vecerina arbeitet in der Ruine des Eispalasts weiterhin an seinen dreiundzwanzig Särgen. Aber er zimmert, hobelt und hämmert nicht mehr, er streicht das Holz mit zähflüssiger Farbe, schwärzt es, bis auch die letzten Kisten wie marmorne Grabsteine aussehen. Über allem liegt das Geschrei der Vögel, die mit ihren Krallen und Schnäbeln Fleischstücke aus den toten Eisbären reißen. Ein Bär, der noch lebt und nicht die Gnade eines erlösenden Schusses bekommen hat, schnappt nach den flatternden Vögeln, die aus einer grauweißen Wolke über ihn herfallen. Als ihm einige Tiere die Augen aushacken, scheint der bis vor dem Eindringen der Menschen alleinige Beherrscher der Eiswüste seine Niederlage und die neuen Gesetze anzunehmen. Er streckt sich hin, um auf sein Verenden und seine Erlösung zu warten.

Weyprecht lässt das Nebelhorn in immer kürzeren Abständen über die Scholle und das Kaiser-Franz-Josephs-Land heulen, in der Hoffnung, Payer und dessen Männer könnten sie hören und sie darauf aufmerksam machen, wie dringend ihre Rückkehr zum Schiff ist. Aber durch sein Fernglas sieht er auf dem Festland keinen Punkt, der ein Mensch sein könnte, kein aufgeregtes Winken der sieben Männer der Expedition, keinen vorauslaufenden Hund, sondern nur das Holzkreuz von Krischs Felsengrab und immer wieder vom Festland ins Meer stürzende Eisberge, die das Schiff schwanken lassen. Offizier Lusina drängt den Kommandanten, endlich aufzubrechen, zurück nach Europa, weg von diesem Weltende, denn wenn man schon nichts vom Schicksal Payers und seiner Männer wisse, so sei es doch unverantwortlich, das Leben der übrigen Mannschaft aufs Spiel zu setzen. Weyprecht antwortet ihm kurz, dass sie warten würden, bis alle auf dem Schiff seien, und will wissen, wie die Stimmung in der Mannschaft sei, erfährt, dass immer mehr hier bleiben wollten, Angst hätten vor den Strapazen des Marsches zurück in ihre Heimat, an die sich manche kaum noch erinnern könnten. Irgendwoher klingt ein Lied des Musikautomaten der Tegetthoff, aber manche der Töne bleiben aus, weil die Stahlstifte seiner Walze in der Kälte schon vor Monaten zersplittert sind. Aber jeder kennt ohnehin die wenigen melancholischen Melodien und ergänzt sie in seinem Kopf, hört sie auch noch, wenn das Federwerk längst abgelaufen ist. Die drei Bärentöter scheinen die Tiere des halben Landes ausgerottet zu haben, weil sich seit Stunden keines mehr zeigt. Sie vertreiben ihre qualvolle Wartezeit, indem sie auf mit Blut prall gefüllte Blasen schießen. Unermüdlich sind sie im Suchen und Finden immer neuer Möglichkeiten, wo sie ihre Ballone aufhängen und zerplatzen lassen können. Ihre Augen werden groß wie die von Kindern, wenn das Blut in den blauen Himmel spritzt und die Scholle wie der Welt größtes Gemälde von zahllosen Farbtupfen überzogen wird.

Weyprecht schrickt auf, sieht durch sein Fernglas zwei Gestalten vom Festland auf die Scholle zukommen. Aber ihr schwerfälliger Gang ist nicht einer von erschöpften Expeditionsteilnehmern, sondern der von ruhelosen Matrosen, die noch immer das Gold des Glück bringenden Kaiser-Franz-Josephs-Landes zum Schiff heranschleppen, es längst nicht mehr vor den anderen oder vor dem Kommandanten verbergen. Sie türmen die matt schimmernden Steine zu dem hier einzigen von Menschen geschaffenen Berg, den zwei Matrosen mit bereitgehaltenen Gewehren bewachen. Weyprecht hindert sie nicht daran, schaut weg, so wie er in seiner Machtlosigkeit den Zerfall seiner Ordnung übersieht und es nur noch schafft, wenigstens bei sich selbst mit Disziplin für ein menschenähnliches Aussehen zu sorgen. Trotzdem befiehlt er Lusina, fünf Matrosen auszusuchen und das Schiff säubern zu lassen, damit Payer und seine Männer nicht im Dreck empfangen würden.

Der Offizier salutiert, wendet sich ohne Widerrede von seinem Kommandanten ab. Er hat Mühe, aufrecht über den schwankenden Deckboden zu gehen, weil abermals ein Eisbruch ins Meer gestürzt ist. Auch Weyprecht muss sich für einen Augenblick an der Reling festhalten und es folgt, wie immer kurz nach dem heranrollenden Donner, ein kalter, nasser Windstoß, der für einige Momente die letzten der vergessenen und zerfallenden Segel der Tegetthoff aufbläht. Die Sonne hat alles an Gefrorenem vom dunklen Holz des Schiffes geschmolzen und rundum fallen schon täglich die Türme, Bogen und Brücken in sich zusammen.

Der Saxophonspieler Scarpa hat in dieser rußgeschwärzten Kraterlandschaft eine Höhle ins Eis gegraben und sich darin verkrochen. Er lebt dort als Einsiedler und kommt oft tagelang nicht an die Oberfläche, lässt nur manchmal die wilden Töne seines Saxophons aus dem Eis aufsteigen. Weyprecht befiehlt dann einem Matrosen, ihm Bärenfleisch ins Loch zu werfen.

Der Schiffskommandant hat immer mehr Mühe, die Mannschaft zu bändigen, denn viele haben ihre Enttäuschung, auf Payers Expedition nicht mitgenommen worden zu sein, noch immer nicht überwunden, glauben, dass das Leben für sie sinnlos geworden ist, sehen keine Aufgabe vor sich, kein Ziel, während andere die Untätigkeit zur Raserei bringt und zu unberechenbaren Tieren gemacht hat. Weyprecht verliert zum ersten Mal auf der österreichisch-ungarischen Nordpolexpedition die Beherrschung, als er entdeckt, dass einer der Matrosen zum Schrubben des Decks eine Fahne der Monarchie verwendet, wird laut, schreit, treibt den Verstörten mit dem Gewehrkolben vor sich her und wirft ihn über Bord in diese Sargassosee aus Abfall, Feuerstellen und flirrendem Schmelzwasser, das wie aus Quellen aus den Eisriffs sprudelt, sich ausbreitet, versickert und ständig daran erinnert, dass die Scholle nicht mehr lange am Kaiser-Franz-Josephs-Land festhalten wird.

Tauwasser rinnt auch über die geteerten Wände im Schiffsladeraum, in dem sich die Ratten hemmungslos ausgebreitet haben, hektisch an den letzten Resten der Vorräte nagen und schon anfangen, sich gegenseitig im Kampf ums Futter zu verdrängen, anzufallen und zu beißen. Noch vermehren sich die Tiere, als gelte es, im Laderaum, der ihr Reich geworden ist, auch noch den letzten Platz zu füllen, scheuen das durch die Luke hereindringende Sonnenlicht nicht, huschen umher, laufen im Kreis, fallen einander kurz an, versuchen vergeblich, die triefnassen Wände hochzuklettern, und sind in ihrer aufgeregten Wirrnis sogar schon in der Mannschaftskajüte zu hören. Hier haben sich einige der Matrosen in ihre Kojen verkrochen, die ihnen zu Mutterbäuchen geworden sind, sie sind süchtig geworden nach Schlaf, nach Träumen, nach der Hoffnung, ohne Schmerz und Anstrengung, und vor allem ohne Wiedergeburt ins Eis, irgendwann oder besser möglichst bald in den Tod hinüberzudämmern. Vier Männer spielen unentwegt Karten. Einer von ihnen hat schon alle Habseligkeiten verloren und die noch nicht ausbezahlte Heuer. Jetzt spielt er um sein kleines Haus in Triest, in dem seine Familie wohnt und, wie er sagt, hoffentlich den Glauben an seine Rückkehr nicht verloren hat und auf ihn wartet. Er werde, meint er, während er aufgeregt die abgegriffenen Karten mischt, nach diesem Spiel als Sieger und reicher Mann heimkommen, für sich und die Brüder Boote kaufen und dann endlich auch das sein, was sein Vater gewesen ist, nämlich ein zufriedener Fischer in Triest. Einer seiner Gegner schlägt mit der Faust gegen die Holzwand zum angrenzenden Laderaum, aber das kratzende Geräusch der Ratten verstummt nur für einen Augenblick.

In dieser Stille fallen schnell hintereinander einige Schüsse. Die drei Bärentöter haben wieder ein ausgewachsenes Tier vor ihre Läufe bekommen, erledigen es in einer kurzen, heftigen Jagd, schneiden ihm die Zunge als Delikatesse aus dem Maul und vom Kopf ein Ohr, das sie zu vielen anderen als Trophäe auf eine ihrer Schnüre fädeln, welche sie wie schmucke Ketten um ihre Hälse tragen.

Der alte Carlson verlangt von Weyprecht, diesem sinnlosen Morden, noch dazu mit Gewehren und nicht mit dem Speer, endlich Einhalt zu gebieten. Weyprecht fragt ihn, ob es ihm lieber sei, wenn dann die drei Schlächter auf ihn und die anderen schießen würden. Er ziehe es vor zu hoffen, dass noch genug Eisbären ans Schiff herankämen, damit die drei ihre Lust am Töten befriedigen könnten. Carlson fragt seinen Kommandanten, ob er das Eis möge. Weyprecht schweigt. Seit Wochen sind er und der alte Harpunier die Einzigen auf dem Schiff und auf der Scholle, die noch wie Wesen einer Zivilisation aussehen, die ihre Gefangenschaft wenigstens äußerlich noch nicht allzu sehr verändert hat. Carlson trägt ständig seinen Orden, als könne er damit den gebrochenen Mann verbergen, der er ist, seit Payer ihn dazu verdammt hat, auf der Tegetthoff zu bleiben. Weyprecht will wissen, ob er angesichts der fragwürdigen Rückkehr der Expedition jetzt nicht froh sei, in Sicherheit sein zu können. Carlson antwortet ihm, dass er das Eis hasse, weil es ihm viele seiner Freunde genommen habe, manchmal auch nur deren Geist, Charakter oder Verstand. Und er liebe es, weil es ihn bisher am Leben gelassen habe.

Aus der Mannschaftskajüte hört man immer wieder begeistertes Aufschreien der Kartenspieler, während die drei Bärentöter, die die Scholle zu ihrem Schlachtfeld gemacht haben, vom Eis über die brüchige Treppe auf das Deck klettern, Weyprecht die Zunge des eben erlegten Tieres überreichen, ihm diesen Leckerbissen bringen, um sich seiner Gunst zu versichern und ihn für ihre Jagden bei Laune zu halten.

Der Schiffskommandant sieht die drei Gestalten, das entgegengestreckte Fleischstück, weiß, wie gefährlich es ist, dieses Geschenk nicht anzunehmen. Trotzdem befiehlt er ihnen, nicht nur die Zunge zum Schiffsproviant zu legen, sondern auch noch den Bären zu zerteilen, und zwar zur Gänze, denn jeder

Knochen werde kostbar sein. Dem Offizier Lusina ruft er zu, unverzüglich alle Vorkehrungen zum Aufbruch nach Europa zu treffen. Die drei Gestalten wenden sich von Weyprecht ab, klatschen ihm noch die Bärenzunge vor die Füße. Carlson will vom Schiffskommandanten wissen, ob er denn wirklich aufbrechen wolle, ohne auf Payer und seine Männer zu warten, hört aber nur dessen Rufe, alle Boote der Tegetthoff auf die Scholle zu bringen, die Schlafenden aus ihren Kojen zu rütteln und die herumstreunenden Hunde an die Leinen zu legen. Im Laderaum der Tegetthoff versucht eine Rattenmutter mit Krallen und Zähnen ihre winzigen Jungen vor ihren Artgenossen zu schützen. Aber einem der hungrigen Tiere gelingt es doch, eines mit einem Biss zu töten und zu verschlingen. Ein Kartenspieler schlägt wieder gegen die Holzwand, aber die Ratten hören weder auf zu scharren und nach Futter zu wühlen, noch unterbrechen sie ihre Paarungen.

Dr. Kepes, der seine Trunksucht immer weniger verbirgt, versucht, auf einer der Mauern des Eispalastes stehend, mit einer Rede die Mannschaft der Tegetthoff für seine Vorstellung von ihrer Zukunft zu entflammen. Was bringe es, ruft er den Männern zu, jetzt den Rückzug nach Europa anzutreten. Tausende Meilen seien sie von ihrem Zuhause entfernt, das längst nicht mehr ihr Zuhause sei, keiner ihrer Väter, Brüder, Freunde, keine ihrer Mütter, Frauen oder Geliebten rechnete damit, dass sie noch am Leben seien. Selbst wenn es einigen von ihnen gelänge, ihre Städte und Dörfer zu erreichen, so sei es noch lange nicht sicher, ob sie von ihren Familien wieder aufgenommen würden. Sie seien andere geworden, keiner gleiche mehr dem, als der er vor zwei Jahren fortgezogen sei, nie wieder könnten sie sich in die alte Ordnung einfügen, wahrscheinlich würden sie von den Menschen, die diese Welt der monatelangen Tage und Nächte nie kennen gelernt hätten, schon nach kurzer Zeit verstoßen. Hier aber könnten sie in Freiheit ein herrliches Leben führen, ohne die Strapazen eines fragwürdigen Rückzuges auf sich nehmen zu müssen. An Nahrung mangle es ihnen nicht, so wie jetzt könnten sie noch jahrelang dank der Dummheit der Eisbären den Überfluss genießen. Vielleicht sei es nicht so bequem wie beim warmen Herd zu Hause, aber hier könnten sie ohne materielle Sorgen leben, ohne Gesetz, ohne Krieg, ohne ständige Jagd nach Anerkennung, auch Probleme mit Frauen gäbe es keine.

Ein Teil der Mannschaft begeistert sich für die Zukunft, die ihr der Schiffsarzt immer eindringlicher vor Augen führt. Man hat wieder eine Vorstellung vom Leben, man beklatscht Dr. Kepes, der wie ein neuer König auf der Mauer des Eispalastes schwankt, und meint, im Arzneischrank alle Mittel zu haben, um aus Wasser für ihren Lebensabend genügend künstlichen Wein erzeugen oder mit ein paar Prisen wundersamer Drogen in die fantastischsten Reiche der Träume gelangen zu können. Opium sei das Zauberwort ihrer Zukunft, nicht Europa. Gekrönt aber würde ihre Existenz durch die Tatsache, dass keiner von ihnen sich mehr von der falschen und trügerischen Hoffnung auf eine Rettung quälen lassen müsse und somit das höchste irdische Glück erreichen werde.

Weyprecht sieht, wie einer der fanatisierten Zuhörer die Hand hochreißt, fürs Hierbleiben stimmt und die anderen auffordert, es ihm gleichzutun. Als Nächster meldet sich ein Matrose, der meint, nachdem er sein Haus beim Kartenspielen verloren habe, könne er gut und gerne noch ein paar Jahre warten, nach Triest zu kommen. Viele zögern noch, können sich nicht so schnell entschließen, den Rest ihres Lebens im Eis zu verbringen. Dr. Kepes fragt sie, ob sie sich auch bewusst seien, was es heiße, mit leeren Händen als Verlierer nach Hause zurückzukehren, während hier jeder als Gleicher unter Gleichen geachtet werde. Der Schiffsarzt, der während der vielen Monate im Eis ein schweigsamer Trinker war, scheint sich aus dem Schicksal seiner gescheiterten Existenz zu erheben, begeistert immer mehr Männer mit seiner Utopie, vergisst sogar in diesem großen Augenblick auf die Flasche in seiner Hand.

Weyprecht gibt dem neben ihm an der Reling stehenden Lusina den Auftrag, die Vorbereitungen zur Rückkehr nach Europa schnellstens voranzutreiben und den Männern mitzuteilen, dass ein jeder sechs Pfund Gold mitnehmen dürfe. Der Offizier glaubt, sich verhört zu haben, sieht den Schiffskommandanten fassungslos an, meint, dass er alles tun werde, damit von diesen Schwachköpfen bestimmt keiner auch nur ein Stäubchen von diesem wertlosen Zeug in irgendeinem Sack verstecke und mitnähme. Weyprecht wiederholt seinen Befehl, nennt nochmals die Menge von sechs Pfund und verbietet Lusina, die gelb schimmernden Steine etwas anderes als Gold zu nennen, denn wer Gold habe, werde auch nach Europa zurückkehren wollen, und so würde auch der wertloseste Schwefelkies, wenn es gelänge, durch ihn das Leben der verwirrten Männer zu retten, kostbar wie Gold.

Die Scholle ist kaum noch mit dem Kaiser-Franz-Josephs-Land verbunden, überall schon spritzt das Wasser aus den Eislöchern, ihr Rand schmilzt mehr und mehr und die über ihr hängenden Gletscher drohen beim Herabbrechen die Tegetthoff mit in die Tiefe zu reißen. Das Nebelhorn ruft bereits in Abständen von wenigen Minuten nach Payer und seinen Männern. Die Ratten im Laderaum, die nun auch im letzten Winkel nichts mehr zu fressen finden und unentwegt vergeblich versuchen, die Wände zur sonnenlichterfüllten Luke hochzuklettern, fangen an, einander zu beschnuppern, nach ihren schwachen, alten und kranken Verwandten Ausschau zu halten und nach ihnen zu schnappen. Immer öfter rotten sich schnell einige zu einem Rudel zusammen, um ein Opfer über den mit Exkrementen bedeckten Boden zu jagen, es mit einem Genickbiss zu töten und schnellstens hinunterzuwürgen. Einige der Tiere, die durch ihre Langsamkeit auch nicht das kleinste Stück erhaschen konnten, werden von den anderen schon als nächstes Opfer erkannt. Sie alle aber laufen plötzlich auseinander, als Männerstiefel die Holzleiter herunterkommen und mit weit ausgeholten Schwüngen nach ihnen treten.

Die drei Bärentöter sind in den Laderaum eingedrungen und stapfen über die herumhuschenden Ratten zur Tür, die zum angrenzenden Laderaum führt. Sie ist noch immer verschlossen, seit Schiffskommandant Weyprecht vor fast zwei Jahren dem jungen Matrosen Lazaro dazu den Befehl gegeben hat. Einer der Männer rüttelt an den Eisenbeschlägen, tritt gegen die Tür, schiebt die mitgebrachte Eisenstange in einen Spalt und ist nahe daran, sie mit dem nächsten Ruck aufzubrechen, als über ihm der schwere Lukendeckel zuschlägt und den Raum in dumpfe Finsternis taucht. Die drei Männer laufen zur Holzleiter, verfluchen die schreienden Ratten, die von ihren Stiefeln zerquetscht werden, klettern die glitschigen Holzsprossen hoch, schlagen vergeblich mit Fäusten und Gewehrkolben gegen die Lukentür über ihren Köpfen und machen mit diesem Dröhnen die Tiere nur noch tollwütiger. Im Dunkel des Raumes, das nur ab und zu von einem schmalen Lichtstreifen zerschnitten wird, versuchen die Männer die nach ihnen schnappenden Ratten abzuschütteln, von sich zu schleudern, sie zu zertreten. Einer der drei Bärentöter schlägt mit seinem Gewehrkolben nach ihnen, wobei ihm die Waffe entgleitet. Als er sich bückt, um sie mit zitternden Händen aus dem Kot der unzähligen Tiere zu holen, laufen sie über seinen Rücken bis zu seinem Nacken, als wollten sie ihn genauso erledigen wie einen ihrer Artgenossen.

Weyprecht kniet neben der Luke und hält den Eisenring des schweren Holzdeckels in den Händen. Aus dem Laderaum unter ihm ist das Gekreisch der Ratten und das Herumstrampeln der drei Männer zu hören, auch ab und zu einer ihrer verzweifelten Schläge gegen die Wände ihres Verlieses. Weyprecht zieht mit aller Kraft am Ring. Das eisenbeschlagene Holz hebt sich nur langsam, als sich von unten auch schon Hände dagegenstemmen, die, wenn der Deckel wieder zufiele, glatt abgetrennt würden, aber jetzt so viel Kraft haben, dass die Lukentür schließlich ganz aufklappt. Als der erste der drei Männer erscheint, springt eine Ratte von seinem Rücken auf den Rand der Luke. Weyprecht stößt sie mit dem Fuß in den Laderaum zurück und befiehlt den Männern, ohne ihre Gewehre herauszukommen, sonst würde er den Deckel wieder zufallen lassen, und droht ihnen härteste Strafmaßnahmen an, wenn sie nochmals versuchen sollten, den verschlossenen Laderaum zu öffnen. Die drei Bärentöter quetschen sich durch die enge Öffnung, kriechen fast gleichzeitig ans Licht. Ihre Hände tragen keine Waffen, ihre Gesichter sind zerkratzt, ihre Augen zeigen Auflehnung und Hass. Weyprecht befiehlt ihnen, die Leiter herauszuziehen und die Luke zu schließen, damit die Ratten sich nicht noch weiter auf dem Schiff ausbreiten könnten.

Im halb verfallenen Eispalast lodert seit Tagen ein kleines Feuer. Über der Flamme hängt ein Kessel, aus dem der Zimmermann Vecerina eine zähflüssige, schwarze Masse schöpft und damit die Innenwände der dreiundzwanzig Särge auskleidet, als sollten sie für eine letzte Überfahrt wasserdicht gemacht werden. Vom Schiff her dröhnt das Nebelhorn, schreit immer dringlicher nach Payer und den Männern der Expedition. Weyprecht starrt ohne jede Hoffnung heute schon seit Stunden auf das Kaiser-Franz-Josephs-Land, als er in der Nähe von Krischs Grab etwas aufblitzen sieht. Er richtet sein Glas darauf und blickt in das Gesicht von Payer, der ihn ebenfalls mit einem Fernrohr beobachtet. Der Kommandant für die Landreisen, nur noch erkennbar an seinem geschulterten Gewehr, hebt die Hand. Der Schiffskommandant erwidert diese Andeutung eines Winkens mit einem Lächeln. Die beiden Männer sehen einander über ihre Ferngläser lange an, Weyprecht zeigt seine Freude über die Rückkehr Payers, seinen

Respekt vor ihm, seine Achtung, seine ehrliche Zuneigung. Payers Gesicht, noch immer vom Ausschlag entstellt, verrät Aufregung, aber auch den Triumph des Siegers. Hinter ihm tauchen Gestalten auf, die einen halben Schlitten ziehen. Weyprecht zählt die Männer, und es fehlen zwei. Er entdeckt sie liegend auf dem Gefährt. Sie sind mit Stricken festgebunden, sind vielleicht nur noch die Leichname der ehemals Auserwählten. Ihr Anführer hat offenbar die Notwendigkeit, schnellstens die Eisscholle erreichen zu müssen, erfasst, lässt Lazaro keine Zeit, beim Grab Krischs auf die Knie zu sinken und auch die Matrosen Sussich und Lukinovich dürfen angesichts der Rettung verheißenden Tegetthoff in kein Dankgebet verfallen, werden angetrieben, müssen den noch immer schneeblinden Navigator Orel führen, herumtasten, wo das Eis sie noch trägt, von Scholle zu Scholle springen, dabei an den Lederriemen den Schlitten nachziehen, der ins Wasser taucht, schwimmt, schwankt, zu kentern droht, untertaucht, auftaucht und endlich zeigt, dass die auf ihm liegenden Menschen, Klotz und Haller, am Leben sind, weil sie um sich schlagen, den Ertrinkungstod vor Augen haben, noch nicht aber ihr Schiff.

Weyprecht läuft den Herankommenden entgegen und einige der Männer vom Schiff folgen ihm rufend, während andere sich um die Rückkehr ihrer Freunde nicht kümmern wollen oder können. Orel rudert, orientierungslos auf einer Scholle balancierend, wild mit den Armen in der Luft, droht ins Wasser zu fallen, wird von Lukinovich an ein Seil genommen, fällt trotzdem ins Wasser, hört plötzlich auf, sich wie verrückt zu gebärden, treibt still dahin und erschreckt dadurch die anderen, weil sie glauben, dass er zuletzt noch an einem Herzschlag gestorben ist. Aber der blinde Schiffsfähnrich liegt nur ruhig im dunklen Eisloch, um mit glänzenden Augen und lächelndem Gesicht auf das Knarren der Takelage seiner Tegetthoff zu hören. Weyprecht und Lukinovich ziehen ihn auf die Scholle und der Schiffskommandant muss ihn lange ansehen, um ihn als seinen Navigator wieder zu erkennen. Auch die anderen kehren als fremde Männer zurück, die meisten von ihnen Vogelscheuchen ähnlich, die irgendwann ein Wintersturm umgeblasen hat und die dann im Morast des Frühlings verfault sind.

13

Die Tegetthoff liegt im dichten Regen, die sie umklammernde Eisscholle ist vom Kaiser-Franz-Josephs-Land abgeschmolzen, der Wind und eine Strömung aber haben sie wieder an die Küste herangetrieben und dabei ihre Ränder zerschmettert. Die Scholle ist zu einer Insel geworden, die sich eng an das Festland schmiegt und über der ein endlos hoch scheinender Eisblock hängt, der das Schiff überdacht und jeden Augenblick herabzustürzen droht. Als die Sonne für einige Stunden aus den grauschwarzen Wolken tritt, wirft der Überhang einen riesigen Schatten auf die kleinen Menschen unter ihm, beginnt zu schmelzen und als Regen auf die Tegetthoff zu fallen.

Dr. Kepes untersucht die von der Expedition zurückgekehrten Männer in den Kajüten und stellt mit Genugtuung fest, dass bei ihrem Zustand an eine Rückkehr nach Europa nicht zu denken sei, also alles dafür spreche, die nächsten Jahrzehnte in dieser schützenden Grotte aus Eis zu verbringen, die er, beflügelt von einer Prise aus seinem Arzneischrank, den „Bauch von Kaiser Franz Joseph" tauft, ein Paradies, das fantastischer sei, als es je ein Märchenerzähler beschrieben habe. Er redet davon, dass hier ein außergewöhnliches Klima entstehen werde, welches sogar Vegetation zulasse, den Anbau von Getreide oder zumindest den von Kresse erlaube, und stellt in einem Atemzug fest, dass Payers Ausschlag ansteckend ist. Auf die Frage Weyprechts, ob diese Krankheit gefährlich sei, meint er aufgeregt, dass die Menschen, sollten sie es einmal schaffen, mit einem Ballon auf den Mond zu fliegen, dort ähnliche halbkugelförmige Bauten errichten würden, wie sie es getan hätten, nicht aus Eis, sondern aus Glas. Ja, fügt er hinzu, natürlich habe der Ausschlag seine Gefährlichkeit und auch eine Heimtücke, und diese sei eine ganz besondere, weil den Betroffenen nach einiger Zeit das Gesicht abfalle, bevor sie dann Jahre später elend zugrunde gingen. Der Vorteil dabei wäre, dass man hinter den verfaulenden Fratzen mehr und mehr die wahren Menschen sehen könne, besonders klar dann, wenn sie nur noch Totenköpfe hätten. Schon als Kind habe er diese fahlen Schädel geliebt, und um ihnen immer wieder begegnen zu können, sei er auch Arzt geworden. Weyprecht befiehlt ihm zu schweigen und unverzüglich alle Drogen an ihn abzuliefern. Dr. Kepes springt auf, wirkt wie ein Kind, dem man eine Lüge unterstellt hat, und läuft aus der Kajüte.

Weyprecht fragt Payer, ob er Schmerzen habe. Der Oberlieutenant nickt, beschreibt sein Gesicht als Flammenmeer. Weyprecht meint, den Herrn Oberlieutenant von den anderen Männern fernhalten und über ihn die Quarantäne verhängen zu müssen, bittet dafür um Verzeihung, aber er als Kommandant wisse selbst, dass für das Erreichen eines Zieles auch immer wieder schreckliche Maßnahmen getroffen werden müssten, und sein Ziel sei es, mit allen Männern gesund nach Europa zurückzukehren. Dr. Kepes stolpert in die Kajüte herein und Weyprecht glaubt schon, von ihm die Opiate zu bekommen, aber der Arzt drückt ihm einen Totenkopf in die Hand. Weyprecht befiehlt ihm, den Schädel schnellstens verschwinden zu lassen, weil er von der Mannschaft sofort als Unheil verkündendes Zeichen gesehen würde. Aber der Arzt lacht, stellt ihn neben Payer, fragt die beiden Kommandanten, ob sie den Totenkopf wiedererkennen würden, nachdem dieser jetzt das wahre Gesicht, von dem er vorhin gesprochen habe, endlich zeige.

Weyprecht ist sicher, dass der Schiffsarzt dem Drogenwahn verfallen ist. Payer wird der Anblick des Verrückten und auch der Kopf des Toten unerträglich, er wendet sich zur Seite, aber Dr. Kepes flüstert, er solle sich diesen Schädel nur ansehen, der jetzt vollendet sei, aber auch einmal bescheiden nur mit einem

Ausschlag im Gesicht angefangen habe. Weyprecht will wissen, wem dieser Kopf gehört habe. Krisch natürlich, lacht der Arzt, unserem Krisch, sonst ist ja noch keiner umgekommen, noch nicht. Abgeschnitten habe er ihm den Kopf, tagelang gekocht, wie er es als Student unzählige Male tun musste, aber nie sei ihm einer so gelungen wie der von dem Maschinisten. Weyprecht springt auf. Schön, sagt der Arzt, streicht über den glatten Kopf, sehr schön. Weyprecht packt den Arzt, sagt ihm, er solle zu sich kommen, den Schädel habe er gewiss von Anfang an dabei gehabt, aber einen Totenkopf auf das Schiff mitzunehmen, sei strengstens verboten und Krisch liege vollständig und unversehrt draußen im Eis. Dr. Kepes verneint, seine Augen werden starr. Er versucht sich zu erinnern, flüstert einige Male den Namen des Maschinisten, sieht abwechselnd zu Payer und Weyprecht, lauscht in die Stille und fragt dann flüsternd, wer wohl jetzt die Wahrheit kenne, die Herren Kommandanten oder er, der Schiffsarzt Dr. Kepes.

Auch Lazaro ist von den Strapazen der Expedition gezeichnet und er muss feststellen, dass ihm die anderen Matrosen aus dem Weg gehen. In der Mannschaftskajüte werden Gespräche abgebrochen, wenn er auftaucht, an Deck suchen sich seine Freunde, die keine mehr zu sein scheinen, schnell eine Arbeit, um nicht mit ihm reden zu müssen. Als Lazaro das Saxophonspiel Scarpas hört, ihn in der Schneehöhle als Eremit entdeckt, erfährt er von ihm, dass man ihn für einen Verräter halte, weil er verschwiegen habe, damals von Payer schon längst für die Expedition ausgesucht worden zu sein. Er sei nun einer der anderen geworden, mit dem ehrgeizigen Kommandanten wäre er bis zum Nordpol gekrochen und er stecke mit diesem Ungeheuer unter einer Decke. Reich sei er nun außerdem. Und ein Held. Dafür werde er von manchen bewundert, von den meisten aber verachtet. Außerdem gebe es das Gerücht, dass alle anderen von ihnen absichtlich zurückgelassen worden wären, um am Nordpol allein zu sein, es aber verschwiegen, weil sie dort etwas gefunden hätten, das sie nicht teilen wollten. Und der Ausschlag im Gesicht des Kommandanten wäre nichts anderes als die Nordpolkrankheit, eine Strafe Gottes für jene Menschen, die vor keinem Frevel zurückschreckten und sogar imstande seien, Gott aller seiner Geheimnisse zu berauben. Aber der Nordpol werde nie den Menschen gehören, immer nur dem Allmächtigen.

Magdalena!

Ich schreibe dir nie wieder etwas über die Liebe, sie ist tot. Ich habe ihr beim Sterben zugeschaut und es war schrecklich. Das einzig Schöne in den letzten Wochen waren der furchtbare Durst und die Schmerzen bei unserem Rückmarsch zum Tegetthoff. Hier warst du so lange, nein, nicht du, die andere Magdalena, meine Magdalena, die ich so geliebt habe. Aber vielleicht gehört ihr beide zusammen. Sie mag ich noch immer, dir aber wünsche ich den Ausschlag vom Oberlieutenant. Ich weiß schon gar nicht mehr, wie du aussiehst, dein Bild habe ich auch nicht mehr, der Wind hat es geholt und ich bin ihm nicht nachgelaufen. Und sterben, weil du mich nicht liebst, kommt auch nicht mehr in Frage. Hast du daran gedacht, dass ich heute Geburtstag habe, bestimmt nicht, weil du musst ja an deine Zukunft denken, einen Mann von deinen vielen Verehrern aussuchen. Vielleicht solltest du meinen Vater ausgraben. Falls du es vergessen hast, ich bin 25, im Inneren aber viel älter. Die Zeit hier kommt mir vor wie hundert Jahre, ja so alt bin ich. Also pass auf, sonst gefalle ich dir noch. Aber ich glaube nicht, dass ich dich noch lieben könnte. Außer du wirst so wie die Magdalena, die ich geliebt habe, die ist für mich die Richtige. Aber ich weiß nicht einmal, wer von euch beiden die Echte ist. Vielleicht gibt es nur meine Magdalena und dich nicht, das wäre schön. Der Scarpa spielt so schöne Musik, dass es einem das Herz herausreißt, aber ich habe ja keines mehr. Jetzt bin ich so wie du. Aber wenn mir jemand sagt, dass er mich liebt, würde ich ihn nicht dafür auslachen, Herzlose du.

Antonio

Ich halte es hier nicht mehr aus. Es hilft nichts, wenn ich dich wegwünsche, überall bist du, auf dem ganzen Tegetthoff, auf dem Eis und, was am schrecklichsten ist, in meiner Kapelle unter dem Schiff, in der ich dich heiraten wollte. Aber in deinem Gesicht sehe ich nur einen Ausschlag, wie der Oberlieutenant einen hat, damit du dir nichts einbildest, und Augen hast du auch keine mehr. Ich verfluche jede Stunde, die wir noch hier bleiben müssen. Endlich weg von dir und hinaus, nach Europa oder von mir aus auch ins Nichts, davon gibt es ja so viel da draußen. Am schönsten wärs, du bist nach Amerika oder auf dem Mond, aber den sehe ich ja auch immer. Amerika ist besser.

Überall trifft man hastig die Vorkehrungen für den Rückzug nach dem unendlich fernen Europa. Die Ruderboote der Tegetthoff werden seetüchtig gemacht und die Matrosen verstauen in ihren Säcken die von Weyprecht erlaubten sechs Pfund an Schwefelkies, den sie noch immer für pures Gold halten und mit dem sie in der Heimat ihr Glück machen wollen. Lukinovich glaubt, mit der genehmigten Menge Goldes nicht auskommen zu können, und stopft heimlich seine Taschen voll, verbirgt die gelb schimmernden Steine in und unter seiner Kleidung, wirft Proviant weg, um Platz zu schaffen, wird immer dicker, schnürt seine Hosenbeine zu, füllt sie mit dem Reichtum, bis er Mühe hat, aufrecht zu gehen. Die Bilder der Frauen, Geliebten und Angehörigen werden an Eisblöcke genagelt und die Fahne der Monarchie mit Stricken an den höchsten Schiffsmasten gezurrt, damit sie kein Sturm fortreißen könne. Jeder stopft alles Essbare, das ihm in die Hände kommt, in sich hinein, genießt noch einmal den Überfluss, bis er erbrechen muss, um dann wieder von vorne zu beginnen.

Payer ist still geworden, es spricht auch keiner der Männer mehr mit ihm. Als er seinem Knecht Haller den Kompass, das Fernglas und seine Uhr schenken will, lehnt dieser ab und meint, die Ehre, Gouverneur der Hohenlohe-Insel zu sein, sei mehr, als er erwarten durfte, wenn auch er gern den Nordpol gesehen hätte, aber der Herr Oberlieutenant wäre halt lieber mit Orel und dem jungen Lazaro allein dort gewesen. Payer kann dem Tiroler, der sich beeilt, schnell wegzukommen, nur noch nachrufen, auch er habe diesen verdammten Pol nicht gesehen, wohl aber ein wunderschönes Land.

Klotz glaubt, in seinem Leben keinen Schritt mehr machen zu können, schon gar nicht die vielen, die notwendig wären, um in sein schönes Tiroler Tal zu kommen, weil ihm die Füße dafür fehlten. Er möchte hier bleiben, meint, hier lebe er länger, wozu sollte er noch diese Qualen erleiden, wenn er dann doch umkomme. Lazaro sagt ihm, der Schiffskommandant habe allen die gesunde Rückkehr nach Hause versprochen und wer nicht gehen könne, würde getragen, denn auch im Krieg lasse die österreichisch-ungarische Monarchie ihre Verwundeten nicht liegen. Dr. Kepes ist so betrunken, dass er in ein Ruderboot gebettet werden muss, für Payer wird dessen thronähnlicher Stuhl aus der Offizierskajüte geholt und auf einen Schlitten geschraubt.

Die meisten der Männer haben sich schon auf den Rückmarsch eingestellt, betrachten die Tegetthoff mit Wehmut, weil sie doch zwei Jahre lang ihr Zuhause war, ihre Burg. Auch die Hunde spüren, dass auf sie etwas Neues zukommt, winseln, scharren im Schnee, laufen herum, suchen ihren Herrn, suchen irgendeinen Herrn. Aber Payer ist mit sich und seinen Schmerzen beschäftigt und dabei zu begreifen, dass man ihn nicht mehr uneingeschränkt bewundert oder wenigstens fürchtet, merkt, dass man ihn immer mehr übergeht und sich sogar von ihm abwendet. Die Mannschaft weiß noch nicht, wem sie gehorchen soll, kommt sich allein gelassen vor, will auch an die Verheißungen des Schiffsarztes nicht glauben, ist unentschlossen zwischen Aufbegehren, Meuterei, Anarchie und der Sehnsucht nach dem beruhigenden Gefühl, wieder gehorchen und eine Pflicht erfüllen zu dürfen. Die Männer kommen sich verlassen vor, noch konnten sie sich für keinen entscheiden, der ihnen wieder sagt, was sie zu tun hätten, wohin sie laufen sollten. Unruhig überprüfen sie immer wieder ihre überladenen Schlitten, die daranhängenden Boote, schauen zum turmhohen Eisbruch über ihnen, als hofften sie, dass er endlich auf sie herabstürze und sie von der Zukunft befreie.

Am ungeduldigsten ist der junge Matrose Lazaro, der aussieht, als wollte er sich jeden Augenblick auf ein Schlittengespann stürzen und wie einst sein Kommandant Payer über die Eiswüste jagen, diesmal aber zurück nach Europa, dem er für alle Ewigkeit entkommen wollte. Er sucht den Schiffskommandanten, findet ihn im leer geräumten Beobachtungszelt, will von ihm wissen, wann er endlich den Befehl zum Aufbruch gebe. Aber Weyprecht schweigt lange, fragt ihn leise, als sollten es die Männer draußen nicht hören, was er denn vom Rückzug halte. Lazaro antwortet, dass jeder Tag, jede Stunde kostbar sei. Weyprecht schweigt. Lazaro erinnert ihn daran, versprochen zu haben, alle Männer gesund nach Europa führen zu wollen. Weyprecht meint, der junge Matrose könne es wohl nicht erwarten, zu seiner Geliebten zu kommen, um ihr zu erzählen, einer von den ersten drei Menschen auf der ganzen Welt zu sein, die so weit wie niemand in den Norden vorgedrungen seien. Leider könne er als Schiffskommandant keinen solchen Erfolg aufweisen, seine Tegetthoff habe kläglich versagt oder vielmehr er, der ihren Bau überwacht und die Konstrukteure beraten habe. Er gebe auch zu, den Kommandanten für die Landreisen zu beneiden, weil es ihm trotz aller Widerwärtigkeiten doch noch gelungen sei, sein Ziel zu erreichen. Insgeheim habe er schon immer seinen Mut und seine Entschlossenheit bewundert und sich monatelang in diesem Zelt verkrochen, um zu forschen, ja, mit aller Freude und Gewissenhaftigkeit, aber auch damit niemand seinem Gesicht die Eifersucht ablesen konnte. Er gestehe sogar, es als Genugtuung zu empfinden, den unfehlbaren, unbesiegbaren, alles erreichenden Payer unter Quarantäne stellen, diesem Helden die Flügel stutzen, ihm endlich das Maul im verwesenden Gesicht stopfen zu können. Weyprecht wird zusehends erregter. Nicht die Hunde hätten an die Leinen gelegt werden müssen, sondern der tollwütige Oberlieutenant. Zu lange habe er diesem Karrieristen nachgegeben, zu oft geschwiegen, nie hätte er dieser wahnwitzigen und völlig überflüssigen Landreise zustimmen dürfen und nur ein Dummkopf könne noch glauben, dass die österreichisch-ungarische Nordpolexpedition nicht gescheitert sei.

Weyprecht steht auf, geht nahe an Lazaro heran. Er selbst trage die Hauptschuld, weil sein verfluchtes Schiff nur kurze Zeit überhaupt ein Schiff gewesen wäre. Und jetzt wage er sich wieder nicht aus dem Zelt, da er zweifle, ob es richtig sei, den Männern die Hoffnung zu geben, sie könnten jemals lebendig die Strapazen des Rückzugs überstehen. Tag und Nacht plagten ihn diese Gedanken und er leide mehr als die Ärmsten seiner Hunde, Gott ständig bittend, ihm die Weisheit und Kraft zu geben, seine Männer aus dieser Hölle zu führen. Aber vielleicht habe der wahnsinnige Dr. Kepes Recht, vielleicht sei es für sie alle das Beste, hier in Ruhe den Tod abzuwarten.

Lazaro ist aufgewühlt, schweigt, erwidert dann doch dem Schiffskommandanten, dass er unter allen Umständen zurück wolle nach Europa. Weyprecht möchte von dem Matrosen wissen, ob er nun das Blut der Helden geleckt habe, vielleicht einer wie sein Vater werden möchte. Lazaro ist überrascht, dass der Schiffskommandant seinen Vater zu kennen scheint. Er wäre doch der Sohn von Vincenzo Lazaro, der vor acht Jahren, ein paar Tage nach der Seeschlacht von Lissa gefallen sei, meint Weyprecht, ein einfacher Marinesoldat wie unzählige andere auch, der es im Leben zu nichts Außergewöhnlichem gebracht habe als zu einem überflüssigen Tod. Auf Weyprechts damaligem Schiff „Drache" habe er gedient und sei, während einer Kampfhandlung von einer Kugel getroffen, ganz still umgefallen, nicht weit von ihm. Nur noch zwei andere seien in diesen Tagen gestorben, zu wenig für eine ordentliche Seeschlacht. Also habe die Marine diese drei mit mehr Aufwand als sonst in den Himmel der Helden heben müssen. Die Offiziere seien angewiesen worden, ihr Sterben ergreifend und heldenhaft zu schildern, pompös seien sie auf dem Schiff aufgebahrt und mit viel Aufsehen in ihre Dörfer überführt worden. Den Familien habe man so lange von dem Heldenmut ihrer Väter, Brüder und Söhne erzählt, bis sie deren Tod, anstatt zu betrauern, endlich gefeiert hätten. Weyprecht will wissen, ob sein Vater vor seinem Tod im Dorf irgendeine Bedeutung gehabt habe, ein besonderes Ansehen. Lazaro verneint, aber die Frauen hätten ihn gemocht, gewisse. Und jetzt, fügt der Schiffskommandant hinzu, schaue man zu ihm auf, sei er ein Vorbild, insbesondere für die Jungen, die es nun gar nicht erwarten könnten, von der Monarchie endlich für den Dienst am Vaterland gerufen zu werden. Weyprecht fragt Lazaro, ob denn in seinem Dorf nicht alle Helden wie Vincenzo Lazaro werden wollten. Lazaro schweigt. Ob er seinen Vater für seine Dummheit wenigstens verachte? Lazaro nickt. Aber jetzt, flüstert ihm Weyprecht zu, sei sein Sohn ja auch ein Held, der noch dazu das Glück habe, am Leben zu sein, wenn vielleicht auch nicht mehr lange.

Lazaro dreht sich um, geht auf den Ausgang zu. Draußen läuft ein Hund zwischen den Männern unruhig umher und beginnt wie wild zu bellen, als Payer sich auf dem Deck der Tegetthoff zeigt. Es ist Fletscher, der seinen Herrn bettelnd anfällt, als sollte er ihm endlich sagen oder mit der Peitsche zeigen, in welche Richtung er zu laufen habe. Lazaro will schon das Zelt verlassen, als Weyprecht ihn fragt, ob er ihn für einen guten Schiffskommandanten halte. Der Matrose schweigt. Weyprecht fügt hinzu, dass er als Befehlshaber nach der Seeschlacht von Lissa für seine Weitsicht und Besonnenheit mit dem Orden der Eisernen Krone Dritter Klasse ausgezeichnet worden sei, also müsse er auch ein guter Kommandant sein. Lazaro antwortet nicht. Weyprecht setzt fort, dass er ihm jetzt als weitsichtiger und wie immer besonnener Kommandant zwei Befehle gebe; erstens sei es ihm bei Androhung des Kriegsgerichtes strengstens untersagt, irgendjemandem von den Zweifeln ihres Anführers am Gelingen der Rückkehr nach Europa zu erzählen, zweitens habe er den Schlitten und das Boot mit Oberlieutenant Payer und Schiffsfähnrich Orel zu teilen, nicht weil die drei erfolgreichsten Männer der Nordpolexpedition privilegiert würden, sondern weil so am ehesten die Verbreitung ihrer Krankheit unter der Mannschaft verhindert werde. Außerdem sei es ihnen verboten, mit den anderen zu sprechen, sie zu berühren und sie hätten ständig einen Abstand von mindestens hundert Fuß zu halten. Lazaro dreht sich zu Weyprecht um. Der Schiffskommandant sagt ihm noch, dass er den Befehl ausgeben werde, auf die drei zu schießen, sollten sie der Mannschaft zu nahe kommen. Die Krankheit sei gestern bei Orel ausgebrochen und eben habe er die ersten Anzeichen in Lazaros Gesicht gesehen. Noch bevor Lazaro antworten kann, verlässt

Weyprecht das Zelt, geht sicheren Schrittes zu seinem Schiff hinüber und gibt den Befehl, die Mannschaft antreten zu lassen.

Der junge Matrose betastet seinen Hals, seine Wangen, seine Schläfen, glaubt einen Ausschlag gefunden zu haben, will aus dem Zelt laufen, besinnt sich, sieht, wie Weyprecht vor den Männern salutiert, der Saxophonspieler mit seinem Instrument aus der Eishöhle gezogen wird, Payer versucht, Fletscher an die Leine zu legen, Klotz auf Krücken die Eistreppe heruntersteigt, die Schiffsglocke auf einen Schlitten gestellt wird und der teergeschwärzte Vecerina aus der Eispalastruine kriecht. Lazaro fühlt seinen Nacken, flüstert von Gottes Strafe, weil er Magdalena die Pest des Nordens gewünscht habe, kniet nieder, hat ein Mal der Krankheit entdeckt, beugt sich wie unter dem Beil eines Scharfrichters, der jeden Augenblick seinen Kopf vom Rumpf trennen wird, hört die Stimme Weyprechts, so laut, entschlossen und kräftig wie nie zuvor, hört, wie der Schiffskommandant den Männern zuruft, dass sie nun ihre lieb gewordene Tegetthoff verlassen würden, jetzt nach der Eroberung des Kaiser-Franz-Josephs-Landes als Sieger und in Ehren in ihre Heimat zurückkehren könnten, in spätestens einem Vierteljahr bei ihren Frauen und Kindern seien, mit diesem Marsch über mindestens tausend Meilen nochmals alles an menschlicher Überwindungskunst zeigen könnten. Von nun an sei ihre Richtung nicht mehr der Norden, sondern der Süden, alles Denken wende sich der Sonne zu und keines mehr dem Schiff, zu dem es auch in der größten Verzweiflung kein Zurück mehr geben dürfe, weil hier nichts anderes als der Tod auf sie lauere. Wer noch immer glaube, ein Hierbleiben sei das bessere Schicksal, der solle sich die Ratten ansehen, die nun begonnen hätten, einander aufzufressen. Ihr einziges und alleiniges Ziel sei Europa und er verspreche bei seinem Leben jedem das Gelingen des nun vielleicht größten Unternehmens ihrer langen Reise, des gesicherten Rückzugs, der keine Flucht, sondern der Beweis für wahres Heldentum sei und es schließlich auch dem Geringsten in der Mannschaft möglich mache, über seine eigenen Schwächen und über die Natur zu siegen. Für den nicht zu erwartenden Fall aber, dass in ein paar Monaten ihre Lage aussichtslos sei, hätten die Lieutenants einstimmig beschlossen, den Tod durch eigenhändiges Erschießen zu wählen, und die Kommandanten erwarteten, dass die Mannschaft diesem Beispiel ausnahmslos folge, um ihrem Tod eine letzte, vom Willen geprägte Ehre, Anständigkeit und Freiheit zu geben. Ein Ende durch Erfrieren, Verhungern oder Kannibalismus käme für Engländer, Norweger oder Ratten in Frage, nicht aber für Soldaten und Matrosen der Monarchie. Sollte einer unter den Männern sein, der nicht den Mut oder die Kraft habe, sich zu entleiben, so müsse er einen Freund darum bitten. Da jetzt die Zeit fehle, einen jeden einzeln das Vertragspapier unterschreiben zu lassen, werde man mit einem dreifachen, gemeinsamen Hurra einander die Treue schwören.

Lazaro hört aus dem Zelt die gebrüllten Hurras der Männer, die erst beim vierten Mal, angepeitscht durch die Offiziere, wie aus einer Kehle schreien, lauter werden, voll der Begeisterung über die Scholle dröhnen und plötzlich wie mit einem Schlag verstummen. Der Matrose spürt den Boden unter sich beben und sieht, wie die Männer zur Ruine des Eispalastes hinüberstarren, die langsam durch das Eis bricht und im Meer versinkt, während die dunklen Särge des Zimmermannes Vecerina schnell wieder auftauchen und auf dem sich allmählich beruhigenden Wasser schaukelnd umherschwimmen. Einige der vom Teer glänzenden Holzkisten treiben an die Männer heran, als wollten sie ihnen entgegenkommen.

14

Die österreichisch-ungarische Nordpolexpedition verlässt ihr Schiff, die Welt des Abfalls und der halb verfallenen Häuser aus Eis, das Schlachtfeld, auf dem mit Krisch einer der Besten von ihnen, dafür aber auf der Gegenseite dutzende Eisbären gefallen und liegen geblieben sind. Dem Zug voran schreitet mit einer für alle sichtbaren Zuversicht der Schiffskommandant, während der Kommandant über die Landreisen auf dem thronähnlichen Stuhl seines Schlittens sitzt, den Schiffsfähnrich Orel, der Matrose Lazaro und der Hund Fletscher ziehen. Die Trommeln werden so energisch geschlagen, dass niemand das Gefühl hat, sich auf einer Flucht zu befinden, sondern jeder die große Schlacht erst auf sich zukommen sieht. Manchen gelingt es sogar, eine Zeit lang im Gleichschritt zu gehen, bis dann doch immer wieder einer die Ordnung stört, indem er in ein Wasserloch sackt oder durch die Eisdecke bricht. Noch hält daraufhin der Zug nicht an, noch setzt er seine Bewegung in den Süden gleichmäßig fort, noch werden die Ungeschickten und Schwächsten im Vorbeigehen aus dem Wasser gezogen, um weitermarschierend im Wind zu trocknen oder die Nässe vor lauter Kälte zu vergessen. Die Möwen kreisen über der Tegetthoff, brauchen nicht mehr keck zu sein, um sich auf die Reling zu setzen, und wagen sich jetzt sogar bis zu den Kajütentüren vor. Die Männer sinken bis zu den Knien in den Schnee, ein paar Schritte weiter ist es dann wieder Wasser, das ihre Stiefel überflutet. Manchmal blicken sie sich nach ihrem Schiff um, das noch immer gleich groß ist und von dem sie sich kaum entfernt zu haben scheinen, das sie so schnell nicht abschütteln können werden. Sie hören nicht mehr die über der ganzen

Eiswüste liegenden Trommelschläge und das nicht immer dazupassende Saxophonspiel Scarpas, weil das Blut in ihren Köpfen viel lauter pocht, und sie sehen immer wieder, wenn ihnen nicht gerade die eigene in Stößen herausgepresste Atemluft die Sicht nimmt, zur Sonne, auf die sie wie hypnotisiert zumarschieren.

Orel, Lazaro und Fletscher schieben und schleppen ihren Schlitten im von Weyprecht befohlenen Abstand zum Tross der zwanzig anderen Männer. Payer gibt von seinem Thron aus Anordnungen, wie man seinen Schlitten zu ziehen hätte, hustet, schreit Befehle, streckt den Arm nach dem glänzenden Eis unter der Sonne aus und erklärt, sogar die Trommeln übertönend, nicht gewillt zu sein, irgendwelche Umwege zu machen, sondern auf dem schnellsten Weg nach Europa kommen zu wollen. Vor einem anderen Schlitten torkelt der Matrose Lukinovich, kann sich unter dem Gewicht des Goldes in seiner Kleidung kaum auf den Beinen halten, bricht durch die Eisdecke, schlägt wild um sich, wird von seinem Reichtum nach unten gezogen, versinkt so schnell, dass die anderen sein Verschwinden fast nicht bemerkt hätten. Man zerrt durcheinander rufend an seinem Lederriemen und sieht kurz sein verzweifeltes Gesicht, bevor es unter die Eisdecke gerät und die Leinen sich verfangen. Weyprecht zertrümmert mit seinem Gewehrkolben und heftigen Stiefeltritten das Eis über dem Matrosen, stürzt selbst ins Wasser, kann ihn aber fassen, festhalten und mit Hilfe der anderen auf eine schaukelnde Scholle ziehen. Der Schiffskommandant reißt dem Zitternden die nasse Kleidung vom Leib und ungewollt auch ein Stück seiner verwesenden Hand, die gelben Steine, die ihm entgegenkollern, schleudert er zornig ins eisige Wasser. Einige Matrosen sind nahe daran, ihnen nachzuspringen, aber Weyprecht schreit sie an, schnellstens Decken zu bringen, schlägt auf den blau angelaufenen Lukinovich ein, um sein Blut aus der Erstarrung zu lösen, und es sieht aus, als wollte er ihn für seinen Ungehorsam und seine Habgier bestrafen, legt sich auf ihn, will ihn mit seiner Körperwärme vom Sterben abhalten, wissend, dass ein Toter schon am ersten Tag des Rückzugs allen zum Verhängnis würde. Der Matrose unter Weyprecht haucht ihm ins Ohr, kein Glück in der Liebe zu haben und auch nicht beim Gold, aber wenigstens werde er alle heiligen Zeiten geschlagen und umarmt. Während es die Umstehenden doch nicht lassen können, von den verstreuten Steinen möglichst viele schnell in ihre Taschen zu stecken, will der Schiffskommandant dem zitternden Lukinovich tröstend die Hand halten, greift dabei aber ins Leere.

Man hat das erste Lager des Rückzugs aufgeschlagen, Lazaro, Orel und Payer ihres ein gutes Stück davon entfernt. Der Kommandant für die Landreisen friert, als wäre er und nicht die vielen anderen ins Wasser gefallen, Orel ist immer noch schneeblind, aber er fühlt mit Bitterkeit, wie nah noch immer die Tegetthoff ist, wie wenig weit sie trotz größter Anstrengungen gekommen sind. Vom Hauptlager hört er die mitgeführte Schiffsglocke, die zur Essensausgabe geläutet wird und den Männern auch das Gefühl von Ordnung und Geborgenheit geben soll. Haller kommt an das Zelt der drei heran, bleibt in einiger Entfernung stehen, stellt einen Topf ab und ruft seinem Herrn zu, diese Suppe für ihn wie früher selbst gekocht zu haben, mit viel Erbswurst und Tran, damit er während seiner Krankheit bei Kräften bleibe. Payer winkt Lazaro, den Suppentopf zu holen. Während der Matrose auf Haller zugeht, spürt er in seinem Blick den Neid, nun an seiner Stelle dem Kommandanten dienen zu dürfen. Payer ruft seinem Knecht zu, schnell zu verschwinden, bevor er sich anstecke und ihn die anderen Männer, die sich in trügerischer Weise noch für gesund hielten, nicht mehr zu sich ließen. Haller rührt sich nicht von der Stelle und Lazaro sieht ihm an, wie gerne er bei seinem Herrn bleiben würde. Die scharfe Stimme Payers lässt ihn dann aber doch kehrtmachen und zum Hauptlager zurückgehen. Die Suppe im Topf ist inzwischen zu einem Eisklumpen gefroren.

Rundum liegen die Männer in Booten, in Zelten, auf Schlitten und in Schneelöchern, die meisten von ihnen seit zwei Jahren zum ersten Mal außerhalb der nahen Tegetthoff, und manche von ihnen versuchen vergeblich Schlaf zu finden. Payer starrt zum Schiff hinüber und Lazaro schreibt in einem Brief, der nicht an seine Geliebte, sondern an seinen toten Vater gerichtet ist, dass er, wenn sie auf ihrem Rückzug weiterhin nur so langsam vorwärtskämen, sein Soldatenheldengrab im Dorf frühestens in sieben Jahren besuchen könne. Dort aber würden dann keine Gebete über seine Lippen kommen, nur viele Fragen und der eine oder andere Fluch. Und wenn er frische Blumen und eine brennende Kerze sähe, wisse er gleich und mit Schmerzen, wer sie hingestellt habe. Der Vater müsse ihm dann erzählen, wie das sei, wenn man geliebt werde. Vielleicht sei es gar nicht so schön, wie sich sein verlorener Sohn das immer vorstelle.

Lazaro hält inne und lauscht dem Wiegenlied, das Scarpa für die Schlaf suchenden Männer auf seinem Saxophon spielt. Der junge Matrose legt den abgenagten Bleistift beiseite und zerreißt den Brief. Fletscher sieht nur kurz auf, als die kleinen Papierstücke wie Schmetterlinge an ihm vorbeiflattern, und schleckt dann weiter an der gefrorenen Suppe.

Auf der Tegetthoff breiten sich die Möwen wie eine neue Mannschaft aus, durchstöbern alle Winkel nach Futter und kreischen aufgeregt, wenn sie etwas gefunden haben. Im Laderaum flieht eine Ratte verzweifelt vor einer anderen und versucht, eine geteerte Wand hochzuklettern. Noch bevor sie den Lichtspalt über ihr erreichen kann, verlassen sie die Kräfte und sie stürzt zurück in die Dunkelheit. Ihre Verfolgerin, ein fettes, einäugiges Tier, lässt sich auf sie fallen und tötet sie mit einem Biss.

An Deck fliegen plötzlich die überraschten Vögel kreischend umher, sammeln sich dann doch auf den brüchigen Schiffstauen, drängen sich aneinander, wenden ihre Köpfe nach dem Klang schwerer Schritte. Payer ist wieder an Bord der Tegetthoff. Er zwängt sich in die Offizierskajüte, öffnet Kästen und Wandschränke, sucht und findet Vorräte, reißt Verpackungen auf, stopft Dörrobst und Büchsenfleisch in sich hinein, entkorkt im Vorbeigehen eine Flasche, trinkt gierig, bricht ein Schloss auf, versucht, seinen Heißhunger zu stillen, bedient sich an den zurückgebliebenen Delikatessen, trinkt abermals, lässt angeknabberte Stollen zu Boden fallen, will gleichzeitig von allem essen, spuckt irgendetwas Verdorbenes aus, verlässt den Raum. Einige Möwen fliegen zum Eingang heran, hüpfen über die Schwelle, laufen mit kurzen Schritten auf die herumliegenden Reste zu und flattern damit hinaus.

Payer sieht zum Lager der Mannschaft, das zwischen Wasserhügeln, Eisklippen und Schneehalden liegt und in dem noch alle zu schlafen scheinen. Nur ein Punkt bewegt sich. Es könnte Fletscher sein, der seinen Herrn sucht. Payer achtet darauf, in Deckung zu bleiben, und klettert zwischen den sorglos gewordenen Möwen zur Falltür, die in den Laderaum führt, öffnet sie und muss dabei alle ihm verbliebene Kraft aufwenden. Er blickt in das dunkle Loch, schiebt die daneben liegende Holzleiter durch die Luke und hakt sie ein. Payer steigt langsam von einer Sprosse zur anderen, gelangt auf den Boden des Laderaumes, tritt in einen mit abgenagten Skeletten übersäten Rattenfriedhof, sieht sich um, lauscht, hört nur Stille, bar jeden Lebens. Im Halbdunkel jedoch entdeckt er die anscheinend letzte Ratte. Das fette Tier sieht ihn lauernd an, rührt sich nicht von der Stelle, atmet schnell, thront auf einer Halde von Kot und Knochen. Ihr rechtes Auge dürfte sie bei einem der vielen Überlebenskämpfe eingebüßt haben.

Payer greift langsam an seine Hüfte, öffnet den Verschluss des Halfters, zieht seinen Revolver hervor, versucht, jede schnelle Bewegung zu vermeiden, obwohl die Ratte, deren Auge und Zähne glänzen, noch immer keine Anstalten macht zu fliehen. Payer legt die Waffe auf sie an, zielt. Er hat den

Körper des Tieres im Visier, muss nur noch den Abzug drücken. Aber Payer schießt nicht, befürchtet offenbar, damit der Mannschaft seine Anwesenheit auf dem Schiff zu verraten, starrt bloß in die Fratze der wie gemästet wirkenden Ratte. Payer lässt den Revolver sinken, steckt ihn in sein Halfter zurück, macht einen Schritt in ihre Richtung und das Tier huscht ins Dunkel. Payer geht auf die versperrte Laderaumtür zu, stolpert über ein Gewehr, schiebt es beiseite, bückt sich dann doch danach. Ein Teil des Holzschaftes ist abgenagt. Payer führt den Lauf der Waffe durch das Vorhängeschloss, rüttelt daran und sprengt es schließlich mit einem Ruck auf, während ihn dabei die einäugige Ratte aus der Finsternis des entferntesten Winkels beobachtet. Payer schiebt den Riegel der Laderaumtür beiseite. Die Ratte wendet plötzlich den Kopf, weil ein Schatten im gleißenden Sonnenlicht über ihr auftaucht. Payer spürt, dass jemand in seiner Nähe ist, gibt vor, sich weiter mit dem Türschloss zu beschäftigen, legt aber das Gewehr, nach hinten zielend, auf seinen Oberarm und spannt den Hahn. Mit einer schnellen Bewegung dreht er sich um, richtet die Waffe auf die Gestalt in der Luke und erkennt Lazaro.

Payer lässt das Gewehr sinken und wendet sich wieder der Tür vor ihm zu, ohne dem jungen Matrosen weitere Aufmerksamkeit zu schenken. Lazaro teilt dem Kommandanten mit, dass er auf Befehl Weyprechts sofort das Schiff zu verlassen und zur Mannschaft zurückzukehren habe. Payer kümmert sich nicht um den Matrosen, lässt die Holztür aufschwingen, versucht, seine Augen an das Dunkel zu gewöhnen, und betritt vorsichtig den geheimnisvollen Raum. Lazaro ruft den Oberlieutenant, bekommt keine Antwort, klettert die Leiter herunter, muss sich überwinden, auf die unzähligen kleinen Skelette zu treten, bahnt sich einen Weg zur Tür, durch die Payer verschwunden ist. Die fette Ratte hat ihren Winkel verlassen und klettert unbemerkt auf die erste Sprosse der Holzleiter, zieht sich schon hoch auf die zweite. Payer kommt aus dem Laderaum, der fast zwei Jahre lang abgeschlossen war, lacht den jungen Matrosen an. Die Ratte erreicht eine weitere Leitersprosse, balanciert auf ihr, setzt zum Sprung auf die nächste an, droht für einen Augenblick, in die Tiefe zurückzustürzen, wird vom Sonnenlicht über ihr förmlich angezogen, krallt sich in das Holz und gelangt endlich an den Lukenrand, über den sie blitzschnell auf das Deck springt und verschwindet. Lazaro versteht das Lachen des Kommandanten nicht und schlüpft durch die aufgebrochene Tür in das Dunkel. Der Laderaum scheint der größte auf der Tegetthoff zu sein und ist vollkommen leer. Der junge Matrose kann nicht einmal einen Rattenkadaver entdecken, wie sie zu tausenden vor der Tür liegen, wohl aber auf der gegenüberliegenden Seite in der schwarz glänzenden Bordwand ein zweimannhohes Leck, das umrankt ist von zerborstenen Spanten und eingedrückten Planken. Eine weiße Eisscholle hat das Schiff aufgerissen und ragt nun wie der Bug eines feindlichen Schlachtschiffes in den Raum.

Lazaro hört von draußen Payer, der meint, so betrachtet könne man von Glück reden, dass es ihnen nicht gelungen sei, das Schiff aus dem Eis zu befreien, denn mit diesem Loch wären sie jetzt wohl alle auf dem Grund des arktischen Meeres. Der Matrose sieht, wie der Kommandant die Leiter hinaufklettert und ans Tageslicht gelangt, fühlt allein gelassen Angst wie die eines Kindes, verlässt den leeren Raum, schließt die Tür, schiebt den Riegel vor und hängt das Schloss ein, als solle niemand merken, dass man das Geheimnis Weyprechts entdeckt habe. Er hört hinter sich das Scharren von Holz gegen Holz und kann gerade noch erkennen, wie die Leiter über den Rand der Luke gezogen wird. Payer kippt sie auf das Deck, wirft einen kurzen Blick auf die entfernte Mannschaft im Eis, die den Marsch offensichtlich fortsetzen will, achtet nicht auf die immer ungehaltener werdenden Rufe des jungen Matrosen aus dem Laderaum, reißt wieder trinkend und essend Schranktüren und Fächer in den Kajüten auf, wirft Vorräte auf einen

Haufen, kann sich nicht beherrschen, immer wieder zu lachen, schleudert die leer getrunkene Flasche über Bord. Die fette Ratte läuft über das Schiffsdeck, bleibt stehen, richtet sich auf, lauscht, hält mit ihrem einen Auge offenbar Ausschau nach einer Verwandten ihrer einst so großen Familie, kann aber keine entdecken und huscht weiter.

Payer geht zur Luke des Laderaumes und fragt Lazaro, was er von einem Schiffskommandanten halte, der seine Mannschaft monatelang wie verrückt mit allen Mitteln gegen das Eis kämpfen lasse, um das Schiff zu befreien, obwohl er längst wisse, dass dieses dann sofort sinken würde. Der Matrose spürt, dass er Payer jetzt nicht reizen dürfe, nennt Weyprecht charakterlos und einen Schwächling und bittet um die Leiter. Payer wirft Lazaro eine volle Flasche zu, fordert ihn auf, mit ihm auf das Wohl des Schiffskommandanten zu trinken, denn sein Schweigen sei in ihrer Lage das einzig Richtige gewesen, er habe den Kampf gegen das Eis zugelassen und damit der Mannschaft Hoffnung gegeben, selbst aber an der Einsamkeit und am Wissen um die Wahrheit wahrscheinlich entsetzlich gelitten. Payer trinkt, verlangt von Lazaro, es auch zu tun, bevor ihm die fette Ratte im Laderaum alles wegsaufe, gesteht, dass er vor diesem Schiffskommandanten zum ersten Mal Respekt habe. Payer wartet, bis auch Lazaro endlich trinkt, überhört seine Bitte um die Leiter, erklärt ihm, dass es nur recht und billig sei, wenn ein Napoleon in die Geschichte eingehe und nicht einer seiner Soldaten, die nichts zu bieten hätten als ihre Dummheit, welche allerdings wiederum Voraussetzung wäre, um sie in den Tod zu führen und damit eine Schlacht gewinnen zu können. Auch er, Lazaro, sei einer von diesen Einfältigen, ein bisschen besser als andere, weil er lesen und schreiben gelernt habe, aber noch weit entfernt vom wahren Helden, weil er nicht nach eigenem Wollen und Willen, nicht durch freie Entscheidung, sondern getrieben, gepeitscht, wie Vieh gejagt, an den nördlichsten Punkt der Menschheitsgeschichte gelangt sei, geleitet von einem, der gehasst und verehrt würde, aber ohne den die Welt ins Stocken käme. Ohne ihn, meint Payer, würden die Männer der Tegetthoff als Verlierer zurückkehren, ohne ihn wäre aus dem Matrosen, der nun in dem stinkenden Rattenloch wie ein Weib ums Herausgezogenwerden bettle, nicht in tausend Jahren der Held geworden, der er nun sei und dem sich in Europa die begehrenswertesten Frauen zu Füßen legen würden. Bei ihrem Einzug in die Kaiserstadt würden sich die Balkone unter der Last des schönen Geschlechts biegen, jede Eva und sogar jede Dame werde er haben können, keine werde der Versuchung widerstehen können, mit einem so außergewöhnlichen Mann im Bett zu liegen, alle würden es aufregend finden, einen der Körper zu liebkosen, der im Krieg zerschunden oder in endlosen Märschen halb erfroren sei, einen Körper in sich zu spüren, der Bären oder Menschen getötet habe, das Fleisch eines Mannes vor sich zu haben, das stärker war als das aller anderen und das gar nicht von so vielen Wunden und Faulstellen übersät sein könne, dass es nicht mit unzähligen Küssen bedeckt würde. Payer spricht halb zu sich, beugt sich dann wieder zu Lazaro in den Laderaum, warnt ihn, sich nach seiner Ankunft in Europa zu waschen, weil auch sein Geruch die Frauen betören werde, auch wenn er nur von Ratten komme, vorausgesetzt, die Damen wüssten, dass er einer der drei Männer sei, über die noch jahrelang die ganze Welt voller Bewunderung sprechen würde.

Payer trinkt, meint, manchmal selbst nicht einmal genau zu wissen, was ihn zu seinen außergewöhnlichen Leistungen treibe, seine Liebe zum Norden oder die zu den Frauen, trinkt nochmals, fügt hinzu, dass es auch die Liebe zum Tod oder die zu den Hunden sein könnte. Aber ein Heldenleben sei einsam, ohne Freunde, dafür belauert von umso mehr Feinden, die einen, der sie überrage, ausstoßen müssten, um selbst zu überleben, um die eigene Mittelmäßigkeit ertragen zu können. Manchmal denke er, sein Streben nach Erhabenheit und danach, von kommenden Geschlechtern nicht vergessen zu werden, sei ihm wie ein Fluch in die Wiege gelegt worden, der ihn letztendlich nie zur Ruhe kommen lasse, ihn immer vorwärts treiben müsse, möglicherweise sogar am Leben vorbeilaufen lasse. Vielleicht statte die Schöpfung einige wenige Menschen mit Fähigkciten und Talenten aus, mit denen diese Auserwählten dann zwar die Welt entfalten und zum Blühen bringen könnten, selbst aber dabei zugrunde gingen. Payer gerät fast in Panik, bekennt, dass er genug davon habe, ständig zu neuen Ufern laufen zu müssen, und er sich nach ihrer Ankunft in Europa auf das, ja auf das Leben stürzen werde, weit weg von dieser verfluchten Kälte, die immer mehr sein Hirn verbrenne, weit weg von diesem Land, das sein Gesicht zerfallen lasse und ihn sogar gegen die Hunde grausam gemacht habe.

Lazaro steht im Dunkel der Grube, ohne den Blick von dem Kommandanten abwenden zu können, der seine Gefühle immer weniger verbirgt, zwischen Größenwahn und Selbstmitleid schwankt, der plötzlich von ihm wissen will, ob er auch das Gerücht gehört habe, dass sie nicht nur am 82. Breitengrad gewesen wären, sondern viel weiter, Orel falsch gemessen habe, sie in Wirklichkeit sogar den Nordpol erreicht hätten. Payer ist aufgeregt wie ein Kind, meint, dass sie wahrscheinlich am Pol gewesen wären, ohne es zu wissen, schließlich rede die ganze Mannschaft davon und daran müsse doch etwas Wahres sein, denn die Leute seien nicht dumm. Die Tatsache, dass sie den Nordpol erobert hätten, sinniert Payer weiter, lasse natürlich alles in einem neuen Licht erscheinen, mache seine Expedition zur erfolgreichsten in der Geschichte der Menschheit. Natürlich würde man ihnen in Europa anfangs nicht glauben, aber sei seine Krankheit nicht der beste Beweis dafür, dass man am Nordpol gestanden habe, dort, und nicht nur an einem lächerlichen Breitengrad? Payer läuft zur Leiter, schiebt sie durch die Luke zu Lazaro hinunter, gesteht ihm, nie vorgehabt zu haben, ihn hier mit der fetten Ratte verhungern zu lassen, sei er doch der einzige Zeuge, der bestätigen könne, dass man am Nordpol gewesen wäre und Orel sie beide belogen hätte. Der Kommandant bittet den Matrosen, schon endlich aus dem stinkenden Loch zu kommen, will Lazaro auch verzeihen, vor ihm den ersten Schritt auf das Kaiser-Franz-Josephs-Land gemacht zu haben, bietet dem Heraufkletternden das Du an, hilft ihm auf das Deck und stellt fest, das Einzige, was jetzt noch von Bedeutung wäre, sei die sichere Rückkehr nach Europa. Payer zieht Lazaro mit sich, stößt ihn in die Offizierskajüte, befiehlt ihm, alles, was es an Proviant noch gäbe, zusammenzutragen und so viel wie möglich jetzt schon zu essen, um bei Kräften zu bleiben.

Lazaro und Payer füllen die Vorräte, die sie aufeinander getürmt haben, in einen der dreiundzwanzig, mit Teer seefest gemachten Särge. Payer meint, dieser Proviant sei ihre einzige Möglichkeit, den Rückzug zu überleben, und verlangt von Lazaro Verschwiegenheit gegenüber der Mannschaft, um ein gegenseitiges Sich-Abschlachten im Kampf ums Überleben zu vermeiden, da diese Vorräte nur für sie beide, niemals aber für mehr oder gar alle reichten. Payer lacht, fügt hinzu, er werde behaupten, dass der Sarg für ihn bestimmt sei und man ihm diese Erklärung bei seinem Zustand auch glauben werde. Es hätten sich doch ohnehin längst alle von ihm abgewandt, von ihrem Kommandanten, der schwach geworden wäre, zu dem man nicht mehr aufschauen könne und den man auch nicht mehr fürchten müsse.

Payer packt Lazaro. Es genüge nicht, dass sie am Nordpol gewesen seien, sie müssten es auch allen erzählen. Er werde ein Buch schreiben, dick wie ein Ziegelstein, und mit seinen Zeichnungen illustrieren. Menschen vieler Generationen noch würden bis in das nächste Jahrtausend über diese Expedition und ihren Führer Geschichten erzählen, Bücher verfassen, dicke, dünne, aber keines, in dem Lazaro vorkomme. Wer wollte schon über einen ohne Statur und Gesicht etwas lesen, über einen, der unwissender ist als sie selbst. Payer möchte den jungen Matrosen trösten, verspricht ihm berauschendes Glück in den ersten Wochen nach ihrer Rückkehr, weil da das Volk noch nicht zwischen Kommandant und Matrose unterscheide, weil es glaube, beide hätten gleich viel geleistet, und deswegen alle in einen Topf werfe. Auch wenn es ein Missverständnis sei, aber sie würden beide von den Menschen zu Hause zu ihren Göttern gemacht und bejubelt, sie beide in Weihrauch getaucht, sie beide! Orel hätte sie belogen, um ihnen den Nordpol zu stehlen. Noch wisse er nicht, dass sie ihn durchschaut hätten, noch hoffe er, dass der Oberlieutenant und sein liebestoller Matrose umkämen und er sich dann als einziger Überlebender in Europa feiern lassen könne. Am liebsten sähe er es, wenn sie beide schon tot wären. Aber Lazaro sei ein guter Soldat, er werde fertig mit Orel, er müsse ihn, den Kommandanten, nur vor ihm schützen, Tag und Nacht. Lazaro versucht, sich aus der Umklammerung seines Kommandanten zu befreien, aber dessen Kräfte scheinen trotz des äußeren Verfalls immer noch ungebrochen. Payer kommt mit seinem Gesicht nah an das des Matrosen, ihre Ausschläge berühren sich. Bisher hätten sie nur gegen die Kälte und gegen das Land zu kämpfen gehabt, redet er auf Lazaro ein, nun käme als Feind der Mensch dazu, die Abgründe seiner Natur, das Tier, das in jedem von ihnen versteckt sei. Payer ist außer Atem. In jedem von uns ist ein Tier, hörst du?

Payer wird plötzlich gegenüber Lazaro misstrauisch, äußert, vielleicht wolle sogar er, der zum Held gewordene Briefeschreiber und auch ein Tier, allein in Europa ankommen, allein den Millionen und vor allem seiner Geliebten imponieren, vielleicht sollte man sich mehr vor ihm in Acht nehmen und weniger vor Orel, der ohnehin fast blind im Eis herumirre, vielleicht sei Lazaro nur auf das Schiff zurückgekommen, um seinen Kommandanten nicht erst auf dem Rückzug zu erledigen, sondern gleich hier, mit bloßen Händen oder vielleicht ganz still durch einen Biss in eine saftige Offizierskehle. Die beiden sehen einander an. Payer flüstert, nur zu gut um diese Verlockungen zu wissen, und warnt den jungen Matrosen, ihn nicht zu unterschätzen, jeden Augenblick werde er ihn beobachten, selbst durch geschlossene Augenlider, ob er sich auch nicht an den Sarg heranmache, um sich am Proviant zu vergreifen. Er solle auch nicht vergessen, dass es besser sei, wenn sie beide lebend zu Hause ankämen, denn einem allein würde man doch nicht glauben, am Nordpol gewesen zu sein. Gemeinsam müssten sie gehen, den Sarg ziehen, dann später aus ihm essen und nach ihrer Ankunft Zeugen ihres Sieges sein, füreinander bürgen.

Lazaro schweigt. Payer schweigt. Lazaro versucht sich von seinem Kommandanten zu lösen, der aber drückt ihn noch fester an sich. Ob er sich wegen seines Ausschlags vor ihm ekle, will Payer von dem jungen Matrosen wissen. Dass Lazaro ihn hasse, sei ihm vom ersten Tag an klar gewesen und auch nichts Besonderes, das sei er gewöhnt, aber dass er von gar niemandem geliebt werden solle, damit werde er sich nie abfinden. Lazaro glaube doch nicht im Ernst, dass ihm eine dieser Frauen, die ihm voll Verehrung die Füße leckten, auch nur das Geringste bedeute, nur verachten könne er sie, so wie ihn auch die Unterwürfigkeit seiner Tiroler Knechte rasend mache. Rundum werde er von Respekt, Speichel, Bewunderung, von durch Eifersucht verrückt gewordenen Männern und von aus Verzückung ohnmächtig hingesunkenen Frauen umgeben, nur Liebe sei nie dabei. Vielleicht aber hätte ihn schon jemand geliebt und er habe es für die unbeholfene Heuchelei eines dummen Menschen gehalten, auf den er dann nur noch mit Verachtung spucken konnte. Payer schleudert die Worte aus sich heraus, presst Lazaro weiterhin an sich, geht mit ihm über das Deck, sodass er und der mitlaufende Matrose wie ein siamesisches Zwillingspaar aussehen, meint, dass es ohne Mannschaft und Schiffskommandanten auf der Tegetthoff viel lustiger sei und Lazaro aufhören solle, nach seinem Revolver zu schielen, als könnte er es nicht erwarten, ihn endlich zu erschießen oder von seinem geübteren Kommandanten erschossen zu werden, mit Gnadenschuss danach und wie immer in den Kopf, so wie es sich gehört. Payer bleibt plötzlich stehen, lässt den Matrosen los und fragt ihn, ob er schon einmal geliebt worden sei. Lazaro nickt. Liebe sei doch die Unzucht der Briefeschreiber, Träumer und Mittelmäßigen, beeilt sich Payer dem Matrosen entgegenzuhalten. Lazaro antwortet nicht. Liebe ist doch der Sündenfall aller Verlierer, Schwächlinge, Gescheiterten, schreit er Lazaro an. Der Matrose schweigt. Payer zieht seinen Revolver aus dem Halfter, legt ihn auf Lazaro an, meint, heute schon einer fetten Ratte das Leben geschenkt zu haben und es nicht noch ein zweites Mal zu tun. Unzucht. Liebe ist die Unzucht alles Schwachen. Lazaro nickt. Ob der Matrose auch zu den Schwachen gehöre, will er von ihm wissen. Lazaro bejaht. Dann könne es doch für ihn nicht schwierig sein, ihn, seinen Kommandanten, zu lieben. Lazaro sieht den Revolver auf sich gerichtet, antwortet aber nicht. Payer wartet, der Matrose schweigt. Payer lässt die Waffe langsam sinken, sagt dem Matrosen, dass er glaube, von ihm nicht nur gehasst, sondern auch geliebt zu werden, aber es sei gut, dass er es jetzt nicht zugegeben habe, denn er hätte es nicht ertragen und ihn dafür wahrscheinlich erschossen. So aber habe er nun unter den Männern wenigstens einen, den er achten könne. Payer wendet sich von dem Matrosen ab, geht langsam zum Heck des Schiffes und tritt an die brüchige Reling, um zu seinem Kaiser-Franz-Josephs-Land hinüberzustarren.

Lazaro legt den Holzdeckel auf den Sarg, beginnt ihn festzunageln. Seine Schläge mischen sich mit den entfernten der Schiffsglocke, mit der die Mannschaft im Eis anscheinend nach den beiden ruft. Lazaro richtet sich auf und sieht, dass die Männer ihm zuwinken, endlich zu kommen. Er sieht auch, wie Payer noch immer am Heck der Tegetthoff steht und die Hand hebt, um vor dem von ihm eroberten Land zu salutieren.

15

Die Männer ziehen ihre Schlitten und Ruderboote über das Eis, stürzen immer wieder in verdeckte Wasserlöcher, kommen kaum voran, und die hinter ihnen liegende Tegetthoff will nicht aus ihrem Blick verschwinden. Lazaro, Payer und Orel kämpfen sich als Aussätzige abseits von den anderen über die zerklüftete Wüste. Ihr Schlitten ist hoch beladen, obenauf mit einem kleinen Ruderboot, hintenan hängt die schwarze Kiste, die einmal als Sarg gedacht war, sie schlingert zwischen den Schneehügeln und Wasserlachen hin und her und erscheint der Mannschaft als Unheil bringendes Zeichen für ihren Rückzug. Weyprecht strahlt aber nach wie vor seine durch nichts getrübte Zuversicht aus, hilft beim Herausziehen, wenn wieder einmal ein Schlitten durch das tauende Eis gebrochen ist, gibt aufmunternde Kommandos, läuft voran und erweckt den Anschein, als würden sie schon in wenigen Tagen gerettet werden. Lazaro sieht das Lachen im Gesicht des Schiffskommandanten, kann es aber nicht erwidern, da er nun sein Geheimnis des verschlossenen Laderaumes kennt und sich nicht noch einmal einer falschen Hoffnung hingeben möchte. Schiffsfähnrich Orel erzählt glücklich, wieder Hell und Dunkel unterscheiden, auch schon Umrisse und sogar den Schlitten mit dem Sarg erkennen zu können. Als wollte er den Gehorsam Orels auf eine Probe stellen, lässt sich Payer von ihm durch eine Wasserrinne tragen. Der Schiffsfähnrich keucht unter der Last seines Kommandanten, aber seine Gefühle und Gedanken lässt er sich nicht anmerken.

Die Männer schlagen erschöpft ihr Lager auf, der einfallende Nebel entzieht ihnen endlich den quälenden Anblick des noch immer nahen Schiffes. Scarpa weiß keine Melodien mehr, darum ahmt er auf seinem Saxophon Tierstimmen nach. Das gefällt der Mannschaft und sie applaudiert. Einer meint, dass sie das schon lange nicht gemacht hätten und es öfter tun sollten, einfach in die Hände klatschen und nicht nur Schlitten ziehen oder Eisbären aufschneiden. Als Scarpa das Nebelhorn der Tegetthoff imitiert, entreißt ihm Dr. Kepes mit quälenden Erinnerungen an sein Schiff das Instrument und schleudert es in ein Wasserloch. Dort versinkt es glucksend in der unendlichen Tiefe, noch bevor Scarpa begreifen kann, was geschehen ist. Applaus kommt nur noch von dem einen Matrosen, der sich den Rückzug mit Klatschen erleichtern wollte.

Payer ist bereits seit einer Stunde allein in dem kleinen Zelt, das Weyprecht als bestes von allen den drei Aussätzigen überlassen hat. Lazaro und Orel warten darauf, endlich hineinkriechen zu können, aber ihr Kommandant bittet sie um Geduld, da er noch seine Toilette zu machen habe. Fletscher schnüffelt und winselt am Eingang und will zu seinem Herrn. Lazaro fragt Orel, warum er sich die Schikanen Payers gefallen lasse, und erfährt, dass dem Schiffsfähnrich, seit sie auf dem Rückzug seien, Gehorsam wieder über alles gehe und er dafür sogar Demütigungen in Kauf nehme. Orel fügt hinzu, er hätte nicht bei der Marine bleiben dürfen, wenn er nicht bereit wäre, jeden Befehl auszuführen, aber es gehe auch niemanden etwas an, was er in seinem Kopf denke. Lazaro möchte wissen, ob er auch schon einen Menschen getötet habe. Orel nickt. Ob er auch ihn, den Matrosen, töten würde. Der Schiffsfähnrich sieht Lazaro an, nickt abermals und antwortet, wenn es ihm befohlen werde oder er damit sein eigenes Leben retten könne. Um seine Frau und seine Kinder wieder zu sehen, würde er sich auch nicht scheuen, Menschenfleisch zu essen. Dann könne er nur hoffen, antwortet ihm Lazaro, dass ihre Vorräte bis Europa reichten, und wenn nicht, werde er den Schiffsfähnrich im Auge behalten oder versuchen, ihm zuvorzukommen. Orel lacht und stellt bedauernd fest, dass Mord und Totschlag für sie beide nicht einfach wären, da sie keine Schusswaffen wie ihr Kommandant hätten.

Payer kauert im Zelt unter einer Decke, isst. Er schrickt auf, als der Hund ungestüm durch eine Lücke in der Plane drängt, stopft aber dann weiter von seinem geheim gehaltenen Vorrat in sich hinein, wirft ein Stück Fletscher zu, der es gierig verschlingt und nach dem nächsten bettelt.

Die Männer der Tegetthoff setzen ihren Rückzug fort, aber von ihrer anfänglichen Begeisterung ist nichts mehr zu spüren. Weyprechts Befehle sind lauter und schärfer geworden, immer wieder muss er einen, der lautlos in der Marschkolonne zu Boden sinkt, hochziehen und ihm ins Ohr brüllen, dass es nach Europa nicht mehr weit sei. Manchmal schlagen auf seinen Befehl hin einige Matrosen auf einen der ihren ein, um ihn am Sterben zu hindern. Beim Saxophonspieler Scarpa bleiben alle Schläge und Tritte erfolglos, jeder Wille zum Leben scheint ihn seit dem Verlust seines Instruments verlassen zu haben. Weyprecht legt ihn über seine Schultern und trägt ihn über die Eislandschaft. Payer gibt Lazaro und Orel noch immer Befehle, wie und in welche Richtung ihr Schlitten zu ziehen sei, aber sie hören nicht mehr auf ihn. Nur Fletscher, der seinen Kommandos jahrelang getrotzt hatte, beginnt ihm zu gehorchen. Der Hund versteht schon fast jeden Wink der abgegriffenen Peitsche, zieht wie nie zuvor am Schlitten oder setzt sich auf Zuruf neben den Sarg, um ihn zu bewachen.

Die Rückkehrer gelangen an eine offene Wasserstelle, groß wie ein See, und man muss die Boote aussetzen. Sie werden mit den schweren Proviantkisten beladen, bis sie fast sinken und kaum noch Platz für die Männer ist. Die Hunde haben Angst vor dem Wasser und wehren sich dagegen, den festen Boden des Eises zu verlassen. Sie beißen nach den Matrosen, die sie in die Boote werfen wollen, laufen verzweifelt herum. Weyprecht ordnet an, zum Schein abzulegen und ein Stück auf das offene

Wasser hinauszurudern. Das Geheul der Hunde klingt wie ein Klagelied über die Eisinsel und die Männer beeilen sich, zu ihren treuen Begleitern schnell wieder zurückzukehren. Zögernd klettern die Hunde in die Boote, geraten aber schon nach ein paar Ruderschlägen durch das Schaukeln in Panik und bringen sie fast zum Kentern. Weyprecht befiehlt, die Fahrt trotzdem fortzusetzen, da man keine Zeit verlieren dürfe und die Hunde sich so am schnellsten an die neuen Umstände gewöhnten. Aber sie können von den Männern weder mit Zureden noch mit Festhalten beruhigt werden, laufen unentwegt vom Bug zum Heck und wieder zurück, springen auf die Vorratskisten, halten die Matrosen für ihre Feinde, fallen sie an und heulen in Todesangst, bis ihnen der Schaum aus den Mäulern quillt. Auch Fletscher hat sich von der Raserei seiner Gefährten anstecken lassen und will aus dem kleinen Boot Payers zurück aufs Eis. Während Orel den Kurs zu halten versucht, muss sich Lazaro mit einem Ruder gegen die wilden Angriffe des Hundes wehren. Payer redet auf Fletscher ein, aber der Hund hört das verzweifelte Geheul der Tiere in den anderen Booten und will über Bord springen. Payer hält ihn fest, wird von ihm gebissen, lässt aber seinen Fletscher nicht los.

Weyprecht befiehlt, an eine der vorbeitreibenden Eisschollen anzulegen. Die Hunde springen aus den schaukelnden Booten und sind außer sich vor Glück, wieder festen Boden unter den Füßen zu haben. Weyprecht legt das Gewehr an und mit gezielten Schüssen beendet er das Leben des ersten Hundes. Haller will den Schiffskommandanten bei dieser Aufgabe nicht allein lassen und tötet den nächsten Hund. Fletscher ist im Boot Payers für einen Augenblick ganz ruhig geworden, um dann umso wilder herumzujagen. Lazaro versucht, das außer sich geratene Tier mit dem Ruder ins Wasser zu stoßen, als Payer den Lauf seines Gewehres auf den jungen Matrosen richtet und kreischend droht, ihn zu erschießen, wenn er Fletscher nicht sofort in Ruhe lasse. Von den anderen Booten her hört man weiter Schüsse und das Aufjaulen eines anscheinend nicht tödlich getroffenen Hundes. Fletscher stellt die Ohren auf und lauscht, als warte er auf den erlösenden Knall, bellt, als wollte er seinen Gefährten warnen. Payer lässt Lazaro nicht aus den Augen, bis dieser sein gegen Fletscher gerichtetes Ruder wieder ins Wasser taucht. Eine Salve von Schüssen beendet das Klagen des letzten Hundes auf der Eisscholle. Fletscher ist starr und ohne jede Bewegung, nur sein Herz pocht rasend schnell.

Während seine Männer auf einer Halbinsel die Zelte aufschlagen, macht Weyprecht die schreckliche Entdeckung, dass nur einige ihrer Vorratskisten Proviant enthalten, die anderen aber bis obenhin mit Schwefelkies gefüllt sind. Er lässt die Männer antreten, um die Schuldigen zu finden, aber kaum einer schafft es, halbwegs aufrecht zu stehen. Carlson kann sich nicht beherrschen, dem Schiffskommandanten vor allen anderen vorzuwerfen, dass sich damit die Lüge vom Gold auf das Schrecklichste gerächt habe und sie alle jetzt nur noch ihr Ende vor sich hätten. Die Männer aber beunruhigt mehr, dass mit ihrem Gold etwas nicht in Ordnung sein könnte. Weyprecht sieht keinen anderen Ausweg, als ihnen zu versichern, dass das Gold von unschätzbarem Wert sei, jene aber, die gegen seine Anordnung gehandelt hätten, bestraft werden müssten. Zwei Matrosen treten vor und erklären, jede Strafe auf sich nehmen zu wollen, wenn sie nur das Gold in den Kisten behalten dürften. Der Schiffskommandant erklärt sich damit einverstanden, vorausgesetzt, dass sie es eigenhändig und ohne Hilfe anderer bis nach Europa schleppten. Dort, fügt er hinzu, würde dann auch ihre Bestrafung erfolgen. Außerdem bekämen sie nicht einen Bissen vom übrig gebliebenen Proviant. Dieses Angebot scheint so verlockend, dass sich noch weitere Matrosen als Mittäter zu erkennen geben und ihre glückliche Zukunft sogar auf dem Rücken nach Hause tragen wollen.

Payer hat sich wieder in das Zelt verkrochen, um sich heimlich satt zu essen und seinen Proviant mit Fletscher zu teilen. Das Tier hat offenbar alle Schläge vergessen und begriffen, dass es nur noch bei seinem Herrn zu fressen bekommen werde. Fletscher scheint auch zu wissen, wie sehr sein Peiniger ihn als Freund braucht.

Lazaro kauert auf dem Sarg vor dem kleinen Zelt und schreibt seiner Geliebten nach langem wieder einen Brief.

Magdalena!

Keiner weiß mehr, wer er ist. Auch gut. Es ist auch niemand mehr da, der mich bei meinem Namen nennt. Das tut nicht gut, weil ich ihn vergessen habe. Wenn ich ihn wissen will, schaue ich in einem Brief nach. Oben stehst du, unten ich. Und jetzt bin ich ein Prophet, aber du brauchst dich vor mir nicht zu fürchten, weil ich nur die Wahrheit sage. Wenn wir kommen, werden sich in Wien die Balkone biegen, Frauenlast, Eva auf der einen Seite und viele Damen auf der anderen. Aber alle für mich. Der Prophet will dir damit sagen, dass er auf dich nicht mehr wartet. Weißt du, dass er alle Frauen haben kann? Nicht nur die gewöhnlichen, wie du eine bist. Schauspielerinnen, Tänzerinnen. Jetzt weißt du es. Das ist der Lohn für Helden. Wenn es heute nicht so heiß wäre! Aber vielleicht ist es zu kalt und ich bringe es durcheinander. Und auch die Grazien mit dem blauen Blut, alle für mich. Der Oberlieutenant hat gesagt, sie liegen einem zu den Füßen. Diese fette Boa frisst im Zelt wieder unseren Vorrat und sein Hund kriegt mehr als wir. Magdalena, Bücher wird man über deinen Lazaro schreiben, tausend Jahre lang. Aber mein Vater wird da nicht vorkommen, weil er nur eine Kugel gekriegt hat und ganz still umgefallen ist, Helden sind lauter. Und wer will schon ein Buch lesen über einen gemeinen Soldaten, noch dazu einen, der schon tot ist, ja, vielleicht du, aber sonst niemand. Ich habe nichts, was ich lesen könnte, das ist schrecklich für einen, der schreiben kann. Nur das Papier von einer Erbswurst, wie man die Suppe macht, habe ich schon so oft gelesen und jeden Abend freue ich mich wieder darauf, da bin ich glücklicher als die anderen. Aber am glücklichsten sind die, die nicht lesen können. Ich wäre es auch, dein verdammter Brief.

Antonio, allein und glücklich!

Gestern habe ich Fletscher das Fressen weggenommen, das meiste hat er schon im Maul gehabt. Wenigstens habe ich es dann nicht mehr beißen müssen, was mit unserem Skorbut so weh tut. Werde den Hund nicht mehr umbringen, denn solange er lebt, füttert ihn der Oberlieutenant und ich habe etwas zum Essen.

Im Zelt hält Payer plötzlich inne, lauscht, kann von draußen nichts hören, packt schnell seinen Vorrat zusammen, scheint von Panik ergriffen. Er läuft hinaus, der treue Fletscher folgt ihm. Lazaro blickt von seinem Brief auf, sieht Payer vor sich stehen und wie er versucht, sich wieder zu beruhigen. Der junge Matrose lächelt ihn an und fragt, ob der Herr Oberlieutenant denn Angst habe, man könne weiterziehen und ihn hier allein zurücklassen. Payer meint, außer seinem Hund niemandem mehr vertrauen zu können, und dass er jeden umbringen werde, der Fletscher etwas antue. Lazaro will wissen, ob der Kommandant seine Toilette beendet habe und er endlich ins Zelt dürfe. Payer nickt nur, geht um sich schauend zu ihrem Ruderboot, während Lazaro im Zelt verschwindet. Payer verstaut die verheimlichten Vorräte unter seiner Sitzbank und schrickt auf, als er Orel neben sich sieht. Der Schiffsfähnrich fragt ihn ohne Umschweife, ob der Herr Oberlieutenant denn vorhabe, allein, ohne seine Mitgefangenen, die Reise fortzusetzen. Payer meint, so könne nur einer reden, der selbst schon an diese Möglichkeit gedacht habe. Aber einer allein hätte keine Chance, zu zweit sähe die Sache schon besser aus. Er biete dem Schiffsfähnrich 500 Gulden an und dazu sein Gewehr, wenn er ihn und Fletscher nach Europa bringe, allein schon, um Lazaro zuvorzukommen, der ihre Ermordung und danach die Flucht plane, um zu Hause als einziger Überlebender gefeiert zu werden. Orel hat keine Gelegenheit mehr zu antworten, weil Lazaro aus dem Zelt kommt, Angst und Misstrauen in den Augen, als scheine jetzt auch er zu befürchten, dass man den Rückzug ohne ihn fortsetzen könnte.

Der Mannschaft werden nur noch kleinste Rationen zugeteilt und seit Tagen schon hat man keine Eisbären oder anderes Wild gesehen. Einige Männer schaben Fleischreste von Knochen, wickeln sie in Tücher, tragen sie am Körper, ständig in Furcht, einer könnte sie ihnen wegnehmen, und schlingen in den kurzen Unterbrechungen ihres Marsches oft den ganzen Vorrat hinter vorgehaltenen Händen in einem und roh in sich hinein.

Payer weigert sich zu rudern, sodass Lazaro und Orel nichts anderes übrig bleibt, als allein das Boot voranzutreiben, während ihr Kommandant Karten studiert, wirre Zeichnungen anfertigt, mit dem eigenen Verfall beschäftigt ist oder das klebrige Fell seines unruhigen Hundes streichelt. Als am Ufer überraschend ein Eisbär auftaucht, feuert Payer mit Gewehr und Revolver auf ihn, aber der ehemals hervorragende Schütze verletzt ihn nur. Das Tier flieht und hinterlässt eine schmale Blutspur. Orel und Lazaro rudern an das Eis heran, springen aus dem Boot, kratzen mit den Fingern den roten Schnee zusammen und lassen ihn wie eine Köstlichkeit im Mund zergehen, während Payer auf seiner Sitzbank kauert, auf den im Wasser treibenden Sarg starrt, seine Waffen nachlädt und alle Willenskraft zusammennehmen muss, um nicht einzunicken. Der verwundete Bär kommt zurück, als wollte er einem langen Leiden einen schnellen Tod vorziehen. Payer schießt auf ihn, es ist jedoch Haller, der das Tier trifft, seinen Herrn aber in dem Glauben lässt, selbst den tödlichen Schuss abgegeben zu haben. Die ausgehungerten Männer stürzen sich von allen Seiten auf den verendenden Bären, öffnen ihn, tauchen ihre Hände in die warmen Eingeweide, als könnten sie so nach dem eigenen Leben greifen, und beginnen, das Fleisch zu zerteilen. Sie bemerken einer nach dem anderen mit verzweifelten Gesichtern, dass es von Parasiten befallen ist, und werfen es enttäuscht in den Schnee oder wütend zurück in die Bauchhöhle des Kadavers, als habe das Tier sie betrogen. Der Matrose Lukinovich aber beißt in das rohe Fleisch und würgt es hinunter. Weyprecht sagt ihm, dass er sich damit eine entsetzliche Krankheit geholt habe, und verbietet allen anderen, auch nur das kleinste Stück zu essen.

Payer hat sich ins Zelt zurückgezogen, beobachtet voller Misstrauen durch einen Spalt Lazaro und Orel, kann aber nicht hören, worüber sie miteinander reden, füttert seinen Hund mit Trockenfleisch und schrickt auf, als einige Gewehrsalven vom Hauptlager über das Eis peitschen. Den Männern ist es gelungen, einen Bären auf einer treibenden Scholle niederzuschießen, der sich aber noch flüchtend an ihren Rand schleppen kann, ins Wasser stürzt und vor ihren Augen versinkt. Als Fletscher aus Payers Zelt schlüpft, entdeckt Orel ein Fleischstück in seinem Maul. Er läuft auf den Hund zu, versucht es ihm zu entreißen, kämpft mit ihm, muss sich aber schon nach kurzer Zeit erschöpft und mit einer blutenden Hand in den Schnee fallen lassen. Lazaro sieht den vor Hunger Weinenden sich auf dem Boden krümmen, tritt an den Sarg heran, fasst nach dem Deckel, um ihn aufzubrechen. Payer stürzt aus dem

Zelt, stößt den jungen Matrosen beiseite, fragt ihn, ob er denn verrückt geworden sei und ihr Leben aufs Spiel setzen wolle. Orel begreift den Streit der beiden nicht, wischt die gefrierenden Tränen aus seinem Gesicht, kriecht ins Zelt und entdeckt Payers verheimlichten Vorrat. Er wickelt Dörrobst und Schokolade aus schmutzigen Tüchern und findet auch in einer zusammengerollten Fahne Proviant. Hastig steckt er einige der schon schimmelnden Stücke in seine Jacke, sucht im Zelt etwas in ähnlicher Größe, findet unter einer Decke vergilbte Zeitungen und einen Packen Papier, schiebt beides zwischen die Fetzen und ordnet die Bündel so, wie er sie vorgefunden hat. Durch einen Spalt sieht er den Kommandanten und Lazaro beim Ruderboot stehen, ohne hören zu können, was die beiden miteinander reden.

Payer sitzt, in eine Decke gehüllt und mit seinem Gewehr in den Händen, am Bug des Bootes, während Lazaro und Orel rudern. Die ganze Aufmerksamkeit des Kommandanten richtet sich auf Fletscher, der sich noch immer nicht an das schwankende Boot gewöhnt hat, öfter denn je in Panik gerät und dann von Payer kaum noch zu beruhigen ist. Nun ist es Orel, der unverhohlen droht, bei der nächstbesten Gelegenheit das Tier umzubringen, um nicht selber neben einem gekenterten Boot zu ertrinken. Aber Payer scheint nach wie vor bereit zu sein, auf jeden zu schießen, der seinem Hund zu nahe kommt. Ab und zu schreit er ein unsinniges Kommando, das dann über das Wasser tönt und die vorausrudernde Mannschaft aufschreckt, die noch immer gefangen ist von der Erinnerung an ihre Jahre gehorsam befolgter Befehle auf der Tegetthoff. Haller hat keine Suppe mehr, die er seinem ehemaligen Herrn bringen könnte, aber er bietet ihm an, zu ihm ins Boot zu kommen, er habe vor der Krankheit keine Angst. Payer hört ihn nicht, dann aber doch, weil sein Knecht sich ihm lauter unterwirft, schweigt weiterhin und schüttelt nur verneinend den Kopf.

Die drei Aussätzigen, die kaum noch ein Wort miteinander reden und sich mit ständig wachsendem Misstrauen beobachten, lagern auf einer kleinen Eisscholle. Lazaro durchsucht verzweifelt sein Gepäck, schlichtet es immer wieder um und fragt dann Payer, ob er seine Briefe versteckt oder ihm gar gestohlen habe. Der Kommandant ist mit seinen Gedanken woanders, am wenigsten bei verlorenen Liebesbriefen, er wischt sich eine Haarsträhne aus dem entstellten Gesicht und kriecht ins Zelt. Orel misst die Position ihres Standortes und begreift das Ergebnis nicht, misst nochmals, während Payer Fletscher heimlich mit Schokolade füttert, ihn einen ungelehrigen Dummkopf nennt, das zerzauste Fell streichelt und dann seinen Revolver zieht.

Orel kommt zu Lazaro und erzählt niedergeschlagen, dass er nicht einmal mehr zum Navigator tauge, nur noch unsinnige Ergebnisse bringe er zustande. Der junge Matrose fragt ihn, ob er seine Briefe gesehen habe, als aus dem Zelt die Detonation eines Schusses zu hören ist. Lazaro und Orel stehen reglos da, starren auf die schlaff hängenden Planen, sehen einander an, glauben etwas zu ahnen und zu begreifen. Lazaro nähert sich langsam dem Zelt, hält auf halbem Weg an. Er ruft den Namen des Kommandanten, erhält keine Antwort, wendet sich zu Orel um, als könnte dieser ihm Gewissheit geben. Lazaro setzt seinen Weg der Hoffnung fort, will schon den Eingang öffnen, als Payer aus dem Zelt schlüpft, die Leiche Fletscher an sich gedrückt hält und an ihm vorbei zum Ufer geht. Die Gesichter Orels und Lazaros können die Enttäuschung über die Wiederauferstehung ihres Kommandanten kaum verbergen. Payer klettert in das Boot, setzt sich auf seinen Platz am Bug. Er zieht die schwere Decke über seinen Kopf und über den toten Hund. Es sieht aus, als werde der Kommandant für die Landreisen diese Nacht im Freien verbringen.

Am nächsten Tag liegt der Nebel noch undurchdringlicher auf dem Wasser, durch das Lazaro und Orel das kleine Boot rudern. Payer sitzt reglos am Bug und hält Fletscher umklammert. Der Kadaver ist längst erkaltet und steif. Orel will, dass er endlich an Land gebracht oder über Bord geworfen werde, aber Payer weigert sich, beharrt darauf, dass auch Fletscher ein Recht habe, bis nach Europa zu kommen, er sei es auch, der ihm treu diene ohne die erbärmliche Unterwürfigkeit der anderen, die er über alles hasse und die ihn immer wieder dazu verleite, für solche Menschen Verachtung zu empfinden und sie nur noch quälen zu wollen. Fletscher könne er respektieren, weil er Charakter habe, etwas, was er bisher bei keinem seiner Männer gefunden hätte. Payer krault das Fell Fletschers. Das Maul des toten Hundes ist halb offen, an den scharfen Zähnen klebt noch Schokolade. Payer meint, vielleicht läge es an ihm selbst. Weyprecht sei ebenfalls entschlossen und unnachgiebig, aber die Männer liebten ihn, er selbst mache aus ihnen immer nur Sklaven oder Heuchler. Möglicherweise sei der Schiffskommandant nicht nur ein besserer Mensch, sondern auch der bessere Führer.

Es beginnt zu regnen und die wallenden Vorhänge aus Wasser nehmen den drei Männern im Boot nun auch die letzte Sicht. Lazaro rudert zwar noch und Orel versucht, mit dem Kompass ihre Richtung zu bestimmen, aber sie alle wissen, dass sie längst auf dem falschen Weg sein können und nur noch hilflos um sich schlagen, um das Gefühl auf Rettung nicht ganz zu verlieren. Von der übrigen Mannschaft ist nichts zu sehen, nichts zu hören. Umso lauter trommelt der Regen auf die Köpfe der drei Männer, lässt das Wasser im Boot kniehoch steigen. Das Nass aus dem Himmel kommt ihnen vor wie ein Geschenk, viel wärmer als der Nebel rundum. Sie kauern sich tief hinein und es sieht aus, als sei dieses erste Bad seit Monaten zugleich auch eine verrückte Geborgenheit. Orel entkommt ein Lachen und auch Payer lächelt, als Lazaro wie ein kleiner Junge im Waschtrog auf das Wasser schlägt und dann zur Gänze untertaucht. Sein Gesicht verändert sich zu einer Maske, seine

Haare umgeben es wie Seetang. Payer starrt auf Lazaro, wie lange er es wohl ohne Luft aushalte. Der Matrose taucht auf. Das Boot schaukelt, weil die drei Männer ihr verloren geglaubtes Lachen überwältigt hat, sie für einen Augenblick ihr Leben vergessen und, von allen Sorgen losgelassen, sich gegenseitig eine Gischt nach der anderen in die Gesichter klatschen. Auch der Hundekadaver scheint keiner mehr zu sein, wie von neuem Leben erfüllt grinst Fletschers Maul zum Spiel seiner zu Kinder gewordenen Herren. Orel versucht im Boot aufzustehen, als wollte er ins Meer springen, aber seine voll gesogene Kleidung drückt ihn nieder.

Aus dem Dickicht des Regens stößt plötzlich orientierungslos ein Boot der Mannschaft hervor und kann erst im letzten Augenblick knapp vor einem Zusammenstoß an den drei Männern vorbeigerudert werden. Kurz sind Haller und Klotz zu sehen und die beiden machen den Eindruck, als begegneten sie Gespenstern. Wie von Panik ergriffen treiben die Knechte ihr Boot an, das sich einige Male im Kreise dreht und auch gleich wieder im Regen verschwindet. Die drei Ausgesetzten schicken ihnen ihr wildes Lachen hinterher, als Lazaro mit einem Schlag still wird. Er sieht, wie aus der Sitzbank des Kommandanten in Fetzen gewickelter Proviant hervorschwimmt und auch ein sich auflösender Packen Papier an die schaukelnde Oberfläche kommt. Lazaro greift nach dem Bündel und hält zitternd die Briefe an seine Geliebte in den Händen, deren Tintenbleischrift zu zerfließen beginnt.

16

Aasvögel kreisen über dem felsigen Ufer. Es hat zu regnen aufgehört, aber die Wolken hängen noch immer tief über dem Meer. Auf dem Eis liegen abseits vom Zelt zum Trocknen ausgebreitet und mit Steinen beschwert Lazaros Briefe. Die vielen Blätter flattern leicht im Wind und sehen aus wie Schriftzeichen in einem gegen den Himmel gerichteten Buch. Eine Möwe stürzt sich auf ein Blatt und entführt es als Beute. Payer hat das im Wasser liegende Boot nicht verlassen. Er hält den Hundekadaver in den Armen und starrt auf das Papier, das, von der Möwe fallen gelassen, auf das Meer heruntersegelt.

Meine Magdalena!

Ich habe heute alle Briefe gelesen. Einige sind aber im Meer versunken und meinen ersten Brief hält der arme Krisch in seinen erkalteten Händen, und das noch viele hundert Jahre lang. Ich habe den liebeskranken Mann, der sie geschrieben hat, nicht mehr erkannt, glaube nicht, dass ich das gewesen bin. So fremd die Worte und die vielen Seiten voller Liebe, als wären sie aus einer anderen Seele gekrochen und nicht aus meiner. Vielleicht hat sie dein neuer Geliebter geschrieben, mit dem du jetzt durch unser Dorf gehst und den du am Sonntag beim Tanzen küsst. Und wenn du dann Wein trinkst, bist du nicht mehr zu halten, das vergönne ich ihm nicht und dass es so schön ist wie bei uns. Aber das ist ja jetzt alles vorbei. Manchmal hoffe ich schon, dass du noch auf mich wartest, aber nur ganz selten und dann wieder den ganzen Tag. In den Briefen habe ich dir auch viel Böses geschrieben, aber vielleicht war das auch nicht ich. Ich muss nur schauen, dass ich nach Hause komme, und alle werden erschrecken, wenn sie mich sehen, abgemagert und nicht mehr derselbe, ein Schreckgespenst. Versprich mir, dass du dich nicht vor mir fürchtest, und küssen können wir uns später immer noch, wenn der Ausschlag aus meinem Gesicht ist, oder auch gleich. Vielleicht bin ich der Einzige, der zurückkommt, von den anderen habe ich schon seit einigen Tagen keinen mehr gesehen. Der Orel hat sich beim Baden im Boot eine Lungenentzündung geholt und der Oberlieutenant ist ein elendiges Häufchen Mensch. Das war einmal ein Held wie aus einem Bilderbuch, an dem unser Kaiser und die Frauen ihre Freude gehabt haben, hat er mir erzählt. Das blüht mir ja auch, wenn uns nicht der Hunger vorher auffrisst. Der Sarg ist voll mit Proviant, aber der Oberlieutenant will ihn noch nicht aufmachen, weil der Weg noch so weit ist. Lange halte ich das nicht mehr aus, und vor meinen Augen tanzt der Schinken. Heute habe ich ihm die Hundepeitsche weggenommen, Gott sei Dank hat er es nicht bemerkt. Das Leder in kleine Streifen geschnitten, und schon konnte es losgehen. Jeder Bissen eine Delikatesse und das Schönste ist, dass man die Stücke lange kauen kann und sie immer noch gut schmecken, weil so viel Blut vom Fletscher drinnen ist, es hört gar nicht auf. War das ein Fest und ich habe noch immer etwas. So hat es auch sein Gutes, dass der Oberlieutenant den Hund so viel geschlagen hat, aber dankbar bin ich nur dem Fletscher. Der Arme spürt jetzt wenigstens nichts mehr und die Liebe von seinem Herrn schon gar nicht. Vielleicht, Magdalena, magst du mich auch erst, wenn ich tot bin. Ich trau mich es gar nicht zu schreiben, dass wir wieder

gut miteinander sein sollen, weil ich nicht weiß, was ich mache, wenn du mir nicht verzeihst. So viele harte Worte in meinen Briefen, vorher aber lauter Liebe und das liest man viel lieber. Dass in einem Menschen eigentlich zwei Menschen stecken, das weiß ich jetzt. In dir aber auch. Der eine ist man und der andere will man sein. Ja, wenn man schreiben und lesen kann, kommt man auf so vieles drauf, lauter Neuigkeiten für einen und Geheimnisse. Wenn man nur das Böse nicht lesen müsste. Am besten wäre es, so etwas gar nicht aufzuschreiben, dann kann es auch keinen Schaden anrichten. Aber wenn man schon den Himmel auf Erden hat, kann es nach dem Tod auch nicht mehr schöner werden und wozu stirbt man dann.
Ich habe die Briefe zum Trocknen auf den Boden gelegt und jetzt spazieren die Vögel darauf herum. Wundere dich also nicht, wenn du beim Lesen ihre Krallen siehst, hoffentlich bald. Schade, dass es keine Brieftauben sind. Aber ich bin froh, dass die Briefe nass geworden sind, sonst hätte ich sie ja nicht alle gelesen. Da steht so viel Gutes über dich, du kannst gar kein schlechter Mensch sein. Jetzt hat ein Vogel geschrien, Magdalena ist die Beste.

Es ist so schön, dass ich wieder schreiben kann

Dein Antonio
Dein Antonio
Dein Antonio

Ich bin auch kein schlechter Mensch. Der Oberlieutenant hat mir befohlen, die Ratten auf dem Schiff umzubringen. Aber ich habe es nicht getan. Irgendeinmal wird eine Ratte zu mir sagen, danke, Herr Antonio, danke. Und ich werde ihr sagen, jeder will leben, und dann, darf ich Ihnen meine Frau vorstellen, Magdalena Lazaro, und das ist unsere Tochter Rebecca.

Lazaro setzt den Bleistift ab, blickt zu seinem Kommandanten, der sich im Boot aufzurichten versucht, aber anscheinend dazu nicht mehr genügend Kraft hat und wieder neben Fletschers Leiche zusammensackt. Der junge Matrose schiebt das Blatt seines Briefes unter einen Felsen, geht auf das Boot zu, zieht Payer heraus, trägt ihn ins Zelt und legt ihn neben den fiebernden Orel. Einige Vögel setzen sich auf den Rand des verlassenen Bootes, um dann schnell die ersten Fleischstücke aus dem Hundekadaver zu hacken. Lazaro hört ihr Geschrei, kriecht aus dem Zelt, sieht mit Erleichterung und Freude, auf welche Weise Fletscher für immer verschwinden könnte. Sein Kommandant, als ahne er, was geschieht, ruft so verzweifelt nach dem Hund, dass Lazaro dann doch einige Steine aus dem Eis bricht und sie auf die Vögel schleudert. Aber der Hunger der Tiere lässt sie nicht weichen. Der junge Matrose läuft ans Ufer, klettert ins Boot, kann die gierigen Vögel fast mit den Händen greifen, scheucht sie vom Kadaver weg, setzt sich auf den Platz des Kommandanten. Die Vögel flattern in alle Richtungen, kommen zurück, laufen wartend zwischen den Briefen umher und heften ihre Blicke auf Lazaro, der sich Payers Decke über die Schultern zieht. Zu seinen Füßen, neben dem toten Hund, liegt im brackigen Wasser des Bootes das Gewehr des Kommandanten. Der junge Matrose nimmt die Waffe, legt sie auf seine Knie, zieht auch Fletscher an sich, hüllt ihn in die Decke, unterscheidet sich nicht mehr von seinem Kommandanten. Aber er gibt keine Befehle, schaut nur auf das Bildnis seiner sich im Wind leicht bewegenden Briefe, auf zwei Jahre seines jungen Lebens.

Weyprecht lässt in die Luft schießen und die auf ein Boot gebundene Schiffsglocke der Tegetthoff läuten, um Payer und seinen zwei Männern die eigene Position zu signalisieren. Als er keine Antwort bekommt, befiehlt der Schiffskommandant weiterhin Kurs Richtung Süden. Trotz des knapp über dem Wasser ziehenden Nebels, der ihre Boote wie in schnellster Fahrt erscheinen lässt, versucht er festzustellen, wie weit sie noch von der nächsten menschlichen Zivilisation entfernt sind, kann aber den vom Hunger vollkommen ausgezehrten Matrosen keine klare Antwort geben. Auch wenn sie keiner mehr sieht oder sehen will, strahlt Weyprecht Zuversicht aus, als erwarte er schon für jede Stunde das Auftauchen eines Hafens.

Mein geliebter Antonio!

Ich kann es kaum erwarten, bis du endlich nach Hause kommst. Zwei Jahre sind eine lange Zeit, aber ich habe auf dich gewartet. Ich bin auch nie zum Tanzen gegangen, habe immer gesagt, mein nächster Tanz gehört meinem Antonio. Geliebter Antonio, wenn du aus dem Eis kommst, werde ich dich waschen mit meinen Händen und wärmen mit meinem Körper und festhalten mit meinen Beinen. Wenn du schon da wärst, mein einziger Mann. Dein Vater hat mir nur gefallen, weil er dich gezeugt hat, aber der Einzige und Richtige bist du. Ich sterbe vor Sehnsucht, mein geliebter Antonio. Lauf zu mir. Wenn sich dir jemand in den Weg stellt, bohre ihm dein Messer ins Herz, weil mein Herz wichtiger ist als das seine. Lauf, Antonio, nein, fliege wie ein Vogel.

Deine dich über alles liebende

Magdalena

Ja, Magdalena, ein Narr, der so was tut, aber ich konnte nicht mehr anders, ich musste endlich nach zwei Jahren einen Brief von dir in der Hand halten. Wir beide gehören so zusammen, was macht es da schon aus, wenn ich deinen Brief schreibe. Aber du hast mir die Hand geführt, ja, du. Und er ist der schönste von allen Briefen, die ich geschrieben habe, wie ein Lied von uns zu Hause. So oft habe ich ihn jetzt gelesen und du weißt gar nicht, wie glücklich ich bin.

Payer kriecht aus dem Zelt, scheint sich erholt zu haben. Lazaro hat die taghelle Nacht auf dem kleinen Boot neben Fletscher verbracht. Der Kommandant sieht sein Gewehr auf den Knien des Matrosen, will von Lazaro wissen, ob er jetzt seine Chance nützen und ihn niederschießen wolle, jetzt, wo er die Hoffnung habe, in den Himmel der Helden zu kommen. Orel habe die ganze Nacht geröchelt und sie würden wohl, wenn sie das Zelt abbauten, darunter einen Toten finden. Also gäbe es dann nur noch sie beide. Lazaro legt das schön beschriebene Blatt und den Bleistift beiseite, streift die Decke ab und zieht das Gewehr Payers an sich. Der Kommandant erschrickt beim Anblick seines verwesenden Hundes, scheucht aber das Gesehene wie ein Trugbild beiseite, meint, es wäre höchste Zeit, die Dinge so zu sehen, wie sie sind, schaut wieder in die Augen des Matrosen und macht ihn darauf aufmerksam, selbst noch immer den Revolver zu haben und sicherlich nicht der schlechteste Schütze auf der Tegetthoff gewesen zu sein. Einer der vielen am Ufer liegenden Briefe Lazaros wird vom Wind einhergetrieben, bleibt kurz an einem anderen haften, schwebt weiter, schaukelt vor Payers Gesicht hin und her und gleitet ins Wasser. Lazaro flüstert seinem Kommandanten zu, dass er als Lebender nach Hause zurückkehren wolle. Deshalb würden sie jetzt den Sarg öffnen und endlich ihren Vorrat angehen, bevor sie verhungerten. Dazu sei es zu früh, antwortet ihm Payer, noch habe er das Kommando und weil er nicht verrückt sei und aus Erfahrung mit dem Norden wisse, was noch vor ihnen stünde, bringe er ihn vor das Kriegsgericht oder wenn notwendig auch um, sollte er sich über ihren Proviant hermachen. Auch er wolle lebendig zurückkommen und dank seiner Umsicht hätten sie beide die Chance dazu, nicht aber die vielen der Mannschaft und auch nicht einer allein.

Lazaro umfasst den Schaft des Gewehres, schwenkt den Lauf in Payers Richtung, meint, dass man die Kiste hier und jetzt aufbrechen werde. Payer befiehlt Lazaro, das Gewehr ans Ufer zu werfen. Der Matrose zielt aber weiter auf den Kommandanten. Und Fletscher solle er loslassen, fügt Payer hinzu. Lazaro begreift nicht. Natürlich, meint Payer, komme Fletscher mit, als dritter und treuester. Lazaros Hände zittern. Bei Fuß, Fletscher. Payers Stimme wird lauter. Fletscher! Payers Stimme überschlägt sich. Aus dem Nebel ist das Rufen der Schiffsglocke zu hören. Komm her. Payers Stimme verliert an Schärfe, wird fast bittend. Komm. Lazaro kann nicht umhin, dem Blick Payers zu folgen und nach unten zu schauen. Das Maul des Kadavers ist immer noch halb offen. Fletscher! Payer bettelt, scheint nur noch seinen Hund zu sehen, Lazaro und das auf ihn angelegte Gewehr vergessen zu haben. Aus dem hochziehenden Nebel taucht das erste Boot der herumirrenden Mannschaft auf, dahinter ein zweites mit Weyprecht. Lazaro lässt die Waffe sinken. Die Männer in ihren über das Eismeer verstreuten Booten sind noch zu weit entfernt, als dass man die Gesichter erkennen könnte, aber ihre Stimmen dringen bis an das Ufer. Anfangs sind die Worte unverständlich, werden in einem Durcheinander über das Wasser getragen, werden lauter, kräftiger. Die Männer rufen den Namen des Kommandanten für die Landreisen, lassen ihm Flüche folgen. Von allen Booten her stimmt man mit wachsendem Zorn ein in gemeinsames Schreien, verwünscht Payer in allen Sprachen der Monarchie, verdammt ihn für ihren Untergang. Der Kommandant scheint diesen schrillen Gesang der Fluchenden nicht einmal zu hören, er steigt zu Lazaro auf das schwankende Boot, beugt sich zu Fletscher hinunter, hebt ihn auf, flüstert ihm zu, dass sie beide jetzt seinen 32. Geburtstag feiern würden, drückt das Aas an sich, klettert zurück ans Ufer. Der junge Matrose sieht, wie den Männern in ihren Booten die Verdammung des Schuldigen nicht mehr genügt, sie ihre Ruder ins Meer schlagen, wie eine kleine Armada näher und näher kommen, auf den Strand der drei zusteuern. Payer merkt anscheinend davon nichts oder hat das Ganze zu einem der vielen ihn seit Tagen umgebenden Trugbilder erklärt, wickelt eine verlotterte Fahne auf eine Zeltstange, pflanzt sie ins Eis, salutiert vor ihr, redet von seinem Geburtstag, singt, streichelt seinen ihm zu Füßen liegenden Fletscher, richtet sich wieder auf.

Die ersten Boote gelangen an das Ufer. Payer lässt seinen Blick nicht von der Fahne. Lazaro kann sein Erschrecken über das Aussehen der halb verhungerten und kaum wieder zu erkennenden Männer nicht verbergen. Zwei von ihnen durchsuchen das kleine Boot der drei nach Proviant, lassen ihre Angst vor der ansteckenden Krankheit außer Acht. Einer stößt den Kommandanten von der Fahne weg, nennt ihn einen vollen Sack und will wissen, wo er denn sein Fressen versteckt habe. Langsam scheint Payer die Situation zu begreifen, flüstert zwar noch, dass alle zu seinem Geburtstag eingeladen seien, macht auch zu Weyprecht hin eine Geste herzlichsten Willkommens, merkt aber, ein hungerndes und unberechenbares Volk vor sich zu haben, das seinen ehemaligen König zur Verantwortung ziehen könnte. Er versichert den Männern, sie ohne Ausnahme heil und sicher nach Hause führen zu wollen, Weyprecht werde ihm dabei helfen. Doch aus den tief in ihren Höhlen liegenden Augen der Männer starrt unbändiger Hass auf Payer, auf ihn, den unfehlbaren Kommandanten, der sie ins Verderben geführt hat.

In ihrem zügellosen Hunger jagen zwei Matrosen Lazaro aus dem kleinen Boot, kippen es um, treten auf die Planken, als hofften sie, irgendwelche Vorräte würden wie Manna vom Himmel aus dem nassen Holz fallen. Der Matrose Marola deutet auf den Hundekadaver zu Payers Füßen. Der Kommandant sieht einige der Männer auf sich zukommen und beugt sich schützend über Fletscher, meint, dass sie alles haben könnten, alles, nur nicht ihn. Man versucht, ihm das Fleisch zu entreißen, Payer wehrt sich aus Leibeskräften, verteidigt das Aas, drückt es an sich, streckt die Hand aus und zeigt auf den Sarg, schreit, dass sie ihn haben könnten, nicht aber Fletscher. Lazaro versucht vergeblich, seinen Kommandanten davon abzuhalten, ihr Geheimnis zu verraten.

Noch verstehen die Matrosen nicht, was sie als Verhungernde mit der dunklen Holzkiste anfangen sollen, die der Zimmermann für einen von ihnen bestimmt hat, bis Sussich ein Messer aus dem Stiefel zieht, es unter den Deckel schiebt und ihn hochzudrücken versucht. Einige Matrosen sind in ihren Booten auf dem Wasser geblieben, als wollten sie den Ausgang des Schauspiels aus sicherer Entfernung abwarten, während die anderen sich anstrengen, den Sarg aufzubrechen und dabei nicht darauf achten, dass sie immer wieder auf die überall herumliegenden Briefe Lazaros treten. Von Fletscher hat man abgelassen, vielleicht auch nur, weil er zu wenige von ihnen satt machen würde. Payer und Lazaro sehen, wie es den Männern endlich gelingt, den Deckel von ihrer Kiste zu sprengen. Sie werfen ihn beiseite und er rutscht, sich drehend, ins Wasser. Die Männer starren in den Sarg, sehen fragend zu Payer, dann wieder in die geteerte Kiste. Lazaro nähert sich dem Sarg, beugt sich über ihn. Eine Schicht aus Staub, Humus ähnlich, bedeckt den Boden. Aus ihm kriecht eine fette Ratte, die sich hoch aufrichtet, als wollte sie sich bei Lazaro für ein zuletzt sehr schönes Leben bedanken. Die anderen Männer aber starrt sie mit ihrem einen Auge und mit pochenden Schläfen an, läuft ein paar enge Kreise, gräbt sich in den eigenen Kot, bricht daraus hervor und versucht in Todesangst die Seitenwände hochzuklettern. Payer kommt an die verwirrten Matrosen heran, während die fette Ratte es endlich schafft, aus dem Sarg zu springen, in dem nicht einmal mehr die Hungrigsten der Männer einen Bissen entdecken können. Sie läuft zwischen den mit Fetzen und Fellen umwickelten Füßen der Männer auf das Ufer zu, wird in der Kälte immer langsamer, torkelt ins Wasser, wird fast im selben Augenblick von einer Eisschicht überzogen und erstarrt mit von sich gestreckten Beinen und Klauen zu einer Gott anbetenden Skulptur, die noch einige Zeit auf der Oberfläche treibt und dann schnell versinkt. Die Männer glauben nun zu wissen, dass ihr Kommandant auch ein Verhungernder ist, und die ersten wollen schon wieder in ihre Boote klettern, als Payer sich ihnen in den Weg stellt und sie aufzuhalten versucht. Er redet auf sie ein, ihm doch wenigstens zuzuhören, verscheucht den entsetzlichen Anblick des leeren Sarges wie ein Gaukelbild. Für alle, meint er, sei in der Kiste genug Vorrat, um sie gesund nach Hause zurückkehren zu lassen. Sie kämen heim als Sieger, von einer Expedition, die erfolgreicher gewesen sei als jede andere. Allein ihr Breitenrekord würde in die Geschichte eingehen, könne wahrscheinlich erst in Jahrzehnten gebrochen werden, und dann auch wieder nur von ihnen selbst. Er habe ein Land gesehen am nördlichsten Punkt ihrer Schlittenreise, das schöner, aufregender, größer und fantastischer sei als jedes andere. Payer führt als Zeugen den Schiffsfähnrich und Lazaro an, läuft am Ufer auf und ab, während schon die ersten Boote wieder ablegen, und verspricht den Männern, mit ihnen dieses Land im fernen Norden bereisen und deflorieren zu wollen, für ihr Vaterland und ihren Kaiser, verheißt ihnen Einsamkeit, Kälte, Gefahren und Abenteuer und stellt ihnen doppelte Prämien, ein Vielfaches der jetzigen Heuer und außerdem jedem ein Gewehr als Geschenk in Aussicht. Der Kommandant nimmt Lazaro bei den Schultern und bittet ihn, doch zu erzählen, von welch unglaublichem Zauber jenes Land sei, das sie entdeckt hätten und welches jetzt nur darauf warte, besessen zu werden.

Der junge Matrose starrt auf den leeren Sarg, entgegnet dem aufgeregten Kommandanten beschwörend, dass es sein Land nicht gäbe, es seien Wolken gewesen, die er gesehen habe, und auch die hätten sich längst aufgelöst. Payer hört nicht, was Lazaro daherredet, muss lauter werden, damit die Männer ihn verstehen, rennt mit wehendem Haar hin und her, spricht von den blumenübersäten Tälern, von den sonnenumfluteten Bergen des Landes, als hätte er es nicht nur gesehen, sondern auch längst bereist.

Aber die Mannschaft der Tegetthoff will ihm nicht mehr zuhören, auch nicht seinem Angebot glauben, die Kaps, Berge und Halbinseln nach ihnen zu benennen. Payer stolpert über den toten Fletscher, ohne es zu bemerken, geht, von seinen Visionen ergriffen, das Ufer entlang in den aufsteigenden Nebel und erklärt, eine Straße von Europa bis in dieses Land bauen und dort dann Städte errichten zu wollen, eine österreichische Metropole im ewigen Eis. Von der überbevölkerten Monarchie könnten dann ganze Völker dorthin ziehen, aber die besten Häuser stünden natürlich ihnen, den Eroberern und ihren Familien, zur Verfügung. Auch das Heizproblem habe er längst gelöst. Riesige Kolonnen von Ratten würde man züchten und sie dann in großen Öfen verfeuern. So sei auch ohne die Kohle Europas ein angenehmes Klima garantiert, in dem alles gedeihe, was das Herz begehre. Payer bleibt stehen, ist außer Atem.

Schiffskommandant Weyprecht versucht vom entrückten Oberlieutenant abzulenken und die in Wirrnis und hilflose Verzweiflung geratene Mannschaft wieder zusammenzuführen, gibt Kommandos, wer in welches Boot zu steigen habe, fleht sie an, auch noch das letzte Stück ihres Weges durchzuhalten, den Hunger zu überwinden und ihm zu folgen. Einige Männer wollen nur noch Ruhe haben, starren in den nebelverhangenen Süden oder auf einen der verwehten Liebesbriefe des jungen

Matrosen, deren Buchstaben manche von ihnen noch immer nicht entziffern können. Orel kriecht aus dem kleinen Zelt, ein Hustenanfall überwältigt ihn. Lazaro muss all seine Kräfte aufwenden, um das kleine Boot umzudrehen.

Der alte Nordpolfahrer Carlson wird vom Kot einer der in den tief hängenden Wolken kreisenden Möwen getroffen, wischt ihn von seiner Stirn, zögert, riecht daran, steht auf, reibt ihn zwischen seinen Fingern, riecht nochmals, wird unruhig und meint, dass Menschen in der Nähe sein müssten. Das Gekreisch der Vögel wird lauter, Weyprecht befiehlt seinen Männern Stille und einer nach dem anderen gehorcht ihm. Man lauscht in den Nebel, der sich mehr und mehr lichtet, reckt die Köpfe nach den heranfliegenden Möwen, als seien sie ein Zeichen des Himmels, und glaubt sogar, das Geklapper einer Takelage wahrzunehmen. Ein Matrose drückt dem hustenden Orel die Hand auf den Mund, um das nahende Wunder nicht zu verscheuchen. Auch Payer ist stehen geblieben, horcht. Lazaro hält den Atem an. Weyprecht glaubt zu wissen, woher das Geräusch kommt, und deutet nach Norden.

Zwei Matrosen laufen zu einem der am Ufer liegenden Boote und schlagen die Schiffsglocke. Man beginnt zu lachen, winkt voller Hoffnung in den Nebel, der immer durchsichtiger wird. Payer zieht seinen Revolver und feuert einige Male in die Luft, sein Knecht Haller macht dasselbe mit dem Gewehr. Vom Süden her brechen die ersten Sonnenstrahlen durch und lösen den Nebel weiter auf. Orel hat zu husten aufgehört und starrt nun auch in dieselbe Richtung wie alle anderen. Lazaro sieht die Konturen des Schiffes als Erster und macht die anderen mit einem Schrei darauf aufmerksam.

Das Schiff ist weit entfernt, kaum auszunehmen, aber doch nah genug, um die wunderbaren Klänge der Takelage bis zu den glücklichen Männern dringen zu lassen. Man schreit sich die Seele aus dem Leib, bis plötzlich Weyprecht still wird, dann Carlson, Haller, Lukinovich, Lazaro. Schließlich verstummen alle. Sie lassen ihre Arme sinken und schauen voller Enttäuschung zu dem Schiff, das für über zwei Jahre ihre Heimstätte war und sie anscheinend noch immer nicht loslassen will. Am wenigsten zu ertragen scheint für die meisten der Anblick des Kaiser-Franz-Josephs-Landes zu sein, dessen Gletscher noch immer über der Tegetthoff hängen.

Weyprecht fasst sich als Erster wieder, während sich andere in den Schnee setzen und tun, als ginge sie das alles nichts mehr an. Der Schiffskommandant ruft den Männern zu, sich nicht täuschen zu lassen und seinen Messungen zu glauben. Was sie hier sähen, sei eine Luftspiegelung, und von ihrem Schiff wären sie längst Hunderte von Meilen entfernt. Es sei auch nicht ausgeschlossen, dass der Hunger ihre Sinne verwirrt hätte und ihnen nun ein Bildnis der Täuschung vorgaukle. Weyprecht muss feststellen, dass die Männer ihm nicht mehr glauben, aber einige von ihnen bei seiner Bemerkung über ihren Hunger aufgehorcht und zum Schiff geblickt haben, von dem sie wissen, dass der Vorrat in seinen Laderäumen alle noch monatelang am Leben erhalten würde, und sie in seinen warmen Bauch kriechen könnten.

Auch Payer schaut zur Tegetthoff, geht los, wirkt wie von ihr angezogen. Andere folgen ihm, stolpern wieder einmal dem Kommandanten für die Landreisen nach. Weyprecht ruft ihnen entgegen, doch nicht den Verstand zu verlieren. Die Männer gehen weiter, ihnen voran Payer. Weyprecht befiehlt ihnen, sofort stehen zu bleiben. Payer hält nicht an, die Männer hinter ihm auch nicht. Weyprecht stellt sich ihm in den Weg, Payer schiebt ihn zur Seite, beschleunigt seinen Schritt. Weyprecht will die nachstolpernden Männer anhalten, aber sie hören ihn nicht. Er läuft Payer nach, überholt ihn, versucht, ihn am Weitergehen zu hindern, ruft seiner Mannschaft zu, dass es kein Zurück gäbe. Nie. Jetzt schon gar nicht. Nach Europa müssten sie, niemals aber zurück zu diesem verdammten Schiff. Payer zieht seinen Revolver und drückt ihn Weyprecht ins

Gesicht. Die Matrosen bleiben stehen. Weyprecht sieht den auf die Tegetthoff gehefteten Blick Payers und wagt es nicht, ihm die Waffe aus der Hand zu schlagen, bittet ihn, doch Vernunft anzunehmen. Payer scheint in seinen Gedanken schon in der von Essen berstenden Offizierskajüte des Schiffes zu sein und auch jederzeit bereit, abzudrücken, um sich den Weg dorthin freizumachen.

Die Matrosen rühren sich nicht, warten darauf, dass die beiden Kommandanten endlich ihren seit Jahren verhaltenen Streit austragen und damit das Schicksal aller entscheiden. Lazaro steht als Einziger noch am Ufer. Langsam bückt er sich nach dem im Wasser liegenden Gewehr, hebt es auf. Sein Lauf schwenkt über die Männer hinweg, an Weyprecht vorbei, und ist schließlich auf Payers Hinterkopf gerichtet. Weyprecht flüstert Payer zu, wenn sie jetzt zum Schiff zurückkehrten, gäbe es doch niemanden, der zu Hause erzählen könnte, dass sie ein Land entdeckt hätten und ihr Oberlieutenant dieses Wunder der Natur für den Kaiser erobert habe. Wahrscheinlich wäre es sogar ein Kontinent. Und wer sollte von seinem bisher von niemandem errungenen Sieg am 82. Breitengrad erfahren? Und wäre er nicht in Wirklichkeit sogar am Nordpol gewesen? Payer wird für einen Augenblick unsicher, schaut kurz zu Weyprecht, dann wieder zum Schiff, umklammert seinen Revolver noch fester, merkt nicht, dass Lazaro seinerseits auf ihn zielt. Und das wunderbare Land, von dem er gerade erzählt habe, würde auch nie wieder von einem menschlichen Auge gesehen werden, wenn sie zum Schiff zurückliefen und dort spätestens in ein paar Jahren grausam verendeten, ohne Kunde für die Nachwelt.

Payer sieht Weyprecht an. Die Straße dorthin, Herr Oberlieutenant, die Städte, die Öfen? Ein zweites Wien im Norden und endlich eine sinnvolle Verwertung für Rattenpack. Mit diesem die Stuben zu wärmen sei die eines Gottes würdige Idee. Weyprechts Stimme ist noch leiser geworden. Payer schweigt. Der junge Matrose Lazaro beobachtet ihn über das Visier des

Gewehres, jederzeit bereit, abzudrücken. Weyprecht bewegt sich vorsichtig, dreht Payer kaum merkbar mit, sodass sein Blick nicht mehr auf die lockende Tegetthoff fallen kann, sondern in den Süden, sagt ihm in diesem langsamsten aller Tänze, dass er dem Herrn Oberlieutenant noch ein Leben schulde und es ihm jetzt zurückzahlen werde, indem er ihn heil und sicher nach Europa bringe, zu den Jubelfeiern und Empfängen, zu den Abendessen, Ehrenbürgerschaften, Vorträgen und Orden in allen Großstädten Europas, die nun einmal dort wären, wohin er jetzt schaue, unter der Sonne und nicht hinter ihnen, wo nichts sei außer Kälte und Einsamkeit.

Das rotgelbe Licht der tief stehenden Scheibe fällt auf Payers Gesicht und zeigt einen Mann, um Jahrzehnte älter als zweiundreißig, der seinen Revolver noch immer gegen Weyprecht gerichtet hält und erst jetzt allmählich gewahr wird, selbst das Ziel von dem Gewehr in Lazaros Händen zu sein. Payer sieht den jungen Matrosen lange an, lächelt, stammelt, von ihm wohl im nächsten Augenblick erschossen zu werden. Lazaro schweigt. Hinter Payer und Weyprecht verhüllt der Nebel die Tegetthoff wieder mit seinem weißlichen Vorhang wie in einem Akt der Gnade. Payer lächelt noch immer und gesteht, dass er es nicht ertrage, wie ein Kind behandelt und mit den eigenen Lügen belogen zu werden. Zu bitter sei ein Schicksal wie das seine. Keine Vorräte im Sarg, auch sonst nirgendwo, kein Schiff, kein Nordpol, keine Ehre, nicht einmal die Nordostpassage hätten sie gefunden und sein wunderbares Land habe sich in flüchtige Wolken aufgelöst. Wer weiß, ob sie wirklich jemals den 82. Breitengrad erreicht hätten. Das Einzige, was ihm geblieben sei, wäre der treue Fletscher, der Schokolade über alles liebe und sie in Hülle und Fülle bis an sein Lebensende auch bekommen werde.

Payer hat nicht aufgehört, Lazaro anzusehen, ruft dem jungen Matrosen mit wieder fester werdender Stimme zu, nachdem es ihm als seinem Kommandanten schon gelungen sei, aus einem Briefeschreiber einen Helden zu machen, so werde er es wohl auch noch schaffen, ihn zu seinem Henker zu bestimmen. Er wisse, wie lange schon Lazaro darauf warte, ihn endlich zu töten. Wenn er nicht den Mut dazu habe, werde er ihm dabei helfen. Payer spannt den Hahn des Revolvers, richtet ihn gegen den Kopf Weyprechts. Lazaro zittert vor Angst. Weyprecht ruft dem jungen Matrosen zu, nicht zu schießen, Payer werde es nicht wagen abzudrücken. Payer herrscht Weyprecht an, still zu sein. Weyprecht sieht den Revolver Payers noch näher an sein Gesicht kommen, ruft Lazaro abermals zu, nicht zum Mörder zu werden.

Der junge Matrose zielt auf die Brust Payers, kann aber kaum noch das Gewehr in seinen Händen ruhig halten. Payer herrscht ihn an, es zu tun, es schnell zu tun, oder er werde dem Schiffskommandanten eine Kugel durch den Kopf jagen, dann müsse er es tun. Payer hat nur noch Augen für Lazaro. Lazaro drückt seinen Finger gegen den Abzug. Im selben Augenblick gelingt es Weyprecht, Payer beiseite zu stoßen und ihm dabei den Revolver zu entreißen. Payer richtet sich auf, kümmert sich nicht mehr um Weprecht, scheucht ihn geradezu weg, geht auf Lazaro zu. Der junge Matrose sieht ihn auf sich zukommen, hört seinen Befehl, ihn zu erschießen, starrt auf den weit aufgerissenen Mund des Oberlieutenants, der näher und näher kommt. Du sollst schießen, habe ich gesagt. Schieß, Antonio.

Antonio Lazaro reißt den Abzug des Gewehres durch, als gelte es nur zu gehorchen oder auch eine letzte Chance zu nützen. Neben seiner Wange zischt das nass gewordene Zündhütchen, aber es bricht kein Schuss. Lazaro springt auf und weicht voller Angst vor dem heranstampfenden Kommandanten zurück an das Ufer, rutscht neben dem leeren Sarg ins Wasser.

Payer kämpft um seinen Tod, seine Lippen sind aufgequollen und hindern ihn am Sprechen. Er würgt hervor, dass man gemeinsam beschlossen habe, Hand an sich zu legen oder einander zu erschießen, wenn die Lage aussichtslos sei. Und jetzt seien sie so weit, ohne jede Zukunft, ohne jede Hoffnung. Wenn schon der junge Matrose, der sich ins Meer verkrochen habe, dazu zu feig sei, erlaube er nun allen anderen, dieser Pflicht nachzukommen, und jede ihrer Kugeln, die ihn treffe, sei eine Ehre für ihn. Payer richtet sich wie ein balzender Vogel zu seiner vollen Größe auf, während sich die Männer um ihn herum abwenden, den Weg zu den Booten suchen, nachdem ihnen der Nebel auch die kaum noch tröstlichen Schemen der Tegetthoff genommen hat. Er äußert als letzten Wunsch, dass man auch Fletscher erschieße und sie beide in dem Sarg dort auf diesem Eiland begrabe. Es genüge ein einfaches Holzkreuz, auf dem zu stehen hätte, dass hier mit seinem besten Freund der Eroberer des Nordpols liege und er in Ehren gefallen sei.

Weyprecht drängt sich zwischen Payer und die wie Puppen herumstehenden oder in den Booten kauernden Männer, gibt Kommandos, in welche Richtung sie zu rudern hätten. Ein Matrose bückt sich noch schnell nach dem Kadaver Fletschers, schultert ihn als seinen Vorrat für die nächsten Tage. Lazaro klettert an Land, wobei ihm das Gewehr entgleitet und trudelnd in der Tiefe des klaren Wassers verschwindet.

Payer steht mit geschlossenen Augen am Ufer, zählt auf, was noch alles auf seinem Kreuz zu stehen habe, meint, dass er einen Berg nach Fletscher benannt haben möchte, und gibt schließlich den Befehl zu feuern. Aber die meisten der Männer legen bereits mit ihren Booten ab. Weyprecht drückt Payer den Revolver in die Hand, sagt ihm, dass man von den Männern nicht verlangen könne, wozu er selbst anscheinend nicht mutig genug sei. Zu Lazaro meint Weyprecht, er werde seine Männer nach Europa bringen, wo sie zwar bald an ihren zahllosen Krankheiten sterben würden, aber so wenigstens ihre Gräber in heimatlicher Erde bekämen. Wenn Lazaro, Orel und der Oberleutenant wollten, könnten sie ihm folgen. Es sei ihm aber genauso recht, wenn sie hier blieben. Sie selbst müssten wissen, ob sie den Tod oder lieber das Leben wollten. Weyprecht ist schon dabei, seinen Männern nachzufolgen, zögert dann aber, weil er sieht, dass Payer weint. Schließlich dreht er sich doch um, klettert ins Boot, legt ab und zieht die Ruder mit aller Kraft durchs Wasser, als hoffte er, das Wenige, was von seinem Mitleid für den Kommandanten der Landreisen übrig geblieben ist, so am schnellsten zurücklassen zu können.

Ein paar der Vögel, denen es nicht gelungen ist, Fletschers Kadaver zu zerreißen und so einer hier seltenen Köstlichkeit habhaft zu werden, trippeln am Ufer entlang und zupfen immer wieder an der von Nässe schweren Decke, unter der Payer kauert. Einer von ihnen schlägt mit seinem Schnabel an den daneben liegenden Revolver und fliegt erschrocken auf, als er den Klang des Metalls hört. Orel geht hustend auf und ab, verscheucht die Vögel, bleibt immer wieder bei seinem Oberlieutenant stehen, verlässt ihn, kommt zu ihm zurück. Lazaro sammelt die Briefe an seine Geliebte ein, freut sich, dass sie nun trocken und seine Buchstaben noch lesbar sind, zieht sie unter den aufgelegten Steinen hervor, glättet und faltet sie, stapelt sie auf einem Felsen. Am Ufer liegt das kleine Boot der drei, bepackt mit dem Zelt. Den Sarg haben die sanften Wellen geholt, wie ein Schiff künftiger Seeschlachten schaukelt er auf dem Wasser, wird weiter und weiter hinausgetrieben und verschwindet im Nebel. Lazaro trennt zwei durch die Nässe aneinander geheftete Briefe, liest ein paar Zeilen und legt sie auf die anderen, drückt das Bündel der zweijährigen, unerfüllten Sehnsucht an sich, küsst es. Der junge Matrose verstaut die Briefe im Boot, während Oberlieutenant Payer nicht aufhören kann, in das Nichts zu starren, in dem er vor Stunden die Tegetthoff gesehen hat. Orel beobachtet seinen Kommandanten noch immer, scheint einen Entschluss gefasst zu haben, geht auf ihn zu, beugt sich zu ihm und bietet Payer an, ihn vom Leben zu befreien, wenn er es ihm jetzt befehle. Der Kommandant sieht Orel an und antwortet ihm leise, ein wahrer König sterbe vor seinem Volk und nicht ungesehen in einem Winkel. Außerdem sei es höchste Zeit, die Reise nach Europa fortzusetzen. Payer richtet sich auf, Orel muss ihn dabei stützen. Die beiden Männer gehen langsam zu dem kleinen Boot, in dem Lazaro schon auf sie wartet, und klettern hinein. Der Kommandant setzt sich auf seinen Platz, Orel und Lazaro legen ab und rudern hinaus auf das Meer. Immer mehr lösen sich die drei Männer im Nebel auf, bis sie schließlich ganz von ihm verschluckt werden.

Auf der Tegetthoff kreischen die Möwen im Kampf um die letzten Reste der Vorräte. Plötzlich aber werden sie ruhig, setzen sich verstört und lauernd auf die brüchigen Taue oder verharren auf den schwarzbraunen Holzplanken des Schiffdecks, wagen keinen Flügelschlag mehr, als sei in diesem Augenblick trotz gleißenden Lichtes der monatelange Polartag schon zu Ende gegangen. Es ist so still geworden, dass das leise Glucksen des Tauwassers zu hören ist. Wie auf einen Schlag erzittert das Schiff und neigt sich mit einem berstenden Donner zur Seite. Die Vögel flattern erschrocken in alle Richtungen, die Eishöhle unter dem Schiff zerplatzt, der Bauch der Tegetthoff stürzt ins Leere, die Masten knicken in einem Hagel von Splittern aus Holz und Eis. Der modernste Barkschoner der Monarchie bäumt sich auf, seine Laderäume werden von Sturzfluten zerrissen. Nebensonnen gleich scheint das Schiff vielfach in den Himmel zu steigen, doch die Tegetthoff taucht hecküber in das schwarze Wasser und wird von einer brausenden Gischt verschlungen. Auf den Wellen schaukeln noch einige der Habseligkeiten zweier Dutzend Männer, kurz danach versinken auch sie. Die weggescheuchte Schar der Möwen kreist über der Wunde im Eis, die sich schon wieder zu schließen beginnt. Nur der Unrat inmitten der noch immer leicht schwankenden Scholle und die im Wasser treibenden Bücher verraten, dass in dieser Wüste einmal Menschen waren.

Hochverehrter Herr Oberlieutenant Payer!

Schon oft habe ich es in meinen Gedanken gehabt, Herrn Oberlieutenant einen Brief zu schreiben. Bei einem, mit dem man verfeindet war, ist es nicht so leicht, aber die Zeit heilt Wunden, wenn auch nicht alle. Wenn man so viel miteinander erlebt hat, kann man nicht so einfach sagen, dem schreibe ich nicht. Das würde dem lieben Gott nicht gefallen und wir sind halt miteinander verknüpft. Einfach ist es nicht, aber ich tue es jetzt, auch wenn der Anlass dazu ein sehr trauriger ist. Vielleicht sollte man nicht lesen können, denn gestern habe ich in der Zeitung vom Tod unseres Schiffskommandanten gelesen und ich wollte es nicht glauben, dass Herr Weyprecht nicht mehr unter den Lebenden sein soll. Vielleicht, Herr Oberlieutenant, können Sie sich erinnern, wie der Herr Schiffskommandant auf unserem Rückzug einmal gesagt hat, er werde uns alle lebend nach Europa bringen, wo wir zwar bald an unseren Krankheiten sterben würden, aber so wenigstens unsere Gräber in heimatlicher Erde bekämen. Nun ist er selbst einer von den vielen, die schon an den Folgen unserer Strapazen gestorben sind, er im siebenten Jahr nach unserer Rückkehr und erst 43 Jahre alt. Unser Herr Schiffskommandant Weyprecht hat also in allem Recht gehabt und ohne ihn wäre keiner von uns nach Hause gekommen. So richtig gedankt hat man ihm das nicht, weil für die Monarchie wäre es schöner gewesen, wenn wir alle als Helden umgekommen wären und auch für die Zeitungen, am besten mit dem Nordpol in der Tasche.
Ich möchte diese Gelegenheit auch benützen und Herrn Oberlieutenant fragen, ob es stimmt, dass er Maler geworden ist aus Enttäuschung, weil man an unserem Kaiser-Franz-Josephs-Land gezweifelt hat und manche

nicht geglaubt haben, dass wir so weit im Norden waren. Meine Füße können sich daran noch gut erinnern. Aber das Eis hat uns alle umgemünzt und keiner ist mehr der, der er einmal war. Unsere Familien haben keine Hoffnung mehr auf unsere Rückkehr gehabt und sich schon mit unseren Toden abgefunden und sich so gefreut, als wir wiedergekommen sind. Eine viertel Million Menschen bei unserem Einzug in Wien, als wären wir lauter Kaiser und Könige. Dann aber haben sie gemerkt, dass wir nicht mehr dieselben sind und sie andere Menschen in ihren Häusern haben, die Fremden aus dem Norden. Deswegen habe ich auch mein Dorf verlassen, um ein neues Leben zu beginnen. Ich möchte Herrn Oberlieutenant nicht mitteilen, wo ich jetzt bin, aber ich schicke ihm als Geschenk alle meine Briefe, die ich im Eis an meine Magdalena geschrieben habe, damit er nicht so ganz ohne Liebesbriefe dahinleben muss. Es macht mir auch nichts aus, wenn er dann und wann einen abschreibt, nur darf er nicht vergessen, statt Magdalena immer den Namen seiner jeweiligen Geliebten einzusetzen, sonst gibt es für den Herrn Oberlieutenant eine Katastrophe.
Von meiner Geliebten weiß ich nur, dass sie schon lange verheiratet ist und in Wien lebt. Von meinen Briefen hat sie keinen einzigen zu Gesicht bekommen und ich sie auch nie wieder. Schade, dass ich damals ihrem Bild nicht nachgelaufen bin, als es der Wind geholt hat. So hätte ich wenigstens etwas von ihr. Manchmal denke ich, sie steht ganz plötzlich da und alles wird doch noch gut. Und weil ich so weit im Norden war, habe ich die Erlaubnis, sie zu küssen und so weiter, obwohl sie verheiratet ist, vielleicht ist sie mit ihrem Mann gar nicht so glücklich, sonst wäre sie ja nicht gekommen. Aber noch ist sie nicht da, und vielleicht nie.

In den Briefen kann man nicht alles lesen, weil sie damals nass geworden sind, und da sind auch viele harte Worte über den Herrn Oberlieutenant, aber jetzt ist der Herr Oberlieutenant in meinen Gedanken schon viel besser geworden. Ich möchte ihm auch gestehen, als er mir damals auf der Insel befohlen hat, auf ihn zu schießen, dass ich auch abgedrückt habe. Aber es hat keine Kugel den Lauf verlassen, um in sein Herz zu dringen, und ich weiß bis heute nicht, ob ich nicht deswegen trotzdem ein Mörder bin, auch wenn es keinen Toten gegeben hat. Aber dass ich kein besserer Mensch bin als der Herr Oberlieutenant oder auch andere, das weiß ich. Nach meiner wundersamen Errettung aus der Gletscherspalte und von meinem sicheren Tode habe ich der Madonna von Tersatto eine Bildtafel versprochen. Es ist nur eine der jetzt so modernen und Gott sei Dank auch billigen Fotografien geworden. Wie heißt es doch in einem Sprichwort der Neapolitaner: Nach überstandener Gefahr betrügt man den Heiligen.
Der Herr Oberlieutenant hat auch Recht gehabt, dass er als Führer unsterblich werden wird, auch durch das schöne Buch, das er geschrieben hat. Ich habe es oft gelesen, aber einiges ist schon anders gewesen, weil ein Engel war der Herr Oberlieutenant nicht, aber so hat halt jeder seine Erinnerung. Und in einem Buch müssen ja die Menschen besser sein als im wirklichen Leben und am besten so gescheit wie der Herr Oberlieutenant, damit man davon träumen kann und sieht, wie so einer sein Schicksal meistert und am Ende gut dasteht. Oft fragt man mich im Gasthaus, wenn wir trinken, Antonio, warum gibt es kein Buch über dich. Ich sage dann immer, Matrosenschicksal. Und dann singe ich immer ein Seemannslied mit Fernweh und Heimweh und mit viel Wehmut. Das ist diesen Leuten ja auch viel lieber als ein Buch.

Inzwischen ist ja unser Rekord oft gebrochen worden und die Nordostpassage hat man auch schon gefunden. Viele sagen, dass sie unbrauchbar ist und nur ein Dummkopf würde diesen beschwerlichen Weg benutzen, um nach China zu kommen. So gesehen, ist unser ganzes Unternehmen umsonst gewesen und erbärmlich wie eine Schlacht im Krieg. Das Wenige, was mir geblieben ist, ich kann lesen und schreiben und weiß, dass auch in mir ein Ungeheuer steckt. Manchmal habe ich das Gefühl, ein Held zu sein oder ein Narr wie mein seliger Vater. Der Herr Oberlieutenant wird bemerken, dass sein ehemals junger Matrose nicht nur in den Briefen an seine Geliebte den Buchstaben R immer verkehrt geschrieben hat. Ich bleibe auch in Zukunft bei dieser Schreibweise, weil sie mir gefällt, und vielleicht sind alle anderen im Irrtum und ich schreibe diesen schönsten Buchstaben vom ganzen Alphabet als Einziger in der Welt richtig.

Sein zutiefst ergebener, aber nicht mehr so junger Matrose

Antonio Lazaro

Langsam komme ich in das Alter, wo ich den jungen Mädchen gefalle, endlich. Sie wollen halt auf jemand hinaufschauen und jemand küssen, der weiß, wie das geht, und der auch bei dem, was manchmal danach kommt, kein Anfänger ist. Vor ein paar Tagen war so ein liebes Geschöpf bei mir, noch gar nicht aufgeblüht, aber die wird noch. Nur für mich hat sich diese Knospe nicht so interessiert, obwohl ich ihr ein paar von meinen Erfrierungen gezeigt habe. Sie wollte nur alles über den Herrn Oberlieutenant wissen, die ganze Zeit, mit Ohren

so groß wie Suppenteller, und in den Augen hat sie geglänzt, weil ich über den Herrn Oberlieutenant mit vielen Abenteuern erzählt habe, einige habe ich sogar erfunden. Dann habe ich gemerkt, wenn der Herr Oberlieutenant so gut dasteht, komme ich überhaupt nicht zum Zug. Also habe ich über die Fehler vom Herrn Oberlieutenant geredet und die haben dem jungen Ding leider am besten gefallen. Sein Buch habe ich ihr aber nicht gezeigt, weil sonst kann ich gleich einpacken mit mir und ohne so ein Buch. Morgen kommt sie wieder. Da werde ich ihr erzählen, dass der Herr Oberlieutenant noch nie einen eigenen Liebesbrief geschrieben hat, ich aber schon so viele. Wenn das nicht hilft! Wenn aber meine Magdalena doch noch zu mir kommt, dann schicke ich die Knospe sofort zum Herrn Oberlieutenant. Aber dann würde ich den Herrn Oberlieutenant auch bitten müssen, mir die Briefe zurückzugeben, damit meine Magdalena sie endlich lesen kann.
Fast hätte ich es vergessen, aber das ist bei Briefen ja das Gute, dass man immer noch etwas anhängen kann. Noch etwas ist mir von unserer Reise geblieben, was ich eigentlich verlieren wollte. Mein Leben. Ich lebe, Herr Oberlieutenant. Und sterben möchte ich nie wieder.